suncolor

suncolor

악녀를 죽여 줘

殺死惡女

1

Your April（사월생）—— 著　　七七——譯

suncolor 三采文化

01

無論願不願意，每個人都註定要來到這個世界。我也一樣，雖然沒辦法只做自己想做的事，卻也還算過得平凡幸福。

然而，人生總是會發生無法預測的事，有些荒唐到可以讓你贏得奇人大賞，有些則可能讓你成為網路上的笑柄。

我來到了另一個世界。一個皇太子依然存在、勇士創造傳說、神力與魔法共存的世界。準確來說，我穿越到前一天在朋友家看的老套愛情小說裡。

一睜開眼睛，我變成了厄莉絲．米傑利安——小說裡唯一的反派、侯爵的獨生女、皇太子的未婚妻、嫉妒女主角的青梅竹馬。

或許這是很多女性夢寐以求的世界，有些人卻是因為無可奈何的原因而留在這裡。總之，我沒有信心能夠愛上這個世界，不如趕快死吧，死了就可以回到原本的世界。

真想……早點死去。

「小姐，您醒了嗎？」

是因為我平常不夠虔誠，神才不回應我的請求嗎？不論我多麼想回到原本的世界，今天仍然在小說中醒來。

叫醒我的不是媽媽，而是侍女的聲音。我輕輕揚起一直緊抿著的嘴角，內心毫無波動。為了維持生計才不得不累積的兼職經驗，沒想到在這種地方派上用場。

「今天要去皇宮對吧？」

我揚起一抹禮貌的微笑，努力不顯得尷尬。

小說的主角兼敘事者是女主角「海倫」，因此，我身為讀者，對厄莉絲的性格和所處環境其實一無所知。不過旁人沒察覺我有任何奇怪之處，看來我模仿貴族小姐的功力還不錯。

梳妝打扮大約需要兩個小時，但今天要進宮，所以比平常提早了一個小時開始準備。她

（也就是我）大概是想以更漂亮的樣子出現在未婚夫面前吧。

我所做的一切都毫無意義。皇太子愛的是女主角海倫，他對海倫一見鍾情。他的深情一直持續到故事最後，迎來海倫成為皇后的結局，讓愛著皇太子、嫉妒海倫的厄莉絲徹底崩潰。

老實說，這本小說不是我喜歡的類型。它很適合拿來消磨時間，但情節和人物都很老套，沒有反轉、沒有令人難忘的情節，只有女主角和三位男主角候選人的甜蜜心動，以及厄莉絲為阻撓一切不斷重複的惡毒行為。

雖然厄莉絲是與女主角對立的第二女主角，關於她的描述卻非常少。

她自卑、單方面憎恨善良的海倫，直到最後都不願悔改。與其說她是一個登場人物，不如說更像是一個讓女主角受苦的裝置。

厄莉絲最終成功毒殺海倫，但由於其中一位男主角是大神官，擁有神力的他讓海倫戲劇性地起死回生。

故事最後厄莉絲死了，海倫從此過著幸福快樂的生活。好人得到幸福，壞人遭受報應，所有喜歡海倫的讀者都很滿意這個結局。

「小姐，您在想什麼？」為我整理頭髮的侍女問道。

不知不覺間，我已經打扮好了。烏黑濃密的頭髮、雪白的肌膚、血紅色的嘴唇。小時候讀過的白雪公主，就是這個樣子嗎？

鏡子裡映出一個陌生而美麗的女人。太可怕了。

「我在想，時間過得真慢。」

「您一定很期待訂婚儀式吧？」

「是這樣嗎？」

我一心嚮往的死亡如此遙遠，令我痛苦不堪。

「願您有個美好的午後，米傑利安小姐。殿下正在等您。」

「溫柔的殿下，總是願意等候。」

拜見完皇帝出來時，皇太子的侍從和騎士已經在等我了。

如果他真的這麼討厭厄莉絲，大可不出席下午茶會，但他還是勉強遵守了約定。不是因為我，也不是因為皇帝。

「厄莉絲——不，米傑利安小姐！您來了！」

海倫真誠且清亮的聲音，搭配可愛的笑容迎接著我。閃閃發亮的銀色長髮，如同從融化的糖中提煉出來般輕輕飄動。皇太子笑著為她理了理頭髮。

他們是與皇室問候「願您有個美好的午後」十分相配的一對。海倫紮起頭髮，皇太子溫柔地看著她，接著將冰冷的目光轉向我。

「妳遲到了。」

「失禮了。願您有個美好的午後，殿下，還有海倫。」

「幸好茶還沒有涼。請坐。」

「不是說好別這麼正式嗎？海倫跟我們是朋友啊……對吧？」

海倫期待的目光，和皇太子那只要我搖頭就會一巴掌打來的目光，同時集中在我身上。這畫面對比真可笑。

皇后與伯爵夫人是摯友，伯爵家慘遭陰謀陷害時，皇后將伯爵夫人聘為皇太子的奶媽。而海倫，正是伯爵夫人的女兒。

海倫雖然出身名門望族，但現在只是個平民，作夢也不可能和我們一起喝茶，卻仗著皇太子的寵愛跟貴族平起平坐。皇宮裡的禮儀老師如果看到這個景象，恐怕會嚇壞吧。

按照原著小說的發展，這時候我應該挑海倫的毛病，然後被皇太子趕出去，但引起騷動實在太累了。無論我現在是否讓海倫難堪，皇太子都會討厭厄莉絲，所以沒必要白費力氣。我漫不經心地將目光轉向海倫。

「聽說茶冷掉味道會變苦。可以為我倒一杯熱茶嗎？」

「啊，好的。」

「妳在家沒學過怎麼倒茶嗎？還是妳的手不方便？」

真是的，讓他的女人做點小事，他就馬上瞪大眼睛狠狠地盯著我。很可惜，對生活毫無留戀的人什麼都不怕。

雖然侯爵不是我真正的父母，但我還是被眼前這個談論家教的男子惹怒了。

「如殿下所說，我們是朋友，請朋友倒杯茶是什麼有違禮法的事嗎？」

「妳……」

論禮法和規矩，我更占上風。皇太子正要皺起眉頭對我大吼大叫，被海倫插話打斷。

「是啊，阿列克，我們都是朋友。你再計較下去的話，我就不幫你倒茶了。」

海倫故作冷淡地斥責他。皇太子撇了下嘴角，似乎有些不滿。海倫用食指和中指輕輕敲了敲他的嘴唇，這是他們相互示好的信號。這個舉動有些不合禮節，海倫做起來卻像一幅名畫般可愛。這就是每個人都喜歡她的原因吧。

根據書中的描述，海倫因其獨有的天真和正直的性格，無論做什麼都不會被討厭。連原先討厭她的人也會不知不覺迷上海倫，開始反省自己，甚至背叛厄莉絲。

與其說她有魅力，不如說這是魔法。

這時，旁邊傳來陌生的男聲：「你們喝茶怎麼沒找我？」

「伊亞森！你回來了！」

「沒錯，我打算在首都停留一段時間。願您有個美好的午後，殿下。」

伊亞森伴隨著爽朗的聲音現身，同時擁抱皇太子和海倫。

他是公爵家的長子，或者，更有名的稱號是「勇士伊亞森」。他是他們的兒時玩伴，也是愛上海倫的可憐人之一。

其實，厄莉絲早該因為欺負海倫而被趕出去，三人溫馨敘舊的場景才是小說原本的內容。但反正兩個男主角都不喜歡我，我打算再多待一下。

「啊，恕我失禮，米傑利安小姐。您依舊這麼美麗。」

伊亞森原本把我當成隱形人，直到這時才抬起頭來向我打招呼，連帶眨眼示意。沒有愧對他「帝國第一花花公子」的稱號，長得帥，卻令人討厭。

「願你有個美好的午後，卡迦勒勛爵。」

「我對卡迦勒公爵家沒有什麼貢獻，承受不起這個稱號。我總說叫我伊亞森就好了，您還真是講規矩呢。」

「我身為皇太子的未婚妻，可不能不講規矩。」

我特別強調「未婚妻」這三個字，伊亞森揚起眉毛，看向皇太子。

皇太子的眉頭再度皺了起來。在厄莉絲和海倫面前，他總是藏不住情緒；明目張膽地愛著海倫，直言不諱地厭惡厄莉絲。

我朋友說，這就是為什麼這本書如此受讀者歡迎。

「很多人看著呢，殿下。」

「我不需要擔心別人的看法。」

我不想理會他們，對比自己幼稚的人生氣，只是白白浪費力氣。但看著皇太子嘴角揚起，一副勝利的興奮模樣，我實在無法忍受。於是，我泰然地笑著，像開玩笑一樣說話。

「天底下只有一個人可以不顧別人的看法，更何況，連那位都需要對政敵察言觀色。」

「厄莉絲！」

海倫驚訝地叫住厄莉絲。皇太子握緊拳頭，似乎在強忍怒火。

伊亞森站到他身邊，同時緊盯著我，以防萬一。

我的意思是，皇太子還沒當上皇帝就如此狂妄。這番話聽在他耳裡，會生氣也很正常。

本來以為這麼做我會感到舒坦，但不知為何有點苦澀。厄莉絲明明也是他們的兒時玩伴，卻完全被當作不速之客，不，幾乎像個異類。如果我是真正的厄莉絲，一定會很受傷吧。

我看著他們，慢慢從座位起身，對睜大眼睛看著我的海倫微微一笑。

「謝謝妳的招待，安特布朗小姐。不過在皇宮裡，一切請按照規矩。畢竟皇宮裡有那麼多雙眼睛，而我們身分有別。」

「……是。」

02

海倫抱住幾乎要衝向我的皇太子，把他擋了下來，然後怯生生地點了點頭。她就連這種時候都像被雨淋濕的小狗一樣可愛。

厄莉絲——我——對這個局面笑了笑，緩緩彎身坐進馬車。沉重的首飾、緊束的馬甲、略顯濃重的妝容，一切都讓我感到疲憊。我看著窗外，試著調整呼吸。

生性善良的海倫總是吃虧，但不要緊，因為她身邊有三個世界上最優秀的男人，願意為她傾盡全力。就算某個角落裡有一個不愛她、急著去死的陌生人，也不構成問題。

天亮了。

真是個適合上吊的好天氣。

先講結論：我今天沒有試著殺死自己。原因有很多，非要選一個的話，那就是我怎樣都死不了。

不只上吊，我割腕、從高處墜落、服毒都不會死。

如果我試圖上吊，繩子懸掛的屋梁或樹枝就會斷裂；如果用槍，那麼火藥一定會出問題；就算吞下毒藥，我也只會美美地睡上一覺。

這個超自然現象理所當然存在的世界，有自己的規則。雖然我試圖自殺的事件本身並沒有消失，但如果偏離「故事」的幅度太大，就會被修正為不幸的意外。

比方說，如果我想把刀刺進自己的腹部，就會憑空出現一名歹徒，把刀刺向我，而我很幸運地沒有受到致命傷。如果我從屋頂上掉下來，下面看守馬廄的護衛就會接住我。這顯然是一種自殺未遂的行為，每個人卻都認為我只是失足跌落。

超自然現象就必須用超自然現象來應對。

我在原來的世界時根本沒碰過塔羅牌，但為了死，我什麼都做得出來。

我請侍女暗中打聽一位據說很靈驗的占卜師，侍女看起來很高興。眼看我經歷一連串「意外」和皇太子的冷落，無論那名占卜師是否真的靈驗，她似乎都希望我能轉換一下心情。

「好久沒出門了，打扮得華麗一點怎麼樣？」

「我很快就回來了。」

「噢，別這樣。您都要去市中心了，可以逛逛衣服和首飾，還可以去吃甜點。」

「我會好好考慮的。看來妳有想吃的甜點，對吧？」

我回頭看了一眼，正在為我整平衣服的侍女滿臉通紅，無辜地回應：「我才不是因為想吃甜點才這麼說呢……我的確想吃點心，但主要是甜的東西會讓人心情愉悅，我只是希望小姐開心一點。」

看著她滿懷愛意的微笑，我苦澀地點了點頭。她跪到地上，幫我穿上選定的鞋子。

「距離太陽下山還有很長的時間，您不要急，慢慢逛。」

「知道了。」

「這才是我們的小姐。」

宅邸裡的每個人都很喜歡厄莉絲。厄莉絲也喜歡他們嗎？

如果我能喜歡上他們就好了。

♛

市中心所有道路都由石頭鋪成，街道上擠滿了人。從護衛配備的槍枝，可以看出帝國比起中世紀更接近現代。

「魔道工學」相當發達，所以街上有電車運行，夜晚也有路燈照亮街道。

一個侍奉神、排斥魔法的國家，竟然會發展魔法工程，真是可笑。不過，在這裡，研究魔道工學的人被稱為工學者，而非魔法師或巫師，可以說他們和煉金術士差不多。

無論如何，能夠在沒有環境汙染風險的情況下產生像電力這樣的能源，對於生活在地球上的現代人來說，既神奇又令人羨慕。

帝國高度發展的文明有賴發達的魔道工學，其他中小王國仍遠遠落後。不，也許就像所有美好年代一樣，帝國的繁榮也是經由剝削其他王國才得以實現。

果然，搭乘交通工具的時候，就應該看著窗外胡思亂想。時間不知不覺間流逝，我們抵達繁華鬧區的後巷。騎士為我打開車門，我牽著他的手走出來，環顧四周。雖說是後巷，這裡卻沒有陰森的氛圍或髒亂的景象。

比起街上那些華麗又昂貴的物品，這裡由平民經營的小店對我來說更親切有趣。不知道厄莉絲是不是也這麼想。

「我們在這裡等您吧？」

「不用了，你們回去吧。」

「自己行動太危險了，小姐。您之前不就被襲擊了嗎？」

「我需要說第二遍嗎？你們太礙眼了，回去吧。」

反正我是不會死的。如果有家族騎士在身邊，反而無法問出我真正想問的事情。

騎士猶豫了一會兒，最後說會先四處看看，等我忙完再來接我。

繼續堅持只會徒增疲憊，我決定接受這個折衷方案。

我緩步走進眼前的商店，明明位於建築物內部，卻有一種置身帳篷或小屋的感覺。我的目光被架上擺放的神祕物品吸引，下意識把手伸出去。

「如果我是妳，就不會隨意觸碰它。」

我嚇得回頭一看，一名頭髮血紅、肌膚雪白的女子從屋子深處走了出來，黑色薄洋裝和閃亮的珠寶項鍊搭配得宜。她看起來不像占卜師，更像個貴婦。

「我來找妳是想解決某個問題。如果妳不是騙子，應該已經知道我的問題是什麼了。」

「當然，米傑利安小姐，還是說，該稱您為『可憐的異鄉人』？」

我驚訝地看著她。占卜師笑了笑，拉起我冰冷的手，領著我走下樓梯，來到了地下室。昏暗的燈光和寒冷的空氣讓我不禁打顫。

她讓我坐在椅子上，自己則坐在桌子對面。

「既然妳知道我是誰，事情就簡單多了。我想回到原本的世界。」

「異鄉人小姐，這件事可不像嘴上說說這麼簡單。我可以從妳靈魂的氣息嗅出，妳似乎已經嘗試很多次了，對吧？」

「氣息？」

「妳想要撕裂自己的靈魂，但這個世界不允許妳這麼做。」

她從櫃子裡拿出一些藥材，放入角落的大鍋子裡攪拌。這個身影看起來比較像魔女，而不是占卜師。最後，她遞給我一碗不知名的紫色液體，味道非常難聞。

「喝掉它。」

「這是什麼？」

「如果是毒藥，不就正合妳意嗎？」

的確，她說的沒錯。我摀住鼻子，一鼓作氣地整碗喝光。不知名的液體嚐起來非常酸，我開始感到噁心，一隻手摀住嘴。占卜師笑著往我嘴裡塞進一顆軟糖。

「妳可能已經注意到了，我不是一般的占卜師。」

她摘下蕾絲手套，手掌微微拱起，掌心出現一道極其美麗又怪異的花紋，如同火焰一般閃爍著光芒。霎時間，她就在指尖點燃了一顆小火花。

「我來自我介紹一下吧。我叫美狄亞，是這片土地上的最後一個魔女。」

魔女？這就有趣了，小說中可沒有出現這號人物。她看著我，然後笑了起來。

「妳好像有很多疑問，但我只回答兩個問題。」

「首先，妳說妳是這片土地上的最後一個魔女，那麼除了妳之外就沒有其他魔女了嗎？還是說，她們在別的地方？」

「我是帝國的最後一個。其他人為了躲避帝國的迫害而流落到遙遠的地方，不過，我們的人數不多。」

「妳沒有提到姓氏，是因為魔女沒有子嗣嗎？」

「是的。雖然也有人孕育後代，但很少見。我們以名字稱呼彼此，因為比起家族地位，我們更重視每個人的價值，並以姊妹相待。」

我還有很多想問的事，最後決定先忍住。美狄亞又遞給我一顆軟糖，我一邊用手滾動著軟糖，一邊問：「有什麼方法，可以讓我回去原本的世界？」

「如果妳願意冒死亡的風險，就像妳自己一直嘗試的那樣，我們就能幫助妳。不過，我還是第一次見到像妳這樣的異鄉人，所以我也得問問姊妹們的意見。」

「妳需要多久？」

「至少需要十五天。我的姊妹們都住在大陸的另一端，希望妳能理解。」

「如果……我不想死的話，那怎麼辦？」

「異鄉人，這個問題，妳不應該問我。看來妳還不知道魔法和神學的差別。神學是創造之學，魔法則是對異常的探究。如果妳想創造原先不存在的方法，妳應該去大神殿。當然，我不能保證那裡一定有答案，因為我不了解那門學問。」

我點點頭，表示理解，然後把準備好的錢遞給她。美狄亞拒絕了，但我堅持要給她。

「這些錢不是要給妳壓力。妳的祕密比我的更致命，相信妳不會想要利用我。」

「既然是我的賣命錢，那我就收下了。請隨身攜帶一面鏡子，如果有什麼新發現，我會聯絡妳的。」

03

來都來了，我決定多逛一圈，去看看侍女說的那家甜點店。店面非常豪華，不愧是帝國最大的甜點店，但看到門口排隊的人潮，我就已經感覺累了。這裡的甜點再好吃，我都不想等。

我正打算轉身離開，但擁擠的人群推來推去，把我撞得失去平衡。踩著高跟鞋的腳扭了一下，身體不受控地向地面貼近。這時，有人從後方扶住我。

「天哪，妳還好嗎？」

烏黑的頭髮，黝黑的皮膚。我認得這個人。耗盡所有神力拯救海倫、誠心祈求厄莉絲墮入地獄的人——大神官許布理斯。

他不知道自己將來會憎恨我，此刻木訥地對我微笑。

當我的目光觸及許布理斯，他嘴角的尷尬笑容消失了。他慢慢靠近我，把嘴唇湊到我的耳邊，然後問出——

「妳是誰？」

我瞬間感到頭暈目眩，無法呼吸。我應該坦白，向他求助嗎？還是假裝聽不懂比較好？

如果小說中許布理斯站在厄莉絲這邊，或者至少和今天遇到的魔女處於同樣的境地，我會不假思索地向他說明我的情況。

但他是海倫的人，這意味著他將成為我的敵人。我要把致命武器親手交給總有一天會成為敵人的人嗎？不。我是想死，但我想死得乾脆，毫無痛苦。

如果被不喜歡我的人發現我其實不是厄莉絲，事情會變得很棘手。

帝國擁有先進的魔道工學，他們可能會以實驗為由來折磨我，試圖讓另一個靈魂進入我的身體，或者他們可能會覺得我瘋了，把我關在偏僻的地方，監視我，直到我老死。

就算許布理斯現在放過我，之後如果他向皇太子透露了什麼，後果也不堪設想。皇太子可不會對我手下留情。

「神官如果知曉未婚貴族女性的名諱，豈不是很奇怪嗎？」

「我不是指妳的身分。」

「不是身分的話，那是指什麼呢？」

我理應先回答他的問題，卻把問題丟了回去。吵架的時候，本來就是誰大聲誰就贏。

我抬起頭，他避開了我的目光，也許是因為他身為神官，不習慣和女性來往，再加上人們的目光慢慢開始聚集。

厄莉絲作為皇太子的未婚妻可是頗有名氣，在街上和穿著神官制服的男人竊竊私語，勢必會引人注目。

「這裡不方便說明……」

「你無理地審問我之後，卻不願意告知我緣由？」

「這不是審問！我只是區區一名神官，怎麼敢審問您？」

我把臉湊向許布理斯，他驚訝地把頭揚起。對我而言，這幾乎是一場博奕，因為我很有可能被冠上勾引神官的罪名。儘管如此，我有信心贏得這場博奕。

小說裡的許布理斯優柔寡斷且自我意識過剩，是唯一一個不敢向海倫表露心意的男主角。

況且，根據小說中的描述，厄莉絲有著霸氣十足的外表，和溫柔無害的海倫差異極大。

「如果我覺得自己被審問，那就是審問。如果我現在觸碰神官的胸口，會因為我是女人，而不構成非禮嗎？」

「……是我誤會了。我為我的失言道歉。」

「我接受你的道歉。」

我快步離開甜點店，留下眉頭緊皺的許布理斯。那家店是許多貴族和侍從出入的地方，如果繼續閒逛，留下我不是厄莉絲的證據，那可就麻煩了。

厄莉絲的名聲不算好，走到哪都會有流言蜚語。但他們的眼光對我來說不重要。我不是這副身體的主人，而且我無論如何都會死。

不過，回程的路上，我的心裡卻浮現許多想法。我是不是應該對許布理斯坦承，告訴他我的真實身分？如果他日後註定會愛上海倫，趁現在向他求助不是更好嗎？

魔女說過，也許有我不死就能回去的方法。如果要找到答案，我必須去大神殿。但大神殿並不是想去就能去的地方，即使是貴族，也必須經過嚴謹的程序和篩選才能進入。

小說中，大神殿是連女主角海倫都因身分卑微而無法踏足的地方。不過，畢竟其中一位男主角許布理斯是大神官，身分對海倫來說不是什麼大問題。

早知道就抓住許布理斯，問他在「厄莉絲」身上看到了什麼，是不是看出我不屬於這裡？我有辦法回去嗎？

我不怕死，但我記得死亡帶給身體的痛苦。太痛了。

儘管如此，我還是一次次嘗試，因為我總相信當我再次睜開眼睛，一切都會結束。然而，我卻一次次在這個世界醒來，感到更加痛苦。

「唉……」

想到自己錯過一個好機會，我不禁發出一聲悲嘆。只能祈禱盡快再見到許布理斯了。

為了尋找下一個時機，我必須回想起原著的內容，但整體故事進展得太平緩，我當時只是順手翻過，實在很難想起來。而且，書中所有描述都集中在海倫身上，無法推測沒有她的場景發生了什麼事。

一週前我們才一起喝過茶，看來我們還處於小說的開端。

要是知道會發生這種事，我當初就應該讀得更認真才是。

「我們到了，小姐。」

「謝謝。」

「馬上就要舉行冊封儀式了，您今年也不打算挑選貼身騎士嗎？」

「嗯？」

我牽著騎士的手下車，突然被問了這個問題。有這樣的事？我一臉疑惑地看著他，他笑著補充：「如果您不願意也不用勉強，但擁有貼身騎士對貴族來說會方便許多。雖然人數不多，但任何私人事務，您都可以派遣他們。」

我有些動心，但還是搖了搖頭。反正我很快就會死，增加周圍的人數，只會徒增不便。

騎士似乎早就料到我會拒絕，表情卻仍略顯失望。

「真可惜，外面有很多騎士想成為您的貼身護衛。」

「我？」

「是的。為美麗的小姐奉獻生命，不正是騎士的浪漫嗎？」

「多麼自私的浪漫啊。」

如果我不美麗，就不值得騎士捨身嗎？不，反正我也不願意承擔別人的性命。為什麼要把犧牲當成炫耀呢？無論過去或現在，我都無法理解男人的思考方式。走進宅邸前，我回頭看了騎士一眼。

「或許有人喜歡這種浪漫，但我不喜歡。所以，請守護好自己的生命吧。」

我無意成為某人的浪漫，也不希望有人為我犧牲。

♛

早晨醒來，我仍然是厄莉絲。仔細思考後，我決定在和許布理斯的關係進一步惡化之前，先去見他。

淑女請求他保守祕密，他出於紳士風度，應該也不會到處說嘴。

本來打算向大神殿提出申請，但是手續太複雜，我擔心會走漏風聲。這表示我必須製造巧合，再次遇見許布理斯。根據小說，許布理斯主要出現在皇宮和昨天的甜點店。幸好這兩個地方我只要想去就能去。

許布理斯非常喜歡甜食，這一點和他的形象不太搭調。而甜點在這裡被視為一種奢侈，所以他總是偷偷地、節制地享用。

不過，在海倫的鼓勵下，他不再隱藏自己的喜好。作為神官的許布理斯，一直過著被約束的生活，只有和海倫在一起，他才能放鬆做自己。這也是他愛上海倫的契機。

我本來不想插手海倫的戀愛盛事，但如果要見到許布理斯，就只能去甜點店了。要是在皇宮碰見皇太子，他可能會把我冠上「公然引誘大神官」的罪名。

「小姐，請您趕緊準備。陛下傳令召您進宮。」

「陛下？」

「是的，見陛下前我們通常會提早做準備，但現在臨時召見，可不能讓陛下久等。」

所有人都被這突如其來的傳令嚇了一跳，侍女們全都圍了過來，十幾隻手慌忙地替我裝扮。我被搖晃得頭都暈了。

一番折騰後，我終於進入皇宮。總管立刻帶我直奔皇帝的政務廳。

「陛下，米傑利安侯爵之女、皇太子殿下的未婚妻——米傑利安小姐到了。」

「請進。」

我吸了口氣，掛上友善的笑容，從總管開啟的門走進去。光線從玻璃窗傾瀉進來，白色大理石和金邊裝飾被映照得閃閃發亮。

皇帝一頭銀髮白鬍鬚，背光而坐，更顯威嚴。他的語氣十分友善。

「願您有個美好的午後，陛下。」

「匆忙召見妳，給妳添麻煩了吧？」

「陛下的傳召怎麼會麻煩呢，我很樂意前來。」

「真會說話。我找妳來，是想討論妳的成年禮。」

按照帝國律法，二十一歲才算是成年，身體和心智都已經發展成熟。這是因為帝國子民過著吃飽喝足的安逸日子，不像其他國家必須把尚未長大的孩子送去做工或打仗。

小說的登場人物中，厄莉絲年紀最小，可見其他人大概在去年就已經成年了。皇帝這番話，剛好可以讓我推測時間軸，判斷故事發展到哪裡。

「雖然史無前例，但我想在皇宮舉行妳的成年禮。妳有什麼想法嗎？」

雖說是詢問，但最後還是得照皇帝的旨意。我搖搖頭，不想和他爭論。

皇帝之所以想在皇宮舉行我的成年禮，是因為有傳言說皇太子過於珍視海倫這個平民，冷落了厄莉絲。這無異於是在羞辱貴族派系的核心人物、厄莉絲的父親——米傑利安侯爵。

04

米傑利安侯爵表面上雖然沒有說什麼，心裡卻非常生氣。皇太子不僅沒有把他這個帝國勢力中心放在眼裡，他捧在手心的海倫，甚至是出自侯爵親手毀掉的安特布朗家族。

皇太子與厄莉絲的婚姻，本就是皇帝為了安撫貴族派系所採取的政治手段。皇太子如果毀掉這樁婚事，皇帝也會有麻煩，因此，他想透過由皇室主持我的成年禮，來向外界表示我們沒有問題。

「謝謝您的關照，這是米傑利安家族前所未有的榮耀。」

「聽說皇太子很珍視奶媽的女兒。」

看來皇帝想徹底解決這件事啊。這下輪到我頭痛了。

「您是說安特布朗小姐？」

「妳認識那個女孩嗎？」

「我們小時候經常和皇太子殿下與卡迦勒勛爵一起玩。」

「皇后因為和奶媽是好友的緣故，非常疼愛這個女孩，讓皇太子養成了一些壞習慣。」

皇帝咋舌，用指節輕敲桌子。我覺得有點窒息，想馬上逃離現場。

雖然皇帝現在表現得像個慈祥的爺爺，但他曾以密謀叛國為罪名，親手殺死自己的兒子。儘管當時並沒有足夠證據證明皇太子叛國，他卻不打算調查，毫不猶豫地賜死兒子。皇后也受到牽連，只因她當時肚子裡懷著現任皇太子阿列克，勉強逃過一死。據說皇帝依舊深愛著皇后，但皇后一夕之間失去兒子，只能將情感投射在好友和現任皇太子身上。

「妳嫉妒那個女孩嗎？」

「不嫉妒。」

「是啊，沒什麼好嫉妒的。」

皇帝示意我靠近一些。我走上前，讓他用溫暖的雙手握住我的手。他握得很緊，我甚至感覺到疼痛。

「男人的愛比只盛開一季的花期更短暫。比愛情更重要的，是他帶來的地位和權力。」

「……是的，陛下。」

「我和妳父親很早就定下這個婚約，所以妳不必太擔心。無論如何，太子妃的寶座都是妳的。到時候整座皇宮都會是妳的人，妳的孩子也將成為皇太子。」

這些話乍聽是安慰，實際上卻是對我——對厄莉絲——的威脅。皇室權力很大，就算我心裡有了別人也必須放棄。我只能成為太子妃。

但是皇帝看錯人了。想威脅某個人的時候，最重要的是了解對方害怕什麼。

我並不怕死。老實說，就算米傑利安家族被消滅，我也無所謂。他們是厄莉絲的家人，不是我的。

在我原來身處的世界裡，無論老闆吐出多麼難聽的話，下屬都必須一笑置之，但我的本性正蠢蠢欲動，想要大膽回嘴。我勉強以現代女性的耐力忍了下來。況且這裡沒有勞工局，我也無處檢舉。

我還存有一絲希望，希望自己能活著離開。除非從許布理斯口中聽到「妳非得死才能離開」，否則我不會放棄。

曾歷經過年和節日數不清的「善意嘮叨」的我，對這種場面已經駕輕就熟。我在臉上堆起笑容，輕聲回應：「我會記住的。」

「皇太子有一位好伴侶呢。記住我說的話，成年禮的準備工作就交由皇室負責。」

我一邊走出政務廳，一邊猶豫要不要去見見我名義上的未婚夫。

一大早就開始接受未來夫家的婚姻教育，導致我心情不太好。現在竟然還有人認為女人的出路只有結婚……我想了想，覺得自己應該沒辦法好好控制表情，今天還是算了吧。

我朝著等待中的馬車走去，聽見身後有人跑來，突然抓住我的肩膀。

「哇！」

「啊！」

我嚇了一跳，轉身的同時，順勢推了對方一把。那個人發出一聲尖叫。我轉身一看，海倫跌坐在地，美麗的銀髮垂在肩上。

她抬頭看我，眼睛充滿淚水，似乎希望我扶她起來，但我震驚得無法反應。她在我的凝視之下斷斷續續地抽泣。

「妳嚇到我了，安特布朗小姐，竟敢在莊嚴的皇宮裡奔跑。」

「我、我只是因為看到厄莉絲，太高興了……想來打聲招呼……」

「想打招呼的話，開口叫住我就行了。又不是小孩子，怎麼會直接動手呢？」

「阿列克喜歡這樣……所以……」

天哪，我的頭快要爆炸了。我是在和只有五歲的表妹對話嗎？

我垂下眼，正好看見海倫通紅的手掌慢慢滲出血，應該是剛剛跌倒時挫傷的。海倫連忙將雙手藏到背後。我把她的手拉開檢查傷勢，幸好不嚴重。

「妳看，都受傷了。」

海倫一臉疑惑地看著我，然後笑著搖搖頭。

「沒事的，待會再請御醫看看就好。」

「專為皇室治療的御醫，怎麼能幫安特布朗小姐處理傷口？」

「因為那個人……很喜歡我。」

啊，白擔心了。我有些惱怒地放下海倫的手。與其為受眾人喜愛的海倫操心，不如擔心想死卻死不了的我自己。無論她是先遇到皇太子還是許布理斯，都會有人幫她療傷。

我轉身走開，海倫卻跟了上來。她用纖細的聲音說：「厄莉絲，妳是不是生氣了？」

「嗯，別跟我說話，很煩。」

她為什麼總是用這麼隨意的語氣跟我說話？我本想避開她，快步走向馬車，卻在走了幾步之後停下來，轉身盯著她。

反正我們無論如何都不是會和平共處的關係，不如趁我更討厭她之前把話說清楚。來到這裡之前，我就最討厭笑裡藏刀的人。

「安特布朗小姐，妳難道不明白我為什麼對妳這個平民如此有禮嗎？我身為侯爵之女，理應把妳當成一般的宮女對待，我之所以違背禮法，是因為皇后陛下和皇太子殿下很喜歡妳。我尊重的是他們，不是妳。」

「但、但是厄莉絲，我們是朋友啊，我想跟妳變親近……」

「朋友？哈……」

小說中，海倫也曾堅定地稱厄莉絲為朋友，但她的回憶場景卻從來沒有出現過厄莉絲。無論是悲傷還是快樂，她的回憶裡都只有阿列克和伊亞森。要嘛是海倫對「朋友」的標準低得離譜，不然就是厄莉絲明明也在她的回憶場景中，但她根本不在乎。如果是後者，厄莉絲討厭海倫也很正常。

嗯，在我看來，這只是作者為了營造「我對她很好，她卻見不得我好」的反派女主所強加的設定。

我對厄莉絲的生活一無所知，這種情況下說要向海倫報仇也很荒唐。我無意與她多談。

「那我們就絕交吧。」

「什麼？」

「我們絕交吧。我不想當妳的朋友，我們本來就不是朋友。」

「為什麼……難道是因為我和皇太子殿下走得很近嗎？」

真令人火大。就算妳把皇太子拱手讓給我，我也不要！妳自己留著吧！妳把我當成一個為了男人而拋棄朋友的人嗎？妳就只有那一張漂亮的臉蛋堪用嗎？

我氣到渾身發抖，突然有人粗暴地把我拉走，逼我轉向面對他。皇太子冷酷地俯視著我。我不想輸，所以也狠狠瞪回去。

「米傑利安小姐，妳真是一點都沒變呢。不，反而越來越無恥了。」

「願您有個美好的午後，殿下。這是身居高位者應有的品格與口德。」

我笑了，但老實說，我很惱火。我略帶諷刺的語氣，讓他憤怒地咆哮起來。

「妳竟敢在我面前談論身分地位？」

「正因我們有婚約在身，我才能在您面前談論身分。」

「只是訂婚而已！妳以為皇室會容忍如此狂妄的太子妃嗎？我隨時都可以解除這個婚約。我的未婚妻人選有很多，不一定要是妳！」

「阿列克，別說了，是我的錯。厄莉……不，米傑利安小姐是想教我規矩……」

海倫不經意地在烈火上又澆了一把油。她拉住皇太子的時候，皇太子發現了她因摔倒所受的傷。

「是誰害妳受傷？」

海倫沒有回答，但她身邊有人高喊：「是米傑利安小姐！」

「什麼？」

「我親眼看到米傑利安小姐推倒海倫！所以我才帶您來這裡，免得事態惡化。」

我朝聲音傳來的方向看去，一個身材矮小、獐頭鼠目的侍女快步躲到皇太子身後。

皇太子問海倫：「是她做的嗎？」

我不禁笑了出來。的確，我是推了她，但那是因為海倫先嚇到我，那個侍女完全沒有提到這個前因後果。

我還來不及反駁，皇太子就一巴掌往我的臉頰打來，力道之大，讓我的頭隨之轉向，血腥味在嘴裡蔓延開來。我的臉頰在發燙。

就連我真正的父母也從來沒打過我，這個我根本不認識的男人，卻賞了我一記耳光。

「阿列克！」

「妳害我的人受傷，我也讓妳留下傷痕，這樣才公平，不是嗎？」

真要講求公平，這一巴掌就應該讓海倫來打。

仔細想想，我似乎有在小說裡讀到這一段。讀的時候，我還在想「世界上真的有這種瘋子嗎？」親身經歷後才發現，還真的是一種米養百種人。

啊，我氣得快失去理智。但在得到許布理斯的答案之前，這條命暫時還得留著。

反正到了小說的結尾，我也會被處死……還是乾脆現在一巴掌打回去？

05

不過，不管怎麼想，我可能都會被當成是瘋了，甚至可能被關起來，這樣厄莉絲要面對的就不只絞刑這麼簡單。要避免被人懷疑，我必須按照厄莉絲的風格行事。

厄莉絲會說什麼？她會怎麼做？我正在認真思考，但皇太子可沒有那個耐心。他拉住海倫的手，準備離開。要是我就這樣放走他們，晚上可能會憤恨到睡不著。

「殿下不是與我訂婚，而是與米傑利安侯爵之女。我也不是嫁給殿下，而是嫁給皇室。您再不願意，我們還是會結婚。」

厄莉絲的自尊心很高，至少我閱讀時的感受是這樣。她太過天真，直到最後內心都期盼著會被皇太子選擇。

皇太子停下腳步，轉過頭，臉上滿是嘲諷。

「妳嫁的是皇室，不是我？真有趣，妳之前不是口口聲聲說愛我，一定要嫁給我嗎？還是說，這才是妳的真實意圖？」

厄莉絲，妳真的什麼都做過了啊。我的臉頰還在隱隱作痛，而我已經頓失力氣。

厄莉絲真的愛皇太子嗎？

小說後半部，海倫曾說那不是愛情，但不管是她還是我，我們都沒有真正認識厄莉絲。

如果她真的愛他……我想試著去理解她的感受。

「我愛過您，但現在不愛了。」

我直視他的雙眼，說出這句話。他顯得有些尷尬，不知為何，甚至看起來有些稚嫩。嗯，也是，這裡的每個人實際上都比我年輕。我嘆了口氣，心想再吵下去吃虧的還是我。

「我之所以提到皇室，是想讓殿下知道，這個婚約並非出自我的意願，而是我的父親與皇帝陛下共同促成。如果您對此不滿，請殿下不要將怒氣發洩在我身上，去向陛下請願吧。不過我們在宮裡鬧出這波騷亂，想必陛下也已經聽說了。」

一提到父親，他的表情瞬間變得嚴肅。我轉身走向馬車。騎士看見我的表情，顯得有些驚訝，但並沒有多問，而是傳達另一件讓我更感心累的事。

「卡迦勒勛爵在車內等您。」

才送走一個，又來一個。真想乾脆死在馬車輪下。

伊亞森正準備問候，看見我的臉卻愣住了。皇太子在我臉上留下的痕跡想必很引人注目。如果他為了緩和氣氛而硬開什麼無聊的玩笑，我可能會痛扁他一頓。我決定先發制人。

「不用在意，這與卡迦勒勛爵無關。」

「遵命。」

「話說回來，卡迦勒勛爵怎麼會在這裡？」

伊亞森悠閒地靠在椅背上，盤起雙腿。他的塊頭讓本來寬敞的車廂，突然變得很擁擠。

「卡迦勒公爵有關於騎士冊封的事想請教侯爵。我是府裡唯一可以跑腿的人，既然有馬車可以搭，當然不能錯過。我在冒險途中已經騎馬騎膩了，暫時不想再騎。」

「卡迦勒勛爵提出要求的話，皇室一定也會備妥馬車。」

「皇室的馬車裡可沒有這麼漂亮的小姐。」

這個人雖然滿嘴鬼話，但至少是笑著和我說話，態度友善。他大概都是以這種風流之姿向過路的村民求助吧。我一邊閃避落在我身上的視線，一邊問：「您不打算展開下一段冒險嗎？」

「誰知道呢？雖然『祂』希望我這麼做，但我無論如何都得在首都停留一段時間。我殺了身為大自然之母的龍族，現在外面可是有很多討厭我的龍。」

「『祂』？」老實說，我會追問，是希望他趕緊離開，卻得到一個意想不到的答案。小說描述得很簡單，伊亞森是因為想見海倫才回來首都，沒想到另有隱情。

伊亞森出生時，大神官預言他將成為「屠龍者」。卡迦勒公爵家原本就是個將軍輩出的家族，但由於預言的緣故，伊亞森從小就接受異常嚴格的訓練。

故事是從伊亞森屠龍歸來後開始發展，此時的海倫是皇宮侍女，而既然這是一部愛情小說，他自然會為她淪陷。根據故事設定，伊亞森之所以愛上海倫，是因為從小被視為屠龍工具的他，在她眼中只是一個再平凡不過的人。

「距離侯爵宅邸還有一段路，請告訴我更多關於你的故事。」

「真令人驚訝，我以為您不會感興趣。」

伊亞森先是露出驚訝的表情，接著笑了起來。眼看他又要開始那輕浮的態度，我用冷淡的語氣回應：「我並不感興趣，不過，聽故事總好過承受卡迦勒勛爵的盤問，至少你不會在說故事時向我提問。」

「真無情啊。沒關係，無論您有什麼意圖，我都不會拒絕淑女的請求。」

♛

該從哪裡說起呢？我的「屠龍者」預言，早早就傳到帝國之外，很多人都聽說過。總之，為了總有一天要殺死龍，我經歷了極為刻苦的訓練，從會走路就開始拿劍，沒有一天休息。

曾經有一段時間，我非常怨恨父母，但現在想想，他們這麼做應該是為了保護我。如果不是海倫，我可能不會意識到這一點、繼續恨他們，不知到哪天才會遲來地醒悟。

我知道自己會成為一名屠龍者，但我不知道那會在何時，或該如何殺死祂。我的家人想讓我留在城裡，成為一名騎士，但我認為，龍如果感受到預言的威脅，可能會襲擊我所在之處。於是我遠離家族，開始四處漂泊，也在旅途中磨練得越來越強。

現在想起來，我選擇離開，或許還有一個原因。我對自己的命運感到不確定，甚至覺得死了也沒關係。最終，我和這種心情一起活下來了。

流浪的旅途中，我結識了很多人，也度過了美好的時光。其中，我所結下最棒的緣分——是龍。

哈哈，您看起來有點驚訝。您以為是鄰國的公主？才不是呢，謠言竟然已經發展到這個地步了……咳，總之，就像冒險故事一樣，我穿越沼澤、山脈、河流和田野，遇到一隻非常巨大的龍。

不知道我有生之年是否還能見到這麼巨大的生物。祂告訴我，是我的恐懼致使祂在我眼中顯得強大。

我第一次意識到，我其實很害怕。我想活下去，我想逃跑，我覺得一切都很不合理。

為什麼其他孩子在追逐嬉戲的時候，我卻要獨自訓練？我也很想待在家裡，為什麼只有我要到處流浪？沒錯，冒險很有趣，但面對眼前的巨龍，我不得不埋怨。也許是因為我知道自己已經走到盡頭了吧。就算打敗巨龍，我也不可能毫髮無傷地回去。

不知為何，巨龍的聲音聽起來既悲傷又平靜。

「雖然對我來說只是轉瞬之間，但等待你的時間實在太漫長了。」

「祢知道我會來？」

我放下手中的劍，疑惑地看著祂。龍說，那則預言的出處並不是神，而是祂為了求死所下達的啟示。祂操縱了大神官。

身為大自然最強大的造物，這個世界的因果定律不允許龍自我了結。但祂以沉痛的代價作交換，現在終於有機會迎向死亡。

我終於明白，我要面對的不是龍，而是自己的恐懼。那巨大的身影消失了，只留下我必須刺穿的心臟。

刺穿龍心那一刻，大地隨之震顫。我就這樣結束了祂的生命，活了下來。

♛

這是一個很精采的故事，但我無法感同身受，沒什麼讓我產生共鳴的地方，我也不想同情伊亞森。

不過，比起他詳盡的成長史，龍一心向死、甚至利用神官來打破因果定律，這個部分倒是很吸引我。因果定律到底是怎麼一回事？

不知道為什麼，我覺得這可能是個線索。伊亞森似乎還未從過去的悲傷中抽離，我拍拍他的手。

「你知道被操縱的神官是誰嗎？因果定律不允許又是什麼意思？」

「聽說梅修斯大神官年事已高，已經返鄉養老了。我對因果定律了解不多，巨龍只給了我答案，沒有向我解釋。老實說，就算祂跟我解釋了，我也沒把握自己能從一個渺小人類的角度去理解它。」

我怕再問下去會引起懷疑，所以沉默地點了點頭。我需要更多資訊。身在帝國的好處之一，就是這裡擁有完善的情報網，你可以合法挖掘想要的資訊。

伊亞森看了沉思中的我一眼。

「您可以用輕鬆一點的語氣和我說話。」

「我們沒這麼親近，也不是可以輕鬆對待的關係。」

我怕又出現一位「想當朋友」的人物，故作冷淡地回應。他一臉委屈，像隻被罵的小狗，看起來有點可憐，但裝可憐對我沒有太大的效果。

到達宅邸後，伊亞森先下車，向我伸出了手。我本來不想握住他的手，但這是基本社交禮儀，我只好輕輕把手放上，然後走下車。伊亞森緊緊握住我的手。

「米傑利安小姐，請您別太怨恨皇太子。他一直住在皇宮裡，不懂得如何和同齡人相處，因此顯得有些笨拙。」

「我們早就過了可以用笨拙作為藉口的年紀。」

這種時候他竟然還在袒護海倫和皇太子，我太失望了。

沒有幾個人敢對侯爵的女兒動手，他一定知道是誰打了我，卻還對我這個受害者提要求。就連小孩子出手打人，都會被朋友訓斥，他卻對一個成年人袒護至此。

「父親應該在書房裡。那麼，請保重。」

我甩開他的手，微微躬身。我以適當的方式向他行禮，他也應該這麼做。

幸好，伊亞森還算識相。他滿臉苦澀地彎下腰，揮手道別。

「再見了，米傑利安小姐。」

06

侍女看到我的臉差點昏過去，我不得不先安撫她，再開始敷冰袋消腫。到了晚上，腫脹稍微消退了一些，但眼前還有另一個難題：我得和侯爵共進晚餐。

老實說，氣氛有點尷尬。為了盡早用完餐離開，我不斷把食物塞進嘴裡，侯爵卻開口對我說話。我很擔心，萬一他問起我在皇宮發生的事該怎麼回答，幸好他問了別的事。

「妳真的不打算冊封騎士嗎？」

「我覺得有家族的騎士就夠了。」

「如果沒什麼特別討厭的理由，還是去參加儀式吧。」

侯爵停頓了一下，用平穩的聲音接著說。

「每年都有出身小家庭的人或一般平民為了追求更好的生活，爭取成為騎士，但他們往往因為缺乏背景而無法被選中。這是因為人們通常會選擇出自名門望族的孩子，藉此加深家族之間的連結。」

因為要打造人脈嗎？看來無論是現代社會還是小說世界，人類生活的地方都是一樣的。

「出身高貴的騎士只關心自己，口風不牢靠，無法託付私密的事，甚至可能會顛倒主僕關係，反倒要主人為騎士服務。這種無法善盡騎士本分的人很多。」

侯爵擺弄著刀尖，目光銳利。

「去妳不能去的地方，做一些妳不能告訴別人的事情，並且堅守祕密，即便事態暴露也能替妳死——請妳找一個這樣的人。」

厄莉絲詭計多端，身邊可能需要有一個這樣的騎士。但奇怪的是，侯爵這番話聽起來像是在對我說。不是對厄莉絲，而是「我」。

學得再怎麼像，我都不是真正的厄莉絲。我只是在模仿「貴族小姐」。微小的習慣、愛好和口味——一輩子都注視著厄莉絲的人不可能認不出來。

我握著叉子的手在顫抖。

我該道歉嗎？說抱歉占據他女兒的身體？道歉後該怎麼辦？他會把我趕出去嗎？還是會拷問我？

這比被許布理斯抓到的時候更讓我恐懼，因為我奪走了他們心愛的家人，背負了沉重的罪惡感。

侯爵看著我的手，嘆了口氣。我緊閉雙眼，以為一切就要結束了，他卻握住我的手。

我驚訝地抬頭看他，但他什麼也沒說就走了出去。這種不發一語的關懷，讓我的眼淚差點奪眶而出。

我好想我爸。

「我」現在怎麼樣？死了嗎？還活著嗎？如果我失蹤了，爸媽會來找我嗎？

我想像爸媽在街上分發傳單，請大家幫忙尋找他們的女兒。不成熟的弟弟能成為他們的依靠嗎？

我回得去嗎？

我好害怕……

我想回家……

♛

艾瑪從小姐出生起就是米傑利安侯爵家的侍女，她的母親也曾侍奉過侯爵夫人，如果哪天艾瑪有了女兒，那她的女兒也會在這裡工作。

她記得小姐出生的那一天，白皙的皮膚和紅潤的臉頰真是太可愛了！艾瑪原本就覺得這個小嬰兒十分惹人憐愛，當她因為害怕弄痛小姐而輕輕觸摸嬰兒的臉頰，小姐竟用柔軟而溫暖的小手握住了她的手指。她忍不住哭了。

艾瑪就這樣成為了小姐的愛慕者。

小姐長大了，一天比一天更漂亮。人們總說皇宮侍女海倫最美，但艾瑪相信，那是因為他們沒見過小姐才會這麼說。

小姐有著夜空般漆黑的長髮，雪白晶瑩的肌膚，宛如盛夏森林的碧綠雙眸，還有比玫瑰更紅的鮮紅嘴唇。只要看一眼，就讓人心動不已。

小姐不只美貌非凡，身為帝國數一數二大貴族的獨生女，她只用最好的東西，身邊也只會留下最好的人。

人們有時會議論小姐，說她傲慢。艾瑪非常討厭說這些話的人。全帝國最珍貴的小姐，理應得到最好的。他們憑什麼不滿？

她的未婚夫是皇太子，而她總有一天會成為皇后。不論如何，她的前途一片光明。人們卻嫉妒這一點，總是想盡辦法挑她毛病。

那些人越是傷害她，她就越努力。她讓自己面面俱到，不給外人攻擊她的機會。如果有人笑她笨，她就努力學習；如果有人說她變醜，她就更努力維護自己的外表。如果有人對她說了不敬的話，她便付出十倍的努力，讓他們閉嘴。而如果有人想動她的東西或她的人，她就會用二十倍的力氣去阻止他們。

她不會對那些討厭她的人低聲下氣，事實上，她會做得比傳言更加嚴厲。艾瑪曾因為小姐被討厭而感到難過，問小姐為什麼要這麼做，小姐一臉悲傷地回答：「我必須這樣，他們才不會隨便對待我身邊的人。」

「但您和我們不同。我們只是出身卑微的僕人罷了。」

「傻瓜。那些人就是這麼狡猾，喜歡折磨你們這些出身卑微的人，順帶連我一起罵。他們會說：『僕人都這樣，主人就更不用說了。』我可受不了這種事，所以你們都要抬起頭來。」

皇室一認定小姐是皇太子的未婚妻，便馬上派人指導她嚴酷的宮廷禮儀和實際職責。那時，小姐幾乎沒有時間睡覺。她累得都生病了，還是沒有錯過任何一次進宮的機會。她每天打扮得光鮮亮麗出門，卻臉色蒼白地回來。

傳言說，皇太子殿下討厭小姐，只是無法表現出來。

艾瑪沒有安慰她，因為那樣會傷害小姐的自尊心，但艾瑪非常擔心她。

小姐正一點一滴地崩潰。

那是一個陽光明媚的日子。經過漫長的冬天，天氣終於暖和起來，所有侍女都忙著整理衣櫃和環境。

艾瑪懷裡抱著棉被，搖搖晃晃地準備拿到外頭曬。就在那時，她在遠處角落看到了小姐。

小姐沒有哭。儘管大家都說她冷血，她還是從來沒有在人前流過一滴淚。

那天也是一樣。小姐只是坐著，連哭都哭不出來，眼神空洞。

艾瑪突然有點害怕。

「小姐。」

厄莉絲沒有回應。

「小姐，外面還很涼。」

厄莉絲還是沒有回應。

「小姐、小姐，請說點什麼吧……」

厄莉絲毫無反應。艾瑪跑到她身邊，把手裡抱著的棉被披在她身上，彷彿要把她藏起來。

厄莉絲像是終於躲開了一切，開口問她：「愛情就那麼重要嗎？」

「什麼？」

「但是……但是光靠愛情，也沒辦法坐上那個位置啊……只要愛著皇帝，每天笑臉以待，這樣就能成為皇后嗎？他們說，皇后是一國之母，是輔佐皇帝的人……我為了這個目標，一直都很努力啊……」

她的努力沒有得到認可，她的真誠也不被接受。她的堅韌被說成自以為是，而她的積極卻被視為傲慢。

因為她不夠友善、不夠溫柔，因為人們不喜歡惡女。

「就算他不愛我，至少也要認可我的努力啊……為什麼她只會微笑，卻能受到所有人的喜愛……」

棉被都被小姐的淚水浸濕了。艾瑪多麼希望自己是個魔女，現在能立刻降下一場大雨，來掩飾厄莉絲的眼淚。

但艾瑪是個平凡的侍女，她能做的只有祈禱，祈禱厄莉絲的願望能夠實現。

然而，那時候的厄莉絲，希望自己可以從這個世界上消失。

奇蹟以最不幸的形式降臨。

♛

艾瑪是一名侍女，從小姐出生起就在米傑利安侯爵家工作。事實上，幾乎可以說她看著厄莉絲的時間，比厄莉絲的父母還要長。

這就是為什麼，艾瑪確信厄莉絲變了。

她思考的時候不再敲打無名指。睡前喝一杯水的習慣和緊張時咬指甲的習慣都消失了。甚至，某一天，她盤起雙腿，向艾瑪索要從未吃過的辛辣香料。

艾瑪以為自己比任何人都了解她，但她總給人一種陌生的感覺。說話方式變了、走路的步調變了、習慣也變了，艾瑪有時會忍不住想要抱住這個女孩，把她搖醒。

「妳是誰？」

這樣問的話，艾瑪一定會被當成瘋子趕出去吧。於是她只能在心裡大喊：「妳是誰？為什麼戴著小姐的面具？我的小姐去哪裡了？」

如果說小姐失去記憶，她倒是記得所有重要的事件，只有細微的習慣被遺忘。

真正讓艾瑪受不了的，是眼前這位小姐每天都在努力「若無其事」。

這讓情況更加可疑。萬一小姐的身體被壞魔女偷走了怎麼辦？即使她向周圍的人求助，也會被指控為魔女並被處決。弱小的艾瑪無法拯救她。

某天晚上，艾瑪決定把每天困擾自己的問題永遠埋進心裡。

當晚，艾瑪從睡夢中醒來，感到口渴。她下意識打開隔壁小姐房間的門，就像以前偶爾會去檢查、確保小姐沒有踢被那樣。但迎接艾瑪的不是熟睡中的小姐，而是一條失去主人、皺巴巴的棉被。

艾瑪的心臟砰砰直跳。

這幾天，小姐出意外的次數特別頻繁。有幾次是被襲擊者刺傷，也有一次是從屋頂上失足跌落，幸好被馬廄的守衛救起。

如果……這些都不是意外怎麼辦？萬一有人暗中密謀，想傷害小姐，該怎麼辦？

不、不、不行！艾瑪順手抓起一支蠟燭，赤腳跑了出去。

她不能大聲呼喊厄莉絲，萬一綁匪聽見，可能會逃跑或是傷害小姐。艾瑪顧不得腳被割出好幾個傷口，拚命向前跑。

希望小姐沒有走遠。

當她終於看見穿著睡衣的厄莉絲，艾瑪已經跑得上氣不接下氣，覺得自己的心臟快要爆炸了。她勉強移動嘎吱作響的雙腿，抓住小姐。

她這才發現，厄莉絲在哭。

「我想回家。」

「小姐的家就在這裡呀。」

「我想回家……媽媽……媽媽……」

「小姐您的母親、夫人她……」

「媽媽，我想吃泡菜炒飯……」

直到那時，艾瑪才意識到，她的小姐再也不會回來了。

眼前的並不是那個堅定、傲慢、可愛的厄莉絲小姐，而是一個失去方向的可憐孩子，被困在可怕的噩夢中徘徊，無法醒來。

她明明早就發現了，只是不願意承認。

那孩子開始捶打自己。艾瑪抱住她，低聲說：「沒事的，一切都會好起來的。」

那孩子弄傷了艾瑪的手臂和頭，但她沒有放手。

「我會陪在您身邊的。」

艾瑪一次又一次對她低語，直到夜空漸漸轉亮。

她很想知道，難道這個世界上，就沒有什麼能夠留住小姐嗎？

07

我什麼都不想做，但這部小說沒打算放過我。

侍女們忙著幫我打理衣服，好像如果我什麼都不做，身體就會發霉一樣。

我說我不想吃任何東西，她們就抓起湯匙和叉子，要我張嘴。我被當作三歲小孩對待，最後還是勉強吃進一點食物。

這幾天，侍女們都顯得心神不寧，怕我會崩潰。畢竟皇宮那件事鬧得這麼大，消息不可能沒有傳出去。說不定社交圈現在都在開派對，慶祝我被皇太子賞了一巴掌。

那些人因為害怕厄莉絲，不敢和她作對，但也沒有人是真正喜歡、關心她。

根據小說的描述，厄莉絲是一個活得非常自我且自尊心極高的人，如果是真正的厄莉絲，現在可能已經失控了。

但我不是她。家裡的人都很擔心「厄莉絲」為何什麼都沒做，也沒去找任何人算帳。她們甚至頻頻測量我的體溫，擔心我是不是生病了。

說實話，我被打了一巴掌，當然很生氣。我想闖進皇宮，趁皇太子熟睡時亂棍打死他，但我心裡一直在想，侯爵當時為何會握住我的手。

也許是因為他的手和我爸的手一樣大吧。我這輩子沒握過幾次爸爸的手……也許是因為這樣，我才會一直把這件事放在心上。早知道有這麼一天，我一定會多牽牽我爸。

每當我感覺快撐不下去的時候，就會想起家人。都說人只有失去過才會懂得珍惜，確實如此。我們一家人的關係不差，但也沒那麼好。準確來說，我其實對那個家感到非常厭煩。

我很討厭父母對我的期望。如果他們要把重擔壓在我身上，至少也要多關心關心我，但事實並非如此。我總是一個人待著、一個人解決所有事，要是真的碰到什麼無法獨力解決的問題，他們就會對我冷嘲熱諷。就算只是開玩笑，他們也從來不會這樣對待小我三歲的弟弟。

我想去讀音樂學院。我在這方面頗有天賦，成績也很好，唯一缺的就是錢，而錢正好是最重要的東西。我放棄想去的學校，報考了一所學費便宜的國立大學，而且因為分數限制，我也沒能選到想要的科系。

儘管如此，為了獲得獎學金，我還是非常努力。需要用錢的時候，我就去找短期的兼職工作。我每天都會被提醒「我們家沒錢」，理所當然地相信我只能靠自己。

而我的弟弟卻重考了。

原因是「沒辦法」。他沒考上想選的科系，爸媽幫他付了所有的學費和補習費。

我討厭這樣的父母。他們對弟弟更加慷慨包容。在我看來，他們更愛他。

我拚命工作，早早就開始獨立生活。再不情願，我都會在放假時打電話回家，但話題始終停留在表面寒暄。爸媽生日時，我會寄現金作為生日禮物。畢竟他們把我養大成人，我覺得自己至少必須做到這些。

我以為，只要我願意，隨時都可以再見到爸媽，也許是因為這樣，我才會對他們如此冷淡。因為我知道他們會等我。

如果早知道會像現在這樣想見不能見，當媽媽傳訊息給我，要我做自己想做的事時，我就不會假裝沒看見。如果早知道會發生這種事，當他們問我想要什麼生日禮物時，我就應該要回答的。我一直覺得就算說了也得不到想要的東西，但我其實一次都沒有對他們說過。

平時撒嬌的是弟弟，幫爸媽按摩和做家事的也是他。吃炸雞的時候，我和弟弟都會拿到雞腿，爸媽卻吃剩下的部位。

弟弟和善又可愛，更受喜愛也是很自然的事。如果我們還能見面，我會努力表現得更友善。遲來的悔恨哽在我的喉嚨。

我因為回不了家而傷心欲絕，與此同時，皇宮已經為我準備好要在冊封儀式上和皇太子一起亮相的衣服，要我過去試穿。

騎士冊封儀式在小說中也是備受重視的大事，身為皇太子未婚妻的我自然會受邀參加。

我的腦袋明白，心裡卻不能接受。皇宮裡有皇太子，那個在我臉上留下痕跡、沒有受到任何懲罰，毫不愧疚地繼續和海倫調情的男人。

就算是在眾目睽睽的冊封儀式碰面，我也無法保證能夠控制自己的表情，更何況還要兩個人獨處？我抱著要去受人宰割的心情鑽進馬車。既然沒辦法避免，至少我要抬頭挺胸地登場。錯的人又不是我。

我好不容易克制住情緒，看向窗外，不知為何，街上的每個人都在笑。

除了我。除了我之外，每個人似乎都很高興。

我為什麼要挨打？為什麼一定要忍受？我做錯了什麼，必須站在賞我巴掌的人旁邊陪笑？

「停車。」

「小姐？」

「你沒聽見嗎？立刻停車！」

吱呀一聲，馬車停了下來。車一停，我就立刻衝下車。

今天穿的鞋子有點高，但還好，我之前也很常穿跟鞋。

為了甩掉騎士的追趕，我盡可能鑽進最窄、最深的小巷。我跑得氣喘吁吁，差點吐出來，臉上卻掛著抑制不住的笑容。

要不就這樣躲一輩子吧？如果我一直逃下去，這個世界總有一天會放棄我吧？那麼，我是不是就回不去了？我的眼睛變得熾熱。

讓我走吧，放棄吧。這個世界需要的只有海倫啊。

「小姐在那！攔住小姐！」

騎士們的叫喊聲讓我焦急起來。我脫掉鞋子，赤腳穿梭在小巷裡。

我不想被抓到，要是被抓回去，肯定會被拖進皇宮。就算現在不去皇宮，我也會被帶回家，明天還是會強行被送進皇宮。光想就讓我感到噁心。

正當我急切地想找個地方躲起來，有人抓住了我的手。我以為是鬼，差點叫出聲。

一個樣貌邋遢的女孩把手指壓在嘴脣上，示意我不要出聲。

「姐姐，妳在逃跑嗎？」

「哈、哈……什麼？」

「妳想躲起來嗎？」

我心不在焉地點點頭。女孩笑了，接著吹了一聲口哨。一群孩子突然從巷子裡跳出來。我被那個蓬頭垢面的孩子牽著向前走，其他孩子秩序井然地往四周散開。有的結伴玩橡皮筋，有的玩起吵鬧的捉人遊戲。

他們堵住街道、製造聲響的同時，我被推進一間房子。門一關，女孩燦笑著伸出手。

「請付錢。您也看到孩子們有多辛苦吧？可別想拿零食打發我們喔。」

「什麼？那個……」

我尷尬地摸向腰間，但這件正式的洋裝不可能有口袋。孩子的表情因失望而逐漸冷卻，我猶豫了一下，隨即卸下耳垂上的寶石耳環，然後遞給她。她再次展開笑顏。

「不知道這會不會害妳被當成小偷，自己好好處理掉吧。」

「沒問題，小姐。我們很擅長處理東西！」

門後傳來咯咯聲。孩子露出詭異的表情，把我推向角落。是來搜查房子的吧？我屏住呼吸，躲了起來。

不過，走進門的人並不是家族騎士。

女孩大概認識剛進門的男子，熱情地和他打招呼。棕色的頭髮、棕色的眼睛，還有毫無記憶點的長相……在這部充滿俊男美女的小說裡，他有著標準的「臨演」外型。

男子看著地板，沒有回應孩子的喋喋不休，沒頭沒尾地問：「是誰？」

「什麼？」

「妳把誰帶回家了？」

「我能帶誰來呀？真是的，這個布滿灰塵的房子……」

面對孩子的狡辯，男子嘆了一口氣，徑直走到我藏身的衣櫃前。我將目光從衣櫃的縫隙移開，手摀住嘴，屏住呼吸。但男子絲毫沒有停下動作。

「出來吧。」

「哥！」

男子打開衣櫃，低頭看著我，眼神中滿是疲倦，沒有輕蔑或嫌棄。我不想惹麻煩，嘖了一聲，順勢從衣櫃裡走出來。

男子向孩子伸出一隻手，她裝作不知情地眨眨眼睛。他揚起眉毛。

孩子呻吟著將我給她的耳環放到男子手上。他把耳環還給我。

「拿去。」

「這是我的報酬，我救了那個姊姊！」

「別說了。和貴族扯上關係都不會有什麼好下場。」

「可是……」

孩子不滿地高聲叫嚷，男子試圖安撫她。

我把耳環扔回去，男子反射性地接住，然後直直望向我。

08

「她說的沒錯。我把耳環給了那個孩子，她救了我。」

「是吧？我沒有說謊！」

「就算是這樣……」

「這副耳環還包含了封口費。你不收我反倒覺得麻煩。」

我打斷他。繼續講下去不知道要糾纏多久。

這個緣分說不定是個機會。我本來就想請人打聽梅修斯大神官的消息，可以向他們打聽情報販子的事。

「你們可能不知道我是誰，就算知道也請保密。此外，希望你們可以推薦值得信賴的情報販子。」

「我知道！」

「安靜！」

孩子舉手想要回答，男子連忙抓住她的手，將手拉了下來。

他直視我，嘆了口氣。看來事情沒那麼好辦。

自古以來，平民與貴族來往的確沒有什麼好事。就算貴族利用他們、再靜悄悄地滅口，他們也無法反抗。

「唉，小姐……我就稱您小姐吧。很抱歉這個不懂事的孩子打擾了您，我為此向您致歉，但我們無法給出您想要的東西。請原諒我們這些無能之人，離開這個家吧。」

男子鞠躬致意。他是個有禮又聰明的人。雖然對他們來說不是好事，但我對他們很滿意。有禮總好過傲慢，聰明總好過愚鈍。

雖然他極力想趕我走，但我還不想走。我坐在床上，雙腿交疊。

「如果我現在離開，我的騎士會認為你們綁架了我。到時候連那些孩子都會被帶去審問。你希望這樣嗎？」

「……」

「但如果你答應我的要求，我可以創造出完全相反的情況。我陷入困境，而你們救了我。

你想怎麼做？」

孩子輕戳男子的腰側，像是在問他「這有什麼好猶豫的？」

男子無可奈何地點點頭。

事實上，除了威脅，我別無選擇，這不是良心該出場的時機。本來有機會好好談條件的。

我直視那個孩子。

「我要找口風緊、能力好的情報販子，保守祕密是最重要的條件，請優先考量這一點。」

「珊迪的父親在情報機構工作，他是個誠實、守信的人。」

「很好。請叫那個人去打聽梅修斯大神官的下落。」

「報酬呢？」

「妳對自己的能力真有信心，竟然想提前拿到酬金。不過要是事情沒有辦妥，錢卻拿不回來，那就糟糕了，對吧？」

孩子似懂非懂地點點頭。男子站在一旁盯著我，我問他：「你看起來很不滿。」

「您是故意來這裡的嗎？」

他的懷疑荒謬到有點可愛。雖然我的洋裝因躲藏而起皺，但我身上穿戴的物品可是能直接買下整個小鎮。

就算真的有什麼詭計，我也不用千里迢迢親自來這裡，傷害那些一無所有的人。只要派一名家族騎士就可以解決了。

「你以為我有這種閒功夫，來這裡找我根本不認識的無名之輩嗎？我真的是因為被追趕才來到這裡。」

「貴族不會命令初次見面的人去幫忙找人。您怎麼知道我們不會洩密呢？」

啊，原來如此。我站起身，微微踮起腳尖，揚起下巴，把臉向男子湊近。

就算有海倫在前，美貌排名第二的厄莉絲也不是浪得虛名。本以為男子會有所動搖，沒想到他只是低頭看著我。

「那是因為，只要我想，我可以在半天之內把你們全部殺光。」

「……」

「你想想，如果老鼠威脅要咬人，人類會害怕嗎？我們可以直接殺了老鼠，把牠說的一切都當成廢話。」

即使在現代社會，強者欺壓弱者的情況也屢見不鮮，更不用說在這個存在階級的社會裡。這也是為什麼他拚命想讓那孩子遠離我。

孩子聽到這番話，嚇得渾身顫抖。除非他們真的洩密，否則我並沒有打算殺他們，所以我才會把保密列為第一條件。我笑著摸摸孩子的頭。

「您根本不把我們當人看。」

「嗯，不過，我和一般貴族確實有些不同。」

男人忿忿不平地咕噥了一句，我聳聳肩。我知道這個小說世界沒有善待他們，但我對其他貴族如何看待平民不感興趣。

我之所以如此殘酷，並不是因為身居高位、看不起他們，而是這些人對我來說都不是真正的「人」。除非極度沉浸於故事之中，否則沒有人會同情一個不存在的虛構人物。如果某個不影響遊戲進行的角色死掉，你不會感到悲傷或流淚，只會單純接受「ＸＸＸ已死亡」的訊息。為了讓讀者投入故事，作者必須寫出令人信服的敘述，創造「我希望這個角色不會死」的情感。很可惜，這部小說中沒有任何一個角色讓我有這種感覺。

我所愛的一切、珍視的一切，都存在於原來的世界，而不是這裡。我的家人、我的朋友、我喜歡的歌曲、我想看的風景……為了奪回這一切，我甚至做好了死亡的準備。我沒空同情一個虛構人物。

我拋開雜念，向男子低聲下令：「現在，帶我回去吧。」

男子困惑地看著我，然後脫下他的靴子，接著跪下抬起我的腳，讓我穿上他的鞋。尺寸大了很多，但因為是長靴，所以也不至於脫落。

我看這個家的狀況，似乎也沒有多的鞋子。我不知道該怎麼辦，就算現在身上有錢，商店應該也都打烊了。

「你看起來沒有第二雙鞋，讓我穿的話，你怎麼辦？」

「即便如此，也不能讓小姐赤腳走路。」

男子邊說邊打開門，等我走出去。

說實話，我不想出去。穿過那扇門，故事就會再次繼續。我無法想像未來還會有多少災難。小說讀起來雖然很短，身處故事中卻度日如年。

我還是想逃走，但我不該像這樣衝動地跑走。他們是帝國最有權勢的人，如果我不仔細策劃，終究會被他們抓回去。就算繼續躲在這個屋子裡，也無法撐到天亮。

我都已經做好赴死的準備，僅僅因為皇太子打了我一巴掌，我就要逃走嗎？或者因為害怕未來而什麼都不做？

如果我在社群上訴苦，可能會收到很多留言，問我為什麼要如此沮喪、甩了他不就行了。

沒錯，我心裡舒服多了。我為什麼要躲？還不如殺了皇太子。

這個受限於因果定律的世界如果沒了男主角，會發生什麼事？

我非常期待。

我完好無缺地回到家，沒有人敢責罵我，只是茫然地看著我。都說伸手不打笑臉人，所以我一直笑著。

「我太悶了，想吹吹風。」

「可是，小姐，您至少應該帶上護衛呀。」

「我平安回來啦，不是嗎？我累了，想休息。」

我示意談話到此結束，侍女長也無可奈何，只好吩咐侍女去幫我準備洗漱。

泡澡的時候，我在心裡盤算，必須盡快見到許布理斯。

想起那天對他如此無禮，我有點不好意思承認自己不是這個世界的人，不過我又怎麼可能在當時眾目睽睽之下自白呢？相信仁慈的大神官不會對陷入困境的迷途羔羊坐視不理。

我昨天應該去試衣服的，這樣就可以藉準備儀式之故接近他。但我當下沒多想就跑了。

由於皇宮也是許布理斯經常出沒的地方，我決定今天悄悄走一趟，不逃跑了。

不過，經歷昨天那場鬧劇，侯爵家的人很不放心，護送馬車的人比平常還多了一些。就算我想逃跑，在這種嚴密監視之下，跑沒十步就會被抓住。

按理說，我一到皇宮就要先去拜見皇帝，但皇帝今天正好出去視察。聽說皇太子昨天已試完衣服，正在替皇帝處理公務，看來昨天是逃對了。

象徵皇室的紫色布料傾瀉而下。這是一件優雅的高領露肩洋裝，考慮到天氣漸暖，肩膀和背部都是敞開的，看起來乾淨利落。布料光滑而貼身，多層疊加之下既整齊又高級。裙襬很長，在地上拖來拖去，洗衣服的人肯定很辛苦。

「天啊……娶到這麼美麗的妻子，大家一定很羨慕殿下。」

「……」

「沒有什麼不舒服的地方吧？」

我本來不想理她，所以沒有回答，最後還是點點頭。裁縫夫人又再仔細查看了一遍，然後幫我換回原先的衣服。

更衣完畢後，裁縫夫人笑著告訴我不用擔心，她會在一天之內把衣服送到宅邸。

正當我穿過後花園，準備回去時，我看到一個熟悉的背影——是許布理斯！我心想不能錯過這個機會，拉起裙襬就跑了起來。

雖然這條裙子沒有剛才試穿的那麼長，但也不短，行動非常不便。我試圖拉高裙襬，卻不慎絆到自己的腳，摔在地上。

09

「啊！」

我的腳一扭，痛得不禁叫出聲。許布理斯這才轉過身來。

我有點惱火。海倫只要輕輕嘆口氣就能讓他回頭，我卻得狼狽疾呼。

許布理斯快步走近，跪著問：「您沒事吧？」

「我看起來像沒事嗎？」

我都快痛死了，他還問這種廢話。眼看我動怒，他連忙伸出手，一臉尷尬。

「我要觸碰一下您的腳踝……請恕我無禮。」

許布理斯施展神力。一道白光從他的手掌冒出，我腳踝處的疼痛很快就消退了。

我目不轉睛地盯著這個奇景，但治療很快就結束了，大概因為這只是輕傷吧。許布理斯向我致意，起身準備離開，我拉住他。

「我們見過面吧？」

「……是的。」

「你當時問我是誰。」

「是。」

許布理斯看起來很不自在，但不知為何沒有把目光從我身上移開，雙眼焦點模糊。他盯著我看，不是因為我漂亮，而是因為看見了超越外表的某種東西。

我環顧四周，對著許布理斯低聲說：「我看起來像誰？」

「我看不見靈魂的影像。」

許布理斯嘆了口氣，直視我。

「我看到的是靈魂的顏色，而這個世界上沒人和您有一樣的顏色。我以為是幻覺，但事實並非如此。」

「當時旁觀者太多，我沒辦法坦白。其實，如你所見，我來自另一個世界。我想知道，我還可以回到原來生活的世界嗎？」

我抱著一絲希望，迫切地問。許布理斯的嘴張了又合上，似乎在猶豫什麼。

快說啊！你到底知不知道、有沒有辦法？皇太子的未婚妻在路上和男人對話，對我的形象毫無加分。

我無奈地咬牙又問了一次：「你不知道嗎？」

「很難給出明確的答案，不過，就我所知……」

他接下來說的話讓我愣在原地，動彈不得。

當他說「從來沒有異鄉人活著離開」時，我幾乎快失去理智。我以為我不怕死，但好像不是這樣。我笑了出來。

「不會吧？一定有什麼辦法。通往異次元的門之類的……」

「小姐。」

「如果沒有辦法活著出去，那我是怎麼活著來到這個世界的？一定有辦法，對吧？只是你不知道罷了。」

「小姐……」

「請找找吧。你是大神官，不是可以進神殿查找資料嗎？所以——」

「小姐！請聽我說。」

他一把抓住語無倫次的我，大聲喊道。我喘不過氣。

許布理斯緩慢而清晰地向我解釋，一字一句，就像在教孩子一樣。

「如果……如果小姐不是這個世界的人，那麼原本在這副身體裡的靈魂一定早就消失了，您才能夠安然無恙地來到這個世界。這就是生命的法則。意思是，您若想回到原本的世界，那個世界的靈魂就必須死亡。準確來說，是您身體裡的靈魂。」

「……」

「但是那個身體裡的靈魂——您現在在這裡，那副身體恐怕只是一個沒有靈魂的空殼。既然沒有靈魂作為交換，您就沒有辦法活著回去。接受您的命運，代替她活下去吧。」

他平靜地說完，慢慢扶我起身。那個仁慈的表情讓我有些惱火。

說得輕鬆，受苦的人不是他，要我接受什麼？真要接受什麼的話，我寧願去學魔法、和魔女交朋友，或是去冒險，也不願成為皇太子的未婚妻。

我的胃開始絞痛。那是我之前刺傷自己的地方。我還要捅自己多少刀，才能結束這一切？不，我還有力氣嘗試嗎？恐怕在成功殺死自己之前，我就會先崩潰。

痛苦開始吞噬我。我勉強開口。

「我不要。」

「什麼？」

「如果這就是生命的法則，我就算死也要離開。」

我回過神來，打算立刻去找魔女。許布理斯震驚地叫住我。

「小姐！請您珍惜神賜給您的生命！」

「神賜給我的生命？」

我一愣，停下腳步，轉身面對他。在原來的世界，我就是一個無宗教信仰的人，沒想到會在小說裡聽到這種話。

「我的生命是我父母給的，而不是什麼神或上帝。大神官也是吧？難不成你是由聖靈孕育成人？」

你要珍惜、要孝順的，是你的父母，你懂嗎？話已經到了嘴邊，我還是決定忍住。這個世界不可能容納儒家思想。就算他把我當成異教徒也無所謂，反正我也不是這個世界的人，告發我又能怎樣？至少在我的認知中，許布理斯不會這麼做。

當一個活生生的傀儡實在太累了，連穿什麼衣服都不能自己決定。不過竟然連許布理斯都沒辦法……

我好累，腦袋一片空白，感覺全身的力氣都已耗盡。真希望下一秒就能躺在床上。

我邁著沉重的步伐，海倫正好從我面前走過。她看到我時嚇了一跳。我怕她多問，想假裝沒看見她，繼續往前走。

就在我們擦身而過時，海倫拉住我。我困惑地看著她。她深吸一口氣，直視我的雙眼。

「米傑利安小姐，我想請求您的原諒。」

「為什麼？」

「關於殿下……關於殿下打了米傑利安小姐的事。」

我發出一聲嘆息。打我的人不是她，我不知道海倫為什麼要道歉。不過，她對我說話的態度沒之前那麼隨意，這讓我感覺好多了。

「打我的是安特布朗小姐嗎？不是吧。妳不需要道歉。」

「但、但是……」

「妳不必感到內疚。我先走了。」

我正想走，海倫卻沒有放開我。她的手溫暖而柔軟。

「不，我應該要道歉。就算米傑利安小姐不原諒我也沒關係，雖然不是我親手打了那一巴掌，我也是促使陛下出手的罪魁禍首。」

海倫用雙手緊緊拉住我。她的眼框濕潤，但沒有哭出來。儘管聲音有些顫抖，那雙明亮的紫色雙眸卻沒有動搖。她繼續堅定地自白。

「那天，我應該阻止陛下靠近米傑利安小姐，而且我應該告訴侍女那是一場誤會……但我只是袖手旁觀，直到米傑利安小姐受傷離開。都是我的錯，對不起，請您原諒我。」

如此正直，如此惹人憐愛。她的善良簡直讓我感動得快哭出來。如果她只是個假裝善良的小人，至少我還能放心地恨她。

然後我看到海倫的手，柔軟、乾淨，沒有任何瑕疵的手。據我所知，她的身分是侍女，甚至是負責家務的低階侍女，而非來自貴族家庭、負責侍奉陛下的高階侍女。

為了付學費而打過各種零工的我很清楚，除了坐辦公室處理文書，做任何工作、即便只是家務，都會毀掉一雙手。

仔細想想，海倫在艱苦的環境下長大，卻忙於扮演治癒男主角心靈、讓他們墜入愛河的角色。因為每個人都愛海倫。好女孩必須「公平」地回應所有人的愛，哪裡有時間洗碗、洗衣服或打掃？皇太子和皇后一定都搶著召見她。

看書的時候我還沒仔細想，真正遇到時卻覺得十分違和。

不，說實話，我感覺很糟。

「妳的手怎麼會這麼乾淨又柔軟呢？」

「……米傑利安小姐？」

海倫和我一個大學同學很像。她是獨生女，長得很漂亮，個性也很善良，所以很受大家歡迎。誠實又有趣的人，誰不愛呢？

我也喜歡跟她待在一起。沒有人會不喜歡對自己友善的人。

考慮到我的經濟狀況，她有時會偷偷幫我付飯錢。如果我因故不能參加課程，她還會告訴我進度。最重要的是，她這麼做並不是有別的用意或出於憐憫。她不是喜歡「可憐的我」，而是「我」。她理解我的貧窮，所以即使我不比她有錢，她也願意接近我。不過，我還是沒能和她真正變親近的原因是……

「妳爸媽怎麼不幫妳？」

「我們家狀況不是很好，而且不是只有我一個小孩……」

「不管怎麼說，妳都是他們的女兒啊，跟家裡求助看看吧。」

諷刺的是，她說這些話其實並無惡意，純粹是因為她太單純了。她人生中唯一遇到的難關，就是為了考大學而拚命學習。不，就算是這樣，她也已經接受昂貴的家教輔導，起跑線遠遠領先其他人。她總是笑著說「補習難死了」。

她很好，只是沒有吃過苦。我不知道「沒吃過苦」竟然也是一種榮耀。我想，她之所以那麼單純，就是因為這樣吧。

海倫的純真也是如此。如果她長得不那麼漂亮，如果她沒有和皇太子成為朋友，如果她真的過著「平民」的生活，那她還能這麼天真嗎？

因為妳的正直從來沒有經過考驗。因為每個人都愛妳、呵護妳。

「我……最討厭像妳這樣的人。」

10

「米傑利安小姐……」

海倫去見皇太子的時候，一定都有人替她做她本應該做的工作，所以她才能擁有如此美麗的雙手。

受不了。

不，再更誠實一點。我討厭見到那位同學時所產生的自卑感。我以為我的生活還不錯，可每當和她待在一起，我就會忍不住怪自己、怪環境。

如果我是有錢人家的女兒，情況會有所不同嗎？來到這個世界、成為令人嫉妒的貴族厄莉絲之後，我才終於發現，一切只是我的劣根性作祟。

性格惡劣又怎樣？這個世界還有亂打人的皇太子呢。打從心底討厭一個人又怎樣？我的感受屬於我自己。

「妳不用向我道歉，因為我今後也會一直討厭妳。」

儘管恨我吧，海倫。從來沒有憎恨過任何人的妳，恨我吧。

♛

一大早就開始梳妝打扮，搞得我筋疲力竭。就算在原來的世界，我也只有參加婚禮的時候才會化妝，但成為厄莉絲之後，每次出門就得耗上幾個鐘頭。

我得說服侍女們，至少夏天不要再讓我穿束衣。就算沒有束衣和馬甲，厄莉絲看起來也已經夠瘦了。

我身穿皇室送的紫色禮服，戴上耀眼的珠寶配飾。

平常都是乘坐家裡的馬車進宮，但今天是個大日子，皇宮特別派了一輛馬車來接我。車身由白色的大理石和黃金點綴而成，閃得讓人眼花撩亂。唉，我還沒出發就累了。

侯爵要我冊封騎士，但既然我還是決定去死，我不想雇用某個人、再害他背負沒保護好我的罪名。我不想毀掉那個人的一生。

所以，我還是去亮個相、讓騎士們養養眼，然後趕快回來就好。

「願您有個美好的午後，殿下。」

一下馬車，就看到皇太子一臉不悅地等著我。依我對他的了解，他絕對不會主動出來迎接我，看來是皇帝命令他這麼做。

周圍紛紛傳來讚嘆。侍女們的努力沒有白費，今天的厄莉絲美得讓人目不轉睛。

不過，這招對和海倫朝夕相處的皇太子來說，似乎沒有太大的效果。他連一句稱讚的場面話都沒說。

我不情願地伸出一隻手。皇太子緊皺眉頭，彷彿在問「妳搞什麼？」

都說顏值就是正義，好看的人做什麼都可以被原諒。雖然他比我見過的任何男演員還要帥，但那副厭惡至極的嘴臉，實在讓人喜歡不起來。拜託，又不是只有你會皺眉？我做出同樣的表情回敬。

他突然抓住我的手，拉著我大步前進。我想把手抽走，但他握得很緊，就這樣在眾目睽睽之下拖著身穿合身禮服的我。

我停下腳步，甩開他的手。皇太子憤怒地回頭看我。

無論我表現得多麼抗拒，當他俯身一把我抱起時，口哨聲和歡呼聲還是從四周傳來。

這些人是瘋了吧？

「您的行為太無禮了。」

「無禮？妳用盡手段，不就是為了被我抱住嗎？」

啊，真想把他的頭髮全部扯掉。我神色自若地用指甲掐他的脖子，假裝摟住他。侍女在修剪指甲的時候，應該請她把我的指甲磨得更鋒利才對，這樣如果皇太子說了什麼瘋言瘋語，我就可以掐死他。

我咬緊牙關，語帶威脅地說：「完全不是。請您放我下來，要是我掙扎的話，場面會變得很難看。」

「沒必要，反正妳跟皇室有婚約，就這樣抱著吧。我不知道妳對陛下說了什麼，但他親自吩咐我好好照顧妳。」

「怎麼說得好像都是我的錯？」

「看妳反應這麼激烈，我應該沒說錯。」

「陛下不信任您，怎麼能怪我呢？」

我知道他活在父親的壓迫之下，所以大多時候我都試著忍耐，但他一次次想把錯推到我身上，我那指甲般大的體諒頓時消散。

我環顧四周，用力刺了皇太子一下。他被這意外的突襲嚇了一跳，鬆開抱著我的手。我跳下來，跪坐在地上。

「殿下，您如果累了可以告訴我，為什麼要逞強呢？不……是小的愚鈍，沒有注意到您的狀況。」

騎士們的目光都集中到皇太子身上，眼神中隱約流露鄙視，視他為連未婚妻都抬不起的弱者。皇太子滿臉脹紅，還來不及開口，我就再次喊起來。

「侍從在哪裡？還不快把陽傘拿來？殿下如果在這麼重要的日子暈倒，你們能負責嗎？」

侍從馬上拿著和身體一樣大的陽傘跑了過來。我挽住皇太子的手，作勢攙扶，同時偷偷往他的手臂施力。

轉眼間，攻守交換。他瞪著我，就像在看一個瘋子。沒差，我不在乎。

離開這裡之前，我必須把他帶給我的痛苦加倍奉還。我面帶微笑，嘴脣微張，如同腹語一般低沉地說：「笑一笑吧，陛下不是吩咐您要好好照顧我嗎？」

「不要仗著陛下的寵愛就如此放肆。」

「那麼，就請殿下去向陛下請願吧。」

我突然掏出手帕，假裝幫他擦汗，眼裡盡是溫柔。

「請向陛下上書，說您想與我這個無恥惡人解除婚約、和安特布朗小姐訂婚。難不成要我和您一起下跪請求嗎？」

只要他願意，我可以馬上跟他一起去找皇帝，請求皇帝解除這個雙方都沒有意願的婚約。問題是，他做不到。

如果你在自己的父親面前一句話都不敢說，那為什麼要把怒氣發洩在我身上呢？我越想越氣。我也是這段婚約的受害者，他為什麼要折磨我？

為了扮演好對皇室唯命是從的厄莉絲，我已經忍耐得很辛苦了，這傢伙竟然還敢打我的臉？我掏空了這輩子的耐性，才好不容易忍住。

我們兩個站在原地低聲吵架，侍從連忙用眼神催促。

「別以為陛下會永遠寵愛妳。妳有一種讓人好感盡失的能力。」

「您對我有好感嗎？真令人驚訝，因為我對您可沒有。」

一旁的侍從開始出聲催促。我拉著皇太子一起走。

我和你一樣希望這場鬧劇快點結束，所以請你好好配合吧。

冊封儀式雖然華麗又隆重，但到了儀式前活動的尾聲，我已覺得漫長又無聊。不管儀式有多炫目，頂著厚重的妝、穿著緊身馬甲都很難開心。我打量四周，發現兩邊皇室成員的狀態看起來和我差不多。

我一大早就起床，為了做準備什麼也沒吃。緊身束衣掐著我的胃，害我一直想吐，只好趁著休息時間出去透透氣。

這雙鞋的鞋頭很窄，走一小段路腳就開始痛。我想就地坐下，但晚點還要回到儀式現場，不能弄髒衣服。

我四處尋找可以就坐的乾淨處，卻聽到某處傳來奇怪的聲響，像是被緊緊悶住的低鳴，還有拍打某物的聲音。

這個世界有魔女，當然也可能有鬼。我循聲找去。

總之，不是鬼。雖然那個全身裹在麻布之下、被眾多騎士圍毆的男子確實看起來像鬼。

「站起來，臭小子！」

「這小子跟縮頭烏龜一樣，太好笑了。」

「快回話！」

又一波重擊聲。原本在麻布之下仍挺直身軀的男子，這次終於應聲倒下。

「不說話嗎，臭小子？」

「喂，把他扶起來。又蠢又不識相的傢伙。」

我懂了。帝國是一個社會階級相當固化的國家。帝國制本就是一個高度中央集權的制度，若沒有明確的階級差異會很難統治，因為這意味著人人都可以接替皇帝的位置。

就連女主角海倫也是在洗清家族被誣陷的罪名、恢復貴族身分之後，才得以嫁給皇太子。

在這個階級分明的國家，平民想要提升社會地位，只有兩種途徑：成為騎士或魔道工學者。兩者都需要一定的努力和天賦才能實現，但平民就算努力與天賦兼具，也不一定能出人頭地。除非是難得一見的天才，否則有家族支持的貴族人士，成功的機會當然更高。再者，也有貴族為了建立家族之間的連結，而幫助有背景的人。騎士尤其如此，正如侯爵前一晚所說，貴族出身的騎士往往能被冊封。

富裕平民也會形成聯盟，連沒落貴族都無法輕易觸及。他們藉由行賄來避免被找麻煩，並把對於無法成功的恐懼和無助，發洩在最貧窮、最弱小的平民身上。他們感到焦慮的時候，就會折磨這些人，藉此緩解自己的憤怒與不滿。

這種情況在我原來的世界也很常見。有人的地方就有江湖，問題在於我是否要挺身而出。他們把麻布蓋在他身上，避免弄髒他的衣服，引來不必要的爭端，可以說明他們已經不是一次兩次這麼做。

如果我出於同情或正義感而倉促出手，制止這種行為，我離開之後，那個人也只會被欺負得更慘。

不是沒有辦法幫他，但說實話，太麻煩了。我自己都還在想方設法放棄這條命，沒空去幫忙其他身陷困境的人。

我還在猶豫，男子又被重重踢了一腳，包裹住他全身的麻布跟著滑落。

噢，我認得他，是上次幫我穿鞋的那個人。

他也看到我了，面露驚訝。我一時間變得更加猶豫。我們並非完全不認識，但也還沒有熟到我願意為他自找麻煩。

反正和我做交易的是那個孩子，不是他，擅自出手相救，說不定又被當成貴族小姐的傲慢——這個想法頓時讓我愣住。

我討厭那些什麼都不了解就擅自同情我的人，當然，我也不喜歡那些利用我的處境、或在我訴說難處並請求理解時嘲笑我的人。

然而，最讓我感到噁心的，是那些作秀般「關心」我的人。他們把我當成低人一等的存在，以「照顧我」的行為來自抬身價，甚至自我陶醉。

雖然我和他不算敵對，但彼此也沒什麼好感，而且他對我的第一印象應該很糟。那個揚言一根手指頭就能輕鬆殺死他的貴族小姐，現在卻想救他？太虛偽了吧。

不請自來地幫助別人最具羞辱性。顯然，就算我救了他，他也不會高興。

我轉身走掉，他沒有叫住我。

11

冊封儀式就要開始了。

為了防止貴族組織私人軍隊，帝國對個人雇用的騎士數量有嚴格的限制。

冊封儀式並不是每年都會舉行，想要招募騎士、或透過冊封騎士來拉攏關係的貴族蜂擁而至。有些貴族擔心自己會錯失想要冊封的騎士，頻頻交換眼神，彷彿他們已經在休息時間定下某種約定。

座位是按階級排列，我理所當然地被安排在前排，但我把位子讓給了一位看起來非常迫切的貴族。反正我也不打算挑選騎士。

我站在後排悠閒地環顧四周，目光被其中一些顯得格格不入的騎士吸引。他們看起來比周圍的人還年長，且明顯有點畏縮。

「他們是沒有在上次的儀式被選中，而推遲冊封的騎士。」

那位滿口「浪漫」的騎士彷彿察覺到我的目光，低聲說明。

「如果一直沒有被冊封，那怎麼辦？」

「沒有人會想要他們，小姐。一開始，大家可能覺得他們運氣不好，但如果一直沒有被選中，就會開始懷疑他們是不是有什麼問題。時間一長，他們會變老、體力會下降，最多再堅持個十年就會放棄成為騎士，轉而當傭兵。」

其實成為傭兵不失為一個好出路，但對於懷抱「榮譽騎士夢」的人來說，絕對不是什麼理想結局。

剛才被圍毆的男子站在後方一個不顯眼的角落，我甚至看不清楚他臉上是什麼表情。不管他有多優秀，在那個位置都很難被選上。

「成為傭兵之後，就絕對無法成為騎士嗎？」

「富裕平民更喜歡背景清白的騎士，而非來歷不明的傭兵。但如果是沒落貴族，身價就不同了。有些人會把女兒嫁給沒落貴族，藉此提高自己家族的社會地位，或者轉手把他賣給較富裕的平民。」

被當成商品來對待……不，或者更像種馬？對於重視尊嚴勝過性命的貴族來說，簡直是惡夢一場。

與此同時，貴族開始挑選騎士。他們一一喊出名字，或用手指指向下方。被選中的騎士走上前，跪在冊封他的貴族面前。貴族從侍從手中接過一把劍，輕輕敲擊騎士的頭和肩膀。

一開始我看得很專注，感覺就像是在看某部名片中的場景，但重複太多次之後，我漸漸感到睏倦。

今天真的太早起床了，我的眼皮重得不聽使喚。

我不知不覺打起瞌睡，騎士小心翼翼地扶住我的背。

「上次，談論浪漫什麼的……是屬下失禮了。」

「已經過去了，無須在意。」

「謝謝您的寬容，小姐。但請容屬下斗膽再說一次，如果小姐沒有特別厭惡的理由，懇請您冊封騎士。」

我盯著騎士的臉，示意他說明原因。他迅速跪下，對上我的視線。

「小姐的一個選擇，可以拯救某個人。即使您不滿意，之後再解雇他也行，被小姐選擇過的騎士很容易再次被其他人選擇。」

「所以呢？」

「這些人為了成為騎士，花了一輩子的時間訓練，如果因為沒有被選擇，就讓這些努力化為泡影，那不是很可惜嗎？」

「你是在求我救人？」

「是的。」

快輪到我了。騎士的數量逐漸減少，剩下的人臉色變得凝重。

拯救某人，必須承擔隨之而來的責任，就跟拯救街上的流浪動物一樣。

「我要任命你為騎士。」

我指尖朝向的男子睜大雙眼。侍從遞給我一把劍；雖然不是真的劍，但還是相當重。男子在無聲的催促之下走上前，滿臉不解地緩緩跪下。

「你願意在神的面前宣誓效忠並服從我——厄莉絲·米傑利安嗎？」

「即使這條路充滿艱辛與磨難，我也願意欣然追隨，任何誘惑都無法使我屈服。」

他栗子色的雙眸在燈光下晃動。我用劍輕輕敲擊他的頭和雙肩。

我不認為這麼做就是救了他。就算我現在沒有選擇他，他絕對也會再等個幾年，直到機會出現。

但我欠他一個人情。雖然他那雙骯髒的長靴一到府邸就被丟掉了，但多虧他的鞋子，我才能毫髮無傷地回去。我接受了一個非常微不足道的、幾乎可以直接忽略的恩惠，這麼做是為了還清這筆債。

「你叫什麼名字？」

「屬下慚愧，我沒有名字。」

「那你妹妹都怎麼叫你？」

騎士們或許只會用不禮貌的方式稱呼他，但至少他妹妹會叫他的名字吧？我凝視著他屈膝展露的頭頂，他平靜地回答。

「我是巷子裡最年長的孩子，所以大家都稱呼我哥哥。」

完蛋了。我不知道這個帝國流行什麼名字，也沒有命名的天賦……總不能讓他跟小說裡面的重要角色撞名吧？

我盯著長相柔和的棕髮男子看了許久，然後把手輕輕放在他的頭頂。

「那麼，安納金，我就叫你安納金吧。」

他站起來，背對陽光，整個人籠罩在陰影之下。

看著那道陰影，我突然想起小說中被我遺忘的情節。

被所有人憎恨的厄莉絲身邊，只有一個人到最後都愛著她——她的黑騎士。

儀式終於結束，我只想趕快回家。貴族們聚集在一起，有些人忙著社交，壯大家族的勢力。與其繼續待在這裡，不小心露出什麼破綻，我還是早點退場比較好。

皇室成員全都在場，我身為皇太子的未婚妻，不能沒打招呼就離開，於是我慢慢穿梭在人群中。

「願您有個美好的午後，陛下、皇后陛下。」

「妳看起來一如往常地美麗。紫色，皇室的顏色，很適合妳。」

「皇室贈送這麼漂亮的衣服，是我的榮幸，很抱歉現在才向您致謝。」

「妳真是謙虛。我聽說妳不打算冊封騎士，為什麼會改變主意？」

「大家都在說服我，我何必一意孤行呢？」

皇帝聽了我的回答，哈哈大笑，一旁的皇后和皇太子則露出冷漠的表情。既然他們都喜歡海倫，何不下令解除婚約？

我向皇太子眨了眨眼，示意他趁現在說點什麼，但他明明接收到我的信號，卻還是別過頭去，裝作沒看見。

優柔寡斷是大神官的人設，不是他，他為什麼要這樣？真搞不懂皇太子在想什麼。

我決定不要理會他，對皇帝笑了笑，微微躬身。

「由於一大早就起床準備，身體有些不適，是否可先行告退？」

「妳的臉色確實很蒼白，是我太粗心了，去休息吧。」

「謝謝您的關照，那麼，我先走了。」

皇宮什麼都好，我唯一不喜歡的地方就是必須穿過整個庭院才能回到馬車。不知道是不是為了讓行人欣賞整個庭院，這裡的道路彎彎曲曲，沒有一段是直路。我踩著高跟鞋走來走去。為了走回馬車，我的腳痛得像要裂開一樣。

一陣交談聲從前方傳來。是海倫和伊亞森。

我知道接下來會發生什麼事。事實上，這個時機點，小說中的重要事件並不是冊封儀式。女主角——海倫——是平民，無法冊封騎士。

因此，冊封儀式之所以占這麼大的篇幅，重點在於儀式結束後發生的事。小說有一個場景：勇士伊亞森來到儀式現場，並宣誓成為海倫的騎士。

「伊亞森，作為騎士，你只能向一個人宣誓！為什麼要對我……」

「正因為只能對一個人宣誓，我希望那個人是妳，海倫。」

12

嗯，這是騎士一生只能發一次的誓，因為如果他們追隨的主人犯了罪，即使與騎士無關，他們也會連帶受罰。就算騎士為了自身利益而選擇背叛，之後也很難有好下場。背叛過一次的人，也能再背叛第二次，沒有人願意接受被貼上叛徒標籤的騎士。

有鑑於此，即使主人把罪過推到騎士身上，他們也很少違抗命令。這是騎士口中的榮譽。

算了，還是少管人家的愛情故事。如果我現在走過去，場面會很尷尬，我決定屏住呼吸躲起來。

伊亞森單膝跪地，然後拔出腰間佩戴的劍，遞給海倫，低聲宣誓。

「我，伊亞森．卡迦勒，在神的面前宣誓效忠並服從海倫．安特布朗。即使這條路充滿艱辛與磨難，我也願意欣然追隨，任何誘惑都無法使我屈服。」

「伊亞森……」

「海倫，我會守護妳直到最後。請允許我這麼做。」

伊亞森純粹的愛和服從的姿態，讓海倫感動得熱淚盈眶。她顫抖著手，緩緩抬到伊亞森的頭上。

這一幕非常動人，如果皇太子沒有看見，幾乎算得上完美。

面對眼前難以置信的場面，皇太子神情扭曲。他自認最親近的朋友正以冊封為名，向他心愛的女人表白，而她竟真的打算接受。

海倫很善良，但不懂人情世故。到底要多單純，才能相信高貴的青梅竹馬會發誓守護妳一輩子？

稍微改幾個字，再把劍換成戒指，這段話就跟結婚誓言差不多了。

為了阻止幾乎要衝出來的皇太子，我故意發出聲音，吸引他們兩個的注意，這對濃情蜜意的男女這才回過神。

老實說，我的腳太痛了，也沒辦法繼續躲下去。

「很抱歉，卡迦勒勛爵，我打擾到你們了嗎？」

「……沒有。」

當然沒有，我可是等到你把話都說完了才跳出來。這位先生是不是忘了這裡是公共場所，不是他家。

我朝滿臉通紅的海倫看了一眼，決定給她一個脫身的理由。

「皇后似乎在找妳，安特布朗小姐。趕緊過去吧。」

「啊，時間已經這麼晚了！謝謝您的提醒，米傑利安小姐。嗯……再見了，伊亞森。」

海倫匆匆離開，皇太子應該會追上去吧。希望我不用再目擊這種場面，如果不是剛好路過，我也懶得插手。

我正準備離開，又停下腳步，回頭看了伊亞森一眼。

「卡迦勒勛爵，您多留意一下周圍比較好。」

「您是什麼意思呢？」

伊亞森傻乎乎地笑，一副不知道我在說什麼的樣子。不，等一下，仔細想想，伊亞森可是一位劍術大師。

「你一開始就知道了。」

伊亞森的臉色依舊平靜。他一開始就知道皇太子在這裡，才故意演這一齣戲。

發現伊亞森內心的陰暗面，我突然覺得很噁心。他為什麼要這麼做？伊亞森看著我緊鎖的眉頭，伸手撫摸我的髮尾。他在幹嘛？

我不悅地甩開他的手，突然有種被冒犯的感覺。伊亞森用和善的聲音說：「您好像不明白，米傑利安小姐。」

「……」

「上次我就告訴過您，不要怨恨任何人。現在想想，米傑利安小姐可能誤會了。」

伊亞森直直盯著我，表情前所未有地冷酷。

「這是警告，米傑利安小姐。我就直說了。」

「警告……？」

我不懂，這部小說的男主角們明明擁有一切，為什麼還會害怕厄莉絲？

平心而論，厄莉絲確實處處刁難海倫，而且，她做的事已經嚴重到難以用「霸凌」或「欺負」來帶過。他們討厭厄莉絲很合理，但為什麼不一開始就消滅問題的根源呢？

常言說，防患於未然，為什麼他們不在厄莉絲策劃出種種陰謀並付諸行動之前，就先殺了她呢？

起初，我以為他們在進行某種競爭，看誰能先救海倫。但這幾個男人卻一次次放任海倫身陷險境，明明各自擁有力量，卻還要拖拖拉拉，讓大家都累得半死。

如果他們一開始就殺了厄莉絲，每個人都能幸福。

「那麼，現在就刺死我吧。」

「什麼？」

「你不是拿著劍嗎？你可以用那個刺我。」

我走近一步，伊亞森猶豫了片刻，接著後退一步。當然，我內心有一部分相信他絕對不敢刺，但要是有個萬一，我也沒什麼好失去的。

如果我死了，那我的目的就提早達成；如果我死不了，反正這個世界的因果定律也會自動合理化我的行為。

我撲向他，伊亞森丟下劍，抓住我的雙手。

如果他真的想殺我，就不該這麼做。伊亞森想必也注意到了這一點，他的嘴驚嚇得微微張開。我面無表情地湊上前。

「向對手發出警告的同時，你就應該做好刺死對方的準備。」

「妳……到底是誰？」

也許是對我的行為感到震驚，伊亞森開始懷疑我的身分，但我不在乎，因為他根本不認識真正的厄莉絲。

人的性格本來就會隨著成長而改變，伊亞森忙著屠龍，完全沒有參與厄莉絲的成長過程。不，就算他參與了，也無法分辨出來，因為——

「卡迦勒勛爵不是從來沒在意過我嗎？這個問題還真特別。」

馬蹄聲填滿了寂靜。我和安納金都不太喜歡說話，所以只是各自看著窗外。

事實上，我無法與他交談還有一個原因：就算安納金真的是黑騎士，我對他的了解也不多。小說中，厄莉絲的黑騎士連名字都沒有，因為他總是「站在陰影中」，所以甚至沒有關於他長相的描述。

不僅如此，故事也沒有提及任何他過往的個人經歷。他就只是默默地為厄莉絲承擔那些艱鉅的任務。

黑騎士是厄莉絲唯一的幫手，也是她度過難關的關鍵。

但那是厄莉絲的黑騎士，而我不是厄莉絲。目前所有登場人物中，安納金是唯一一個沒有見到「厄莉絲」就見到我的人。

嚴格來說，還有許布理斯。許布理斯可能以為自己是第一次見到厄莉絲，但厄莉絲其實小時候就見過他了。

因為……小說有一個很瘋狂的設定，許布理斯和厄莉絲其實是同父異母的兄妹。

唉，我只希望自己能在這個戲劇性的真相揭露之前死去，以免陷入更多麻煩。

如果黑騎士因為我不是「厄莉絲」而沒有愛上我，那就糟糕了。畢竟還有海倫的存在，不能忽視我的騎士愛上她的可能性。

我是沒有打算活下去，但這並不表示我能容忍我的騎士愛上海倫、背叛我。

我還在思考下一步，安納金緩緩開口。

「為什麼是我？」

「你心裡有別的主人人選嗎？」

「我無法選擇。」

安納金直視著我，那張臉看起來和我們第一次見面時一樣疲憊。我無法想像這個人會愛上厄莉絲。

他似乎對這個世界不感興趣，沒有任何執念。是什麼讓他對厄莉絲如此著迷？

「但您可以選擇。我不認為米傑利安侯爵之女、皇太子的未婚妻，會平白無故在這麼多騎士中選擇我。」

「我不知道我不在的時候，外面的家族騎士跟你說了些什麼，總之全都忘了吧。」

不用想也知道，他一定說過「小姐有一顆善良的心」、「小姐是為了救你」之類的話，但我選擇他並不是出於這些原因。

去妳不能去的地方，做一些妳不能告訴別人的事情，並且堅守祕密，即便事態暴露也能替你死——請妳找一個這樣的人。

我知道安納金的弱點，即使他發現我的祕密，也絕對不敢背叛我。

「為我而死吧。」

我相信我能掌控你。這就是我選擇你的原因。

13

真是漫長的一天。我洗漱完畢，躺在床上準備睡覺，枕頭底下突然有東西發出一閃一閃的光。我懷疑有人暗中放了炸彈，於是小心翼翼地伸手摸索，結果發現是一面鏡子。我正想把它放回去，鏡子裡卻出現另一個女人的臉。

「啊！」

我嚇壞了，把鏡子丟到床上。侍女聽到我的尖叫聲，急忙打開門。

「小姐！發生什麼事了？」

魔女的臉出現在鏡子裡面，向我做了「噓」的手勢。我把鏡子蓋起來，以免被侍女發現。

我深吸一口氣，若無其事地看向窗外。

「好像有蟲飛進來了。把窗戶關上吧。」

「是，小姐。要幫您倒杯水嗎？」

「沒關係，關上窗戶就可以了。」

侍女離開後，我把鏡子翻回正面，低聲向裡面的女子大喊。

「嚇死我了！妳在搞什麼？」

「妳可真是個大忙人。」

魔女的聲音有些不滿。有人要我隨身攜帶一面鏡子，但我忘了。

說起來，我也應該把我和許布理斯的對話告訴她。如果不能活著離開，就算要死也得想想辦法。

「妳有查到什麼嗎？」

「我的姊妹們說，人類的肉體是無法打破因果定律的。」

「人類的肉體？」

「沒錯。打破因果定律必須付出高昂的代價，但人命太廉價了，至少要獻上自然之母的龍心才算平衡。」

和伊亞森講的故事一樣。但龍心到底要去哪裡找呢？據我所知，伊亞森之所以能夠殺死巨龍，似乎是因為祂渴望死亡……

「妳去神殿問過了嗎？」

「進入神殿的手續很複雜，所以我直接問大神官了。根據生命的法則，我在那個世界身體裡的靈魂必須死亡，但那具身體現在只是一具空殼，沒有靈魂，所以我不可能回去。」

「哎呀……」

想起這件事又讓我變得沮喪。我無法活著離開，我的生命太微不足道，無法打破因果定律。但我討厭這裡。

漸漸地，我在鏡子裡看到自己的臉時不再那麼驚訝了。說話的語氣也是，我甚至不記得自己原來講話是什麼語氣。就算我再不願意，我的身體也正逐漸適應這個地方。

太可怕了。這裡不是我該來的地方。這不是我的世界。

美狄亞試圖安撫沮喪的我，低聲說：「只要不違反因果定律，妳就可以離開。」

「不違反因果定律？」

「因果定律本來就是『為了完成世界賦予眾生的使命』而存在的法則。就像亂世出英雄，有些人的出生、行動和死亡都是為了拯救世界，有些人的存在則是為了成為那些人拯救世界的動機。」

為了激勵某個人而存在的人生……這也太可怕了。

我開始搞不清楚，是因為我身處小說世界才覺得因果如此令人恐懼，還是因為我過去就生活在這樣的法則之下。我原本的世界也有自己的因果定律嗎？

「世界就像一台非常精密的機器，一旦出現問題，就會接二連三地發生故障。因果定律的存在，就是為了防止這種情況。違抗規則必須付出很大的代價。」

「因果定律結束時，會發生什麼事？」

「通常會死。只有到那個時候，死亡才被允許。」

如果說厄莉絲是個受因果定律束縛的軀體，那麼據我所知，她的使命只有一個——殺死海倫。應該說，至少要試著殺死她。

我猶豫不決，不知道該說什麼。魔女笑了。

「妳知道自己該做什麼，對吧？」

「如果妳無法幫我打破因果定律，那妳能幫我什麼？」

我一直以為她在幫我「殺了死不了的我」，但看來不是這樣。

「當這個世界的靈魂死去，就會再次轉生到這個世界。」

「什麼意思？我有可能再次轉世到這個世界嗎？」

「嗯，規則就是這樣，但魔女是扭曲和打破規則的人。只要幾個祭品，當妳完成妳在這個世界的使命，我就能送妳回到原本的身體。」

不管怎樣，聽到可以回去，我鬆了一口氣。只要不是什麼活人獻祭，我都會想辦法的……

對魔女先入為主的印象讓我有點害怕。

「需要什麼祭品？」

「那個……我還沒找到。」

唉，她故作輕鬆的模樣害我頓失希望。我急著去死呢，她這是在開玩笑嗎？

「別生氣嘛，我和姊妹們已經很努力在找了。進入這片土地的異鄉人不多，想要回去的更是稀有。」

說的也是。首先，帝國內看起來沒有除了我以外的異鄉人，而且根據許布理斯的說法，沒有人活著離開過。就算是魔女，也得地毯式搜索這片大陸。

等等，我是不是該給她多一點酬勞？

「酬勞我之後會收到的。」

「之後？」

「對啊，妳不是已經簽契約了嗎？」

什麼？契約？我想起在店裡喝的不明液體。

「妳這個騙子！」

「妳不應該隨便喝陌生人給的東西。」

「我連契約的內容都不知道，這不公平！」

「很公平啊。」

不知道從哪裡吹來一陣風，拂過我的臉頰，感覺就像有人在摸我。

「我掌控妳的生命，妳也掌控著我的，對吧？這是非常公平的交易。」

「……」

「如果有什麼新發現，我會再次聯繫妳的。以後請記得隨身帶著鏡子。」

「知道了。」

「喔，對了，如果碰到危險的事情，就去找一面大鏡子。明白嗎？」

魔女留下一句意味深長的提醒後就消失了。鏡子反射出厄莉絲的臉。

一下子接收這麼多訊息，搞得我筋疲力盡。仔細想想，自從進了宅邸之後我就沒有見過安納金了，不知道他還好嗎？

「安納金。」

「您找我嗎？」

「天哪！」

我只是用碎念的聲音說話，安納金卻打開了門，我被嚇得心臟差點跳出來。他怎麼聽得到我說話？不對……如果聽得到這個音量，那他一定也聽到我和魔女的對話了。

我假裝鎮定，目光卻一直顫抖。

安納金看著我，低聲問：「我能進去嗎？」

「啊？嗯……」

我下意識地回應後，安納金關上門，慢慢向我走來。我坐在床上，他在一旁單膝跪下。

「騎士最重要的品德之一，就是絕不洩漏主人的祕密。」

就這樣，他沒有再多說什麼。他說得很真誠，不知道是在安慰我或者只是想讓我放心，奇怪的是，我的確鬆了一口氣。

我稍微平靜下來，又開始思考他到底是如何聽見我的聲音。除非他是通靈者，否則答案只有一個。

「你……是劍術大師嗎？」

「差不多。」

「是或不是，差不多是什麼意思？」

除了魔道工學者，否則聽得到如此細微聲響的人，只有能讀取周遭動靜的劍術大師了。

據我所知，帝國只有兩位劍術大師：勇士伊亞森和伊亞森的老師，一位已經退休的將軍。能劈海斬山的劍術大師稱得上一國之寶，如果安納金真的那麼厲害，為帝國效力比待在我手下對他更有利。

安納金握緊拳頭又鬆開，表情有些陰鬱。

「我可以捕捉細微的動靜，但對劍氣的掌握還不穩定，所以我不是劍術大師。」

劍術大師的厲害之處就在於劍氣，就算還不穩定，也已經很有價值。況且，劍氣的掌握度可以經由修練變得完善，這表示他有機會在未來十年內成為劍術大師。

光是這一點就已經很了不起了。他或許不像伊亞森那樣是最年輕的劍術大師，但伊亞森畢竟有主角光環，無法相提並論。

「原來如此。那麼，半個劍術大師，你應該有聽到我說的話吧？」

「……」

「你怎麼想？」

他的回答將決定他的命運。你聽到了，對吧？你會怎麼做？

如果他要告發我與魔女勾結，我就必須考慮是要殺了他，或者以散播謠言為罪名懲罰他。

安納金看著我的眼睛。

「主人，您不是這裡的人嗎？」

我沒想到他會這麼問，但這也表示他真的都聽見了。

我想了想，是該對他坦承，還是欺騙他？就算他不是我的黑騎士，無論如何，之後還是要讓他幫我辦事，他遲早都會知道真相。

「沒錯。準確來說，我不是『厄莉絲』。『我』不屬於這裡。」

「主人想回到原來生活的地方嗎？」

「是的。」

「我能幫上忙嗎？」

我不太懂。他不覺得奇怪嗎？安納金的表情靜如止水。

異鄉人不是很少見嗎？他對於我來自另一個世界的事實不感到驚訝嗎？我甚至還做了帝國的禁忌事項之一：和魔女來往。

難道這傢伙還有什麼我不知道的祕密？其實他是龍的傳人……之類的。我用懷疑的眼神看著他，安納金笑了。

「您在懷疑我。」

「是……因為就算我說了這麼瘋狂的話，你也沒有懷疑我瘋了。」

「如果您在後巷生活過，就會經歷很多懷疑這個世界瘋了的事。您會開始無法分辨誰是瘋子、誰沒有瘋，因為瘋狂是那裡的日常。一個不瘋的人去到那裡，也必須像其他人一樣瘋狂才能生存。」

儘管說著這麼可怕的事，他的表情卻沒有絲毫變化，就像是人體模型，只有微小的臉部肌肉變化。

我輕輕地將手放在他的臉上，想要確認眼前這位男子到底是不是人類。很溫暖。他本來可以避開，卻動也不動地承受我的觸碰。

「主人是誰，對我來說並不重要，我的職責不會因此改變。」

「你的職責是什麼？」

「您下令，我服從。」

安納金的眼中流露出一絲平靜的瘋狂，還有堅定。他絕不會把自己的心交給任何人。

這一刻，我終於確信，他永遠不會為了愛情而放下職責。即使安納金脫離故事、愛上海倫，他也只會對我一人忠誠。

「發現您選擇的騎士是個瘋子，您會後悔嗎？」

怎麼可能。

「不，我很滿意。」

14

今天，我又在這個世界醒來。洗漱完畢，接受侍女們的裝扮，然後吃早餐。

我發現厄莉絲的生日要到了。

帝國的成年禮普遍都辦得很隆重，而我的成年禮是由皇室一手操辦，不難想像場面會有多盛大。既然無法推翻皇帝下達的指令，我也只能忍耐，相信一切都會過去。

成年禮我還可以忍受，問題是，如果在皇宮舉辦成年禮，等同於宣布厄莉絲．米傑利安已經是皇室成員，基本上不可能解除婚約。

順帶一提，小說裡皇太子並沒有和厄莉絲結婚，但似乎也沒有提到解除婚約這件事。

這也在因果定律的範圍內嗎？厄莉絲作為未婚妻，唯一做的事只有欺負海倫，但即使解除婚約，她也能做到這一點。

他們對待我的方式——把我當成汽油，讓他們的愛情更加炙熱——真的讓我很煩。我比皇太子和海倫更迫切想要擺脫這個處境。

一個被當成稀世珍寶，一個卻被視為糞土？我有向他求過婚嗎？這可是兩家人一手決定的婚事！

我越想越氣，邊大叫邊踢床，突然有人敲門。尷尬死了。

「呃，嗯……是誰？」

「是我。」

「怎麼回事？」

「我妹妹……她說想見您。」

她有什麼新發現嗎？我瞬間清醒。這個令人厭煩的世界終於出現好消息。

不過，我很擔心該去哪裡和那個古怪的孩子碰面。有太多雙眼睛注視著我，就算要偷偷去那間後巷的小屋，我的外表也太過於引人注目。

有句話叫「藏木於林」，要藏樹，就藏在森林裡。

一個人很多的地方。一個我和那孩子待在一起也不奇怪的地方……

有了！

「叫你妹妹去『帝國最大的甜點店』。」

「是。」

勞特恩是目前全國最大的甜點店，店面共五層，占據一整棟大樓。

這棟建築本身就像一件藝術品，明亮的珊瑚色外觀和純白裝飾線條，讓人想起布達佩斯的酒店。

一樓是麵包店和外帶櫃檯，樓上會陳列更多麵包及甜點。

二樓展示麵包，三樓展示甜點，每個展示盤都附有編號。店裡的機制是這樣：顧客提前選定號碼，在出口處領取號碼牌並付款，店家就會打包好拿到一樓，或者送上樓讓你享用。

四樓專為富裕平民保留，五樓則是供貴族使用。

四樓和五樓的裝潢不太一樣。四樓是開放式，只有桌椅，五樓則更加精緻，有單獨的包廂，不過大多數貴族還是會吩咐侍從外帶回府。

我可以使用五樓，但其他貴族可能會看到有誰進入我的包廂。算了，我決定去四樓，那裡的人忙著交談，沒空注意別人。

不過，如果按照平時的裝扮，我還是會很顯眼，所以我換上少數較樸素的衣服，並用一頂大帽子遮住頭髮，首飾也換成更簡單、更便宜的配件。

我沒有化妝，也沒有穿馬甲，都做到這種程度了，應該不會被認出來吧？

我在二、三樓逛了一圈，挑了一些看起來好吃的東西，又坐在四樓到處看了看。嗯，真不錯。過了一會兒，侍從把我點的食物一一擺在桌上。

貴族使用的盤子有五層，而平民最多僅限於三層。司康、鬆餅、蛋糕佐以奶油、果醬、醃製水果，擺盤相當精美。

茶具都設置好後，安納金和他妹妹正好從遠處走來。

「坐吧。」

「什麼？好的……」

孩子匆忙入座，安納金自然地移動到她的身後。比起盯著我的後背，這樣好多了，但似乎顯得有些突兀。我現在可是偽裝成有錢的平民啊。

「你也坐下吧。」

「您是說……？」

「你站著很礙眼。」

安納金拉了一把椅子，在妹妹身邊坐下。這裡的椅子都是貴族女性的尺寸，他坐在上面看起來有點滑稽。嗯，那不是我現在該注意的事情。

「聽說妳想見我？」

「是的，我打聽到您說的那位大神官現在居住的地方。」

「在哪裡？」

孩子左看右看，然後掏出手裡藏著的紙條，上面寫著「邦尼托」。那是我不太了解的地區，待會得回去看看地圖。

我點點頭，正要接過紙條，她卻一把搶走、把它塞進嘴裡，吞了下去。我嚇壞了，一臉疑惑地看著她。她卻對我微笑，就像什麼事都沒發生過一樣。

「您說保密是最重要的，反正我也不識字。」

「如果吃到身體出問題怎麼辦？」

「我從小就抓著街上的食物吃，一張小紙條不算什麼。」

這孩子還挺可愛的。我將盤子推向她。努力做事的人就應該得到回報。

「想吃多少就吃多少，吃不完可以打包帶走。」

「真的嗎？我可以全部吃掉嗎？」

「點了就是要吃完啊。」

她看起來有些不知所措，接著便開始把食物塞進嘴裡。我有點擔心她這樣吃可能會消化不良，但我懶得制止她。安納金在一旁盯著我看。

「你想吃的話也可以吃。」

「不，只是……」

「只是？」

「您打算怎麼做？『那個地方』離這裡相當遠，需要整整十五天才能抵達。」

「十五天啊……」

十五天後就是成年禮了，要等成年禮結束再出發嗎？

我還在思考，那孩子一邊吃一邊悄悄舉起了手。

「我可以去。」

「不，我想親自與那位神官交談。」

雖然他已經退休了，但畢竟是當過大神官的人，應該一眼就能看出我是異鄉人。這樣事情就簡單多了。

我向安納金招手示意，他遞給那孩子一小袋金幣。

「這是說好的錢。」

「謝謝您！」

「妳的我會另外給，這裡的每一分錢都要交到情報販子手裡。」

聽到這番話，孩子難掩失望的表情。

「妳賣掉那副耳環了嗎？」

「沒有。」

「為什麼？」

「賣掉太可惜了……那是我第一份沒有被搶走的工作報酬。」

搶走？我憤怒地看向安納金，他眨了眨眼。

「這孩子的父親酗酒又嗜賭，把她的錢都拿走了。」

「你們兩個不是住在一起嗎？」

「那混蛋現在已經不在了。他酒後鬧事，結果被打死了。」

孩子習慣性地往地板吐了一口口水，然後用腳輕輕摩擦。

「我沒有親人，也沒有地方可以住，只好借住在她的房子。作為交換，我會保護她。」

「那現在怎麼辦？」

「我可以保護自己。」

「妳距離成年還有一段時間。」

孩子吸吮著沾滿果醬的手指，一副沒什麼大不了的樣子。

「反正遲早都會成年啦。大人只會想著怎麼利用我，我得早點學會保護自己。沒關係，反正貧民窟的孩子都很快就獨立了。」

既然她本人都這麼說了，我點點頭，不想介入。

周圍突然傳來吵鬧的聲音，我抬頭一看，海倫和許布理斯正從遠處走來。

哎呀，我趕緊低下頭，用帽子遮住臉。他們似乎沒有看到我。

「您不是神官嗎！我帶您上樓！」

一名店員認出許布理斯，想帶他上五樓。或許是因為在意別人的看法，許布里斯通常會選擇外帶或去五樓。海倫戳戳許布理斯的身側，伸手指了指。

「不、不用了！我們在這裡用餐就行。」

「請在此準備。」

店員退下後，海倫靠到許布里斯耳邊悄聲說話。我也戳了戳安納金的身側，問他：「她說什麼？」

「她說他不是貴族，去五樓會引起非議。」

啊，真是要瘋了……

現在想想，小說裡的海倫直到故事中段才知道許布理斯是大神官……她怎麼會不知道？大神官和神官的衣著不同，很容易辨識。那名店員也是一眼就認出來了吧？再說了，人家都要帶他們上樓了，有必要阻止他嗎？這也太傻了。

過一會兒，一個五層的盤子就放到了海倫和許布理斯的面前，大概是因為大神官無論出身如何都被視為貴族吧，而海倫似乎分不清盤子五層和三層的差別。

食物放置完畢後，周遭的氛圍突然改變了。四樓聊天的人們開始看向許布理斯和海倫。許布理斯是史上最年輕的大神官，在神官之列中頗有名氣。不，拋開這些不說，他們光是坐在那就很引人注目。

海倫有耀眼的銀色長髮和紫色眼睛，可愛的笑容足以融化所有人的心。她總是閃閃發光，沒有一絲陰影。

坐在她對面的許布理斯一臉威嚴。他留著黑色帶栗子色的頭髮，皮膚是高級巧克力融化後的顏色，五官堅毅，看起來不像神官，更像是異國的皇室成員。合身的神官服飾明明該給人苦行僧的感覺，卻起到反作用，營造出讓人想脫掉它的性感。

海倫和許布理斯開始交談。安納金看著我，無聲地詢問是否該傳達他們的對話內容。我搖搖頭，不用傳達我也看得出來。

「大家都盯著你看，是因為覺得你長得帥。」

「你喜歡的話就吃呀。」

「甜蜜的東西讓人心情愉悅。」

「不要在意別人的眼光。」

15

不然她還會說什麼？

無論如何，從她口中說出來的一定是善良、天使般的話語。一個漂亮的女孩，永遠都說好聽話，換作是我也會愛上她。

更何況，許布理斯還能看見靈魂的顏色。普通人的靈魂是一般的黃色，海倫的靈魂卻是金色，比任何人都美。

現在想起來，我應該問他的，不知道我的靈魂是什麼顏色。

喔，他在笑。

許布理斯笑了。原來他也是會那樣笑的人啊。總是眉頭緊皺的阿列克，還有總是禮貌微笑的伊亞森，他們看到海倫的時候也會那樣笑嗎？

我突然有種奇怪的感覺。討厭我、或喜歡除了我以外的所有人，這兩者之間天差地別。我努力不去在意，但湧上心頭的無力感還是很難受。

這個世界的中心是海倫，沒有人會站在我這邊。

不，有一個。我猛然抬起頭。

送走安納金的妹妹、離開甜點店後，我馬上跑向魔女的店。我知道安納金在後面追我，但我不想停下來。

好不容易跑到店門口，門卻關著。我不敢置信地拉拉門把，扣得嘎嘎作響，還是打不開，裡面沒有人。

「開門啊！」

「主人。」

「開門！」

我大力敲門。如果眼前有合適的鈍器，我應該會直接打破窗戶。

路過的人看了我一眼，接著快步走掉。他們大概以為我瘋了。

我開始感覺疼痛。安納金抓住我的手，用手帕包住它們。我喘不過氣，感覺像是有繩子勒著脖子。我用指尖輕刮木門。

「妳說過如果有危險妳會幫忙的……」

總是有那麼一天。平時不想要的東西，突然想要了。

我不喜歡比較，但是為什麼別人手裡的玩具，看起來都那麼好玩呢？

我終於懂了。我只是想要確認而已。我想看見父母為了我的幸福著想，聽我的話、去買那些毫無意義的東西。我口口聲聲說討厭他們，但不管說過多少狠話，我還是很想念家人。

「拜託……」

我氣喘吁吁，太難受了。

我需要這個世界上有一個了解我的人。一個認識我也喜歡我的人。我希望至少有一個人站在我這一邊。於是我跑來找唯一的幫手，門卻是鎖著的。腳濕了，我以為是雨，望向天空才發現那是我的眼淚。安納金靜靜地看著我。

我遷怒於他，問他「看什麼」。他沒有擁抱我，甚至沒有給我絲毫的安慰，只是平靜地問：「您想把門打開嗎？」

我心不在焉地點點頭。安納金要我先站到一邊。我剛退開，他就舉劍直刺門板，厚重的木門發出一聲巨響。

我震驚地張大了嘴。他踢開被刺出縫的門，率先大步走了進去，環顧四周。

「很安全。」

「……你怎麼把門砍了？」

「因為門是鎖著的。」

安納金理所當然地說，對破門的行為沒有絲毫愧疚。他甚至還追問：「無論您想等誰，在屋子裡坐著等會比較好。我做錯了嗎？」

他平靜地一邊說，一邊把我帶到椅子旁。也對，如果門打不開，就把它打破吧。如果沒有麵包，就吃蛋糕吧。

看著他認真的表情，我突然覺得內心的煎熬毫無意義。我笑了笑，在店內的沙發坐下。不知道等了多久，魔女終於回來了，一到門口便放聲尖叫。

「不是……我明明給了妳用來聯絡的鏡子，妳幹嘛毀掉我的門？」

「不是我做的，是他。」

「因為門是鎖著的。」

我將矛頭指向安納金，他直率地承認自己的罪行。接下來的場面有點像喜劇。

「你！」

魔女用修剪整齊的長指甲敲打安納金的後背。他默默承受，沒有任何抵抗。這個有趣的景象讓我感覺稍微好了一點。

「我會賠妳一扇門的，別打了。」

「什麼風把妳吹來這裡？」

「我心情不好，說些讓我開心的事吧。」

「妳還真任性。」

「所以妳要把我趕出去嗎？」

魔女聽了我的話，微微一笑，輕輕一揮就把門修好。木門完好無缺，彷彿從未被破壞過。

「在外人面前，沒問題嗎？」

「如果妳真的把他當外人，就會不惜一切代價支開他，像妳第一天來這裡時那樣。」

她一臉得意。

沒錯。撇開我們的主從關係，安納金也不是會去神殿告發魔女的人，反倒會為了避免麻煩而假裝不知情。安納金還未從震驚中回神，魔女就領著我們下樓。

樓下還是一片混亂，到處都是冒泡的罐子和藥物。她一揮手，茶杯就浮了起來，落在我們手裡。我對杯子裡裝的東西抱持警惕，所以等安納金確認之後才喝了一口。那是一種香氣十足的花草茶。

「該聊什麼呢……對了，妳知道魔道工學和魔法的差別嗎？」

「有什麼區別？」

「魔道工學從本質上來說更接近神學。不對，不是接近神學，而是源於神學。」

她想了想，然後像演皮影戲一樣躲到布簾後面。

人們總說神學是關於「生」的學問，魔法是關於「死」的學問，但這是錯誤的類比。神學主宰生與死，它關注的是構成這個世界的真理，而不僅僅是對善惡和造物主的信仰。

比如說，生命如果受到太多傷害就會死亡，這是絕對而自然的真理。魔道工學則完全是在這個真理之下運作。根據神學真理制定新的法律，那就是魔道工學。

閃電從天而降擊中一棵樹，它就會著火，這是自然現象，也就是真理。人類視其為理所當然，有一天卻開始這麼想：如果我們製造閃電，那豈不是可以隨時隨地輕鬆起火？

第一批魔道工學者更接近發明家，這就是為什麼他們也被稱為「工程師」。他們發現，透過某種公式可以產生相應的「力量」。公式確立後，力量就源源不絕。它將空氣中的水蒸氣凝結成雨，折射光線、製造幻覺，改變大氣溫度以產生風。

乍看之下，這似乎是在「創造」一些不存在的東西，但這是不可能的，因為「造物」違背了真理。

無數魔道工學者努力想要接近神，但都失敗了，而且大多受到詛咒、下場悽慘。因此，人們開始建立規則，違背真理則成了禁忌。

如果說神學是構成世界的真理，而魔道工學是在真理下建立規則的話，那麼魔法則是截然不同的性質。魔法打破、扭曲並無視所有真理和規則。

這就是為什麼我可以幫助妳離開；扭轉生命在此處重生的規則，和妳原來的世界連結。

當然，所有事物都有代價，只不過從人類的角度無法理解。

我靈機一動。

「男人不能擁有魔女的力量嗎？巫師之類的？」

「巫師？很有趣的想法。」

魔女笑了一會兒。

「應該是我要讓妳開心的，反倒被妳逗笑了。上次妳問我，魔女是否會留下後代。魔法不是一種遺傳特質。該怎麼說呢……它和魔道工學或神學不同，沒有所謂的天賦。」

魔女停頓片刻，然後在手心點燃一叢火。閃爍的火光照映出美狄亞可怕的雙眼。她的眼裡有一股凜冽的殺意，讓人看了不寒而慄。

「魔女是一種在絕望之時『進化』的種族。然而，意念必須夠強烈，才能摧毀所有束縛我們的真理。進化之後，我們便不再是神的造物，而成為完全獨立的生物，擺脫這個世界的一切因果和規則。」

魔女目光冰冷地看著房間裡唯一的男性。

「男人太脆弱了，意念不夠強大。他們情緒化、不夠堅定，該說是因為他們沒有經歷過足夠的痛苦而感到絕望嗎？大多數文明中，男人通常是制定規則的人。」

「如果魔女這麼厲害，為什麼世人不知道妳們的存在？」

「被人注意到會很麻煩，尤其是當權者。魔女不需要高貴的身世，沒有所謂『神賜的地位和權力』，若得知打破階級與規則的魔女存在，便會動搖當權者權力的根基。」

她在胸前畫了個十字，動作十分熟練自然。成為魔女之前，美狄亞該不會是女神官吧？

「如果世人知道魔女的存在，就不會再畏懼當權者，所以他們從一開始就徹底掩蓋事實，從歷史中抹去我們的痕跡。魔道工學之所以有「魔」這個字，就是他們的手段之一。『魔法是不存在的，你們以為的魔法其實都是魔道工學。』」

「我們第一次見面的時候，妳說這片土地只剩妳一個魔女，妳也受到了迫害嗎？」

「嗯，每個人對迫害的標準可能不一樣。妳想想，如果妳的房子充滿害蟲和老鼠，威脅妳盡快放棄房子，否則牠們會變得更加猖獗……從我們的角度來看，這是徹頭徹尾的迫害。」

美狄亞作勢哭泣。完全是鱷魚的眼淚。

仔細想想，魔女是脫離因果定律的存在，難怪小說根本沒有提到她們。魔女不是作者設定的人物，無異於小說世界的神。

「不過別擔心，魔女再強大都無法毀滅世界。」

「為什麼？」

「即使出現想毀滅世界的魔女，姊妹們也不會袖手旁觀。情況嚴重的話，我們甚至可以透過投票決定要不要殺她。嗯，雖然大多數時候，申請投票的魔女都是因為厭倦活下去……」

美狄亞的表情有些微妙。然後她看向我，露出燦爛的笑容。

「真可惜。異鄉人有成為我們姊妹的特質，如果妳想留下來，我可以幫妳。」

「我也覺得和魔女在一起比當皇太子未婚妻還幸福。」

「是吧。這裡也是男人的世界。」

我們討論了很多如果的事。有些未來永遠不會實現，但光是想像就能讓我笑出來。

16

如果妳出身寒微，卻有一張漂亮的臉，那麼妳會遭遇很多不幸。

小時候，媽媽有時會拿著刀子走到我面前。她捏著我的臉頰，把刀舉起來好幾次，然後又放下。猶豫許久，最後還是丟下刀，哭了。

我知道她的感受，所以即使母親劃破我的臉，我也不會怨恨她。

「如果我們家族沒有被誣陷，妳也不會這樣……」有時，在母親無法控制自己、大肆喝酒的日子裡，她會因想念死去的親人而放聲大哭。

我像安慰孩子一樣安慰母親，直到她睡著。

「母親，別哭。一切都會好起來的。」

我很好，但母親總覺得虧欠我，這份罪惡感讓我越來越沉重。

「老實點。我再也無法保護妳了。無論遇到多凶險的事情，妳都要笑，知道了什麼也要裝作不知道。」

母親總會這麼說，而我就像少根筋的傻子那樣活著。

在皇宮裡，我就像平坦路面上的唯一一顆石頭，孤獨而顯眼，每個人走過都會暗自避開——她是個平民、低階侍女，但在此之前，她是個貴族，迄今仍與皇室有聯繫。

由於我的母親是皇太子的奶媽，阿列克就像我的哥哥，而沒有女兒的皇后陛下對我更是格外寵愛。每當我按照低階侍女的職責洗衣或打掃時，阿列克或皇后陛下總是會召見我。

「安特布朗，皇后陛下要見妳。快去吧。」

「但、但是我還沒有完成今天的工作。」

「放肆！妳怎麼敢讓皇后陛下等妳？」

侍女長在我洗衣服的時候找上我。我不想把工作丟給另一位侍女，再三猶豫，她卻用手肘把我推出去。

「現在就走吧，免得我和妳一起挨罵。」

「真的很抱歉。如果我有點心的話，一定會拿來給妳。我真的非常非常抱歉。」

我曾經固執地堅持把工作完成才離開。就算回家時，母親因為我沒有按時到家而把我打得遍體鱗傷，但我仍感到自豪，傷痕累累的雙腿就像我的光榮勳章。

直到有一天，我發現侍女長因為沒能立刻把我帶走而遭到責罵，我徹底放棄了。她一臉疲憊地接受了我的道歉。

「妳的職責是為皇室服務，不要違抗命令。」

這時，我才意識到，不管他們對我多好、覺得我多漂亮，我和他們的地位始終存在巨大的鴻溝。我從一開始就沒有權利拒絕。

如果我不去，別人就會受罰。多麼不公平的矛盾啊，無論怎麼做，都有人吃虧。

有時我覺得自己在隨波逐流，不屬於任何地方，也不被任何人接受。

被所有人拋棄後，我不得不回到母親身邊，繼續安撫哭泣的她。

這讓我很難受。

回想起來，厄莉絲從我們第一次見面那天就討厭我了。她經常偷偷在桌子下踢我的小腿，或是用鞋跟踩我的腳。

從小時候開始，她就常常說謊、故意讓我惹上麻煩。當她意識到我只是一個平民，無法反抗她的時候，這種行為就更加頻繁了。

阿列克邀請我出席他們的茶會，因為我們是兒時玩伴。伊亞森不介意，但厄莉絲似乎不喜歡與平民同桌，她會把我引開、鎖進角落的衣櫃。

「厄莉絲！請放我出去！」

「別叫我厄莉絲！不知天高地厚的東西。殿下對妳親切一點，妳就以為自己成為貴族了嗎？罪臣之女還敢妄想提升身分？」

「但、但是這是殿下的命令，我該如何拒絕……」

我沮喪地喊叫。厄莉絲從衣櫃的縫隙中瞇起眼睛，猛烈反擊。

「我為什麼要在乎妳的處境？不管妳要假死還是摔斷腿，妳自己看著辦。要是再放肆，我就把妳賣到妓院，讓妳隨心所欲地往上爬。」

厄莉絲說完就轉身走了。我被困在一個又窄又黑、打不開的衣櫃裡。如果不是同房的侍女告訴阿列克我沒有回去，我可能會被關上好幾天。

阿列克和皇后勃然大怒，下令找出罪魁禍首，厄莉絲和我都保持沉默。

第二天，當我再次見到厄莉絲時，她抱著我大聲哭喊。

「海倫，妳不知道我有多擔心。」

「米傑利安小姐……」

「在大家面前，就叫我厄莉絲。記住我說的話。」

她在我耳邊低語，同時緊握著我顫抖的手，露出燦爛的笑容。

我想，我當時也有點恨她。從那天起，我就患上了一種隱疾，每當我被困在黑暗狹窄的地方，就會喘不過氣。

厄莉絲一直是個勤奮的孩子。如果和別人不相上下，她就會付出兩倍的努力；如果比別人差，她就付出三倍的努力。她必須是最好的。

我不知道是什麼驅使她這樣，不斷鞭策自己、容不得一絲錯誤。明明還有機會，為什麼落後了一點點就覺得是恥辱呢？

阿列克對她極為嚴苛。他說侯爵像蛇一般狡猾，而厄莉絲和侯爵一模一樣。

那天，阿列克召見我，我停下手邊的工作，跟著侍從離開。然後，我看到厄莉絲在後花園的角落默默哭泣。

她一邊哭，一邊用雙手摀住嘴，以免發出聲音。她蜷縮著，顯得那麼渺小、那麼脆弱。我覺得自己看到了不該看到的東西，所以也跟著躲起來。

阿列克從另一邊走近，出聲叫我。一聽到聲音，她立刻擦乾眼淚，在那短短的幾秒鐘裡抹去悲傷，用厚厚的面具重新武裝自己，向阿列克笑得宛如綻放的花。

看著這麼年輕的少女，穿著這麼厚重的衣服，化著這麼濃的妝，走向如此艱難的未來，感覺很奇怪。如果我是貴族，會不會有和她一樣的未來？她為什麼要這樣生活？換作是我，絕對無法忍受。

我們永遠無法理解對方。但在那個陽光明媚的初夏，我決定，無論她對我做了什麼，我都會原諒她。

儘管如此，我的母親還是很討厭厄莉絲。不，不只討厭，幾乎到了憎恨的地步。

安特布朗家族在米傑利安家族的誣陷下沒落，儘管當時還沒出生的厄莉絲並沒有做什麼，但母親一逮到機會，便會對皇后說厄莉絲是個「毒瘤」。

無論我如何否認、說她不是那樣的人，都沒有用，她們只是一笑置之，說我太善良了，「什麼都不知道」。

自從我參加狩獵、意外被箭射中，母親的憤怒就達到了巔峰。她非常生氣，認為厄莉絲想要殺了我。我向母親解釋箭不是厄莉絲射的，而是另外一個沒有狩獵經驗的小姐，但她不聽，堅持這起意外是厄莉絲的陰謀。

母親在偷偷種植毒草。

我不能告發母親，但也不能讓厄莉絲被毒死。如果母親殺死了厄莉絲，她很可能也會以死償罪。我不能就這樣失去我僅存的家人。

我很心急，不斷觀察母親什麼時候會下手。毒草消失的那天，我小心翼翼地端著茶壺來到客廳。厄莉絲正在等待阿列克，身穿藍色洋裝的她焦急地望著窗外。

我必須在阿列克來之前完成。

我用顫抖的手打翻茶壺，客廳響起厄莉絲的尖叫聲。

「妳是故意的嗎？」

「不、不是的！」

「妳就是故意的！妳明明知道我要見殿下，竟然……妳怎麼敢攻擊我！」

厄莉絲一巴掌打在我臉上。我的臉頰在劇烈擊打下瞬間腫脹，但一點也不痛。

啊，我是個膽小鬼。多麼悲慘又愚蠢的生活。就連我現在為厄莉絲做的一切，其實也不過是懦弱的自我滿足而已。一想到這裡，我的眼淚奪眶而出。

「天啊，妳哭什麼？妳總是這樣。」

厄莉絲扭曲著臉，全身顫抖。

「妳以為只要用那張漂亮的臉蛋哭一下或笑一下，任何事情都可以被原諒。這樣和皇室養的寵物有什麼差別？妳有想過嗎？」

「對不起、對不起……都是我的錯……」

她的蔑視如潮水般沖向我。我一邊看著襲來的浪，一邊想：妳知道嗎，厄莉絲？這是我人生中第一次做自己想做的事。我愚蠢、身分卑微，我所學到的只是如何笑。妳懂的比我多，請告訴我，我到底該怎麼做？

我們可不可以有不一樣的未來？

我不再備受喜愛、妳也不再被眾人憎恨……那一天會到來嗎？

無論我怎麼努力，都逃不開被決定好的未來。我如果笑，他們會說我笑起來很美；我如果不笑，他們就會要我笑。

這並不是我真正想要的，但除了接受，我別無選擇。

17

成年禮由皇室全權操辦，我可以安心做好去找大神官的準備。

邦尼托距離首都很遠，位處山區，往返約需十五天。人遇到困難時就會躲到偏僻鄉間，那位大神官就是這樣。

成年禮結束後，騰出兩週空檔不是問題，問題是我要找什麼藉口去遙遠的山區才不會引起懷疑。

梅修斯雖因伊亞森的預言而聞名，但很可惜他與厄莉絲沒有任何交集。除此之外，邦尼托是個不折不扣、什麼都沒有的窮鄉僻壤，那裡甚至也沒有米傑利安侯爵的別墅，總不能撒謊說要去一個沒有別墅的地方療養吧。

我為什麼要去那種地方旅行？任誰都看得出來，我要去見大神官梅修斯。

正當我看著地圖思考的時候，侍女快速看了一眼。

「夏天快到了，您想去旅行嗎？」

「是啊。」

「魔道列車馬上就要開通了，聽說速度很快，還可以容納很多人。」

魔道列車？侍女用指尖小心翼翼地在地圖上畫了一條路線，最後停留在邦尼托。

「魔道列車是由魔道工學驅動的火車，之前關於這條鐵路將如何修建、造價多高，人們議論紛紛，現在終於有消息了。測試工作即將完成，預計在本月底正式通車。」

「速度多快？聽起來似乎比馬車還要慢。」

「比馬車快多了。馬車必須讓馬休息，魔道列車就沒這問題，抵達目的地的速度至少是馬車的三倍。」

就是它了。我很想跳起來歡呼，好不容易才忍住。

侍女離開後，我把安納金叫了進來，告訴他有件事需要交給他妹妹去做。為避免引起懷疑，這個計劃需要多一個人幫忙。安納金聽完我的吩咐，點點頭便離開了。

不久之後，門外傳來侍女長的聲音。

「小姐，為了準備成年禮，皇室派了裁縫師過來。」

「讓她進來吧。」

皇太子終究還是沒有宣布解除婚約，大概是眼見皇室盛大準備而難以啟齒。問題是我該如何處理這個情況。

我想過毀掉自己的成年禮，但考慮到因果定律，我應該也無法逃脫懲罰。

最重要的是，太煩了。該說這根本不值得我操心嗎？我只想坐在那兒看他們打打鼓、唱唱歌，然後跟著拍拍手。

「米傑利安小姐，我會讓您成為世界上最美麗的小姐。來吧，吸口氣。」

與其花時間擔心成年禮，不如好好拜託這位裁縫夫人……

唉，只能祈禱我不用穿馬甲了。

明天就是成年禮。按照帝國的習俗，成年禮整天都不能睡覺。成年禮當日，神的庇護暫時解除，如果睡著，邪靈就會占據你的身體。

以前，他們甚至會在凌晨十二點把你叫醒，強迫你在接下來的二十四小時裡保持清醒。但現在，你只要一大早去神殿祈禱、接受神官的祝福，然後直到隔天太陽升起，你都會在宴會中度過。

由於我的成年禮是皇室主持，有人提議乾脆前一天晚上就睡在皇宮裡，省下隔天前往的時間。侯爵只需要參加當晚的宴會，所以我會帶著兩個侍女和安納金隨行。幸好得到許可，可以在侯爵府吃完晚餐再進宮，要是和皇室成員一起吃飯，我應該會食不下嚥。

我坐在馬車裡，呆呆地望著窗外，突然想問問坐在對面的安納金。

「你的成年禮辦得怎麼樣？不……你有成年禮嗎？」

「神殿會定期舉行慈善活動，包括為貧民窟的兒童舉辦成年儀式。」

「所以呢？」

「對於從小就為了生計出去工作的貧民窟孩子來說，成年儀式沒什麼特別的意義，但神殿在儀式結束後會分送食物和衣物，所以大多數孩子都會參加。」

「我不在乎其他貧民窟的孩子，我想聽聽你的故事。」

然後安納金默默地看著我，嘆了口氣。

「他們在凌晨把我叫醒，讓我吃下半點味道都沒有的早餐，然後要我祈禱。他們把聖水灑在我頭上，再用帶有鈴鐺的棍子敲打地面，吵得我無法入睡，並沒有什麼宴會。」

「再怎麼說都是首都的神殿，應該得到不少資助吧？」

如果安納金就住在上次那個街區，表示他的成年儀式是在首都的某座神殿裡舉行。首都神殿一定是帝國最大、最富有的……肯定有人私吞經費。

「這我就不知道了。重要的是，最後我能收到衣服和食物。」

「直接給錢，錢就會被搶走。神殿也算用心了。」

「即使是贈送物品，也會被搶走、轉賣。」

「你呢？」

「我在東西被搶走之前就賣掉了。」

我們四目相對，同時笑了出來。我知道那種感覺：想在某個東西被奪走之前，把它緊緊握在手裡，即便知道當下的幸福轉瞬即逝。

小時候收到的壓歲錢就是這樣。我以為可以把錢都存進帳戶裡，但因為當時我還小，媽媽就把錢都拿走了，只留一張一萬韓元的鈔票給我。當朋友用壓歲錢買了他們一直想買的東西，我甚至不敢花掉口袋裡的一萬韓元，因為那是我僅有的錢。

「你不惜賣掉衣服和食物，是想買什麼東西嗎？」

「我想要一把劍。不是那種簡陋、樹枝製成的木劍，而是附有刀刃的重劍。」

說這句話的時候，他的表情很可愛，所以快到皇宮的時候，我忍不住追問。

「如果你想要一把劍，要不要我買一把好劍給你？」

安納金看起來很驚訝。他搖搖頭。

「謝謝您的好意，不過如果要保護一個人，還是用熟悉的劍比較好。」

話一說完，正好抵達皇宮。他一聲不響地跟在我身後，總是維持三步的距離，不會近到讓我不舒服，而如果有人想傷害我，他立刻就能趕過來。

我喜歡這種距離。即使不回頭，也能從影子看到他。

18

天色一亮，我就被叫醒。我本來就有低血壓的問題，早上很難好好起床，前一天不是睡在平時熟悉的床上，搞得我整晚睡不著，今天的狀態很糟。我很睏，趁侍女幫我洗漱時打瞌睡。

安納金在我半睡半醒的情況下請求我的諒解後，索性抱著我走。神殿很近，但步行還是要走一會兒，所以只好坐馬車過去。安納金把我推進馬車，到達後又把我拉出來，我還是無法完全清醒。

我們到達神殿……不，是安納金把我帶到大神官面前，用某種香油把我喚醒。

「主人，我們到了。醒醒。」

「……再給我五分鐘。」

五分鐘後，我蓄力起身。有人用手指按了一下我的眉頭，然後，一直籠罩在我身上的睡意奇蹟似地消失了。

我猛地睜開眼睛，許布理斯正用微妙的表情看著我。啊，對，他也是大神官，這可能比面對一張完全不認識的臉孔好。我揮揮手，讓另一位神官替我蓋上面紗。

在帝國，女性一生要戴兩次面紗，男性一次，其中共同的一次便是在成年禮。

這也是出於宗教因素，據說是用面紗將體內所有的罪孽禁錮起來，不讓它們逃逸，再用聖水澆洗，將它們洗去。接下來，大神官會親自揭開面紗，在眼睛和嘴巴抹上香油，祝福它們以後不再沾染罪惡。

許布理斯慢慢地將黃銅容器中的聖水倒在我身上。清涼的水從我的頭頂傾瀉而下。天氣雖然涼爽，但濕漉漉的面紗和衣服黏在身上，感覺還是不太舒服，難怪今天她們讓我穿得比平時輕便。

我咋了咋舌，閉上眼睛，等待下一個回合。許布理斯的手撫過面紗。

……？

他的動作突然靜止。我帶著陌生感緩緩睜開眼睛，發現許布理斯專注地盯著我的臉看。我們的目光接觸，他輕撫我的眼角，手指乾燥而柔軟。

「大神官，香油。」

「啊。」

我提醒他之後，許布理斯再次用顫抖的雙手將香油倒在手指上。我再次閉上眼睛。他輕撫我的眼瞼，這次卻停留在我的嘴唇上。

這也不是他只做過一次或兩次的事情，為什麼要拖這麼久！我有些惱火，於是直接探出頭、用嘴唇抵住他的大拇指，然後站了起來。

「好了吧？」

「……是的。」

「我很忙，先走了。」

沒等他回答，我就取下濕漉漉的面紗，一腳踢開。我的雙腿因為跪太久而開始痠痛。

唉，煩死了。

♛

我回到皇宮，吃了一頓遲來的早餐和午餐，散步了一小段路才開始準備。貴族的飯菜總是太多、調味太重，很難消化。

這時，我看到遠處的海倫在奔跑。又來了。

她似乎不知道前方有什麼在等著她。我想過攔住她、給她一點警告，但我想還是讓她親身經歷後長點心眼比較好。不管她了，就算我想幫忙，也做不了什麼。

回到房間，侍女們全都做足準備，用一副要上戰場的表情迎接我。

我還是擔心一下自己吧，不知道今天能不能活著參加宴會。我嘆了口氣，四個侍女彷彿接收到「出動」的信號，走上前開始幫我換衣服。

我穿上絲襪和襯裙，在我的堅持之下，她們放棄束衣和馬甲，但還是要我套上棉帶，讓臀部顯得飽滿。多加一層裙子！再穿一件輕盈透氣的上衣！再穿一件裙子！

我驚慌失措地問她們到底要讓我穿多少件衣服，她們試著安撫我，說這是夏天最流行的服飾，布料都很輕薄，後背微微敞開，胸前也沒有墊片。

更衣完畢後，侍女們兵分兩路，分別對我的頭髮和臉下手。一個人忙著梳理我的頭髮，另一個往我臉上撲粉。

編辮子、夾上髮夾、加上裝飾……我累得快昏倒時，終於開始戴上項鍊、手鐲、戒指，穿上鞋子。

侍女們看到我的樣子紛紛驚呼，有人將一面全身鏡放到我面前。

「您真是……太美了！」

鏡子裡的我美得有點不真實。比起人類，我看起來更像是一件藝術品。

墨綠色連身裙上繡著精緻的金線，與我的瞳孔顏色十分相配，手上、耳朵上、脖子上的鑽石飾品閃閃發光。

不僅如此，頭髮上的辮子還插著一顆由鑽石和黃金製成的星形髮夾。沒想到我的臉竟然能駕馭如此閃亮的東西，我不禁覺得有點可笑。

這麼努力有什麼意義？妳想看到的人，眼裡根本沒有妳。

「準備好了就走吧。」

「什麼？可是殿下還沒來……」

「他不會來的。」

他現在肯定是去護送海倫了。

我走出房門，門外的侍從一臉尷尬。連句要我等等的話都說不出來，可見他也知情。

如果去宴會現場看看人們的臉色，就能知道還有誰詳知內情。

我大步前進，周圍一片寂靜。光看氣氛根本猜不出我要參加成年禮，更像是將軍出征。

我抵達宴會廳門口，每個人都嚇得張大了嘴，像是在說「妳為什麼會在這裡？而且是自己過來？」按照習俗，有未婚夫的女性應該和未婚夫一起入場。

我環顧四周，最後向角落的伊亞森揮揮手。

「卡迦勒勛爵，你能牽我的手嗎？」

「……什麼？」

措手不及的伊亞森用一種「妳是不是瘋了？」的表情看著我。雖然今天的重點是成年禮，但也算得上是半場皇太子與厄莉絲的訂婚儀式了。

目前為止，厄莉絲還只是兩家人口頭約定的婚配對象，但從現在開始，她將正式接受太子妃的待遇。

像這樣護送我，就等於向皇室宣戰，不可能有人敢這麼做。我之所以選擇伊亞森，是因為他在很多方面都與厄莉絲處於同一層級——公爵家的兒子、拯救帝國的勇士，甚至和皇太子是青梅竹馬，必要時可以拿這個當擋箭牌。

無論如何，沒有任何一個騎士會拒絕淑女的請求。我伸出手，作勢邀請，伊亞森一臉震驚地朝我走來。

「米傑利安侯爵之女、皇太子殿下的未婚妻——米傑利安小姐入場。」

一旁的侍從宣布我的到來，伊亞森握住我伸出的手，慢慢將我帶到大廳中央。

所有貴族的目光都聚焦在我們身上，每個人看起來都很困惑，但我決定放輕鬆，畢竟他們可能只是被厄莉絲的美貌吸引。

我有點餓了。我環顧四周，看看附近有沒有吃的東西。伊亞森抓住我的手臂。

「怎麼回事？殿下呢？」

「你看不出來嗎？他一定是去接卡迦勒勛爵的搭檔了。」

「什麼？」

伊亞森呆滯地反問，我對著這張臉若無其事地說：「你知道的，她沒有冷漠到會放你一個人在這。」

「那……那是不可能的。這可是他未婚妻的成年禮……怎麼可能……」

「人們不都說，墜入愛河就會變得盲目嗎？」

如果不用這句話來解釋，他的行為根本毫無意義。怎麼會有人在未婚妻的成年禮上，攔截其他賓客的女伴一起出席？瘋了吧？

「您怎麼知道海倫跟殿下在一起？」

新的賓客到來，伊亞森煩人的問題被自然而然地略過。嗯，看來來得早也是一件好事。

「東肯德爾的領主、凱蘭河的守護者、蘭波城堡的城主——米傑利安侯爵入場。」

「我的女兒。」

侯爵笑容燦爛地走進來，旋即停下腳步。

不管接下來會發生什麼事，都是皇太子自找的，誰叫他要在這時候去找別的女人？侯爵緊皺眉頭，正要說話，侍從大概偵測到不祥的氛圍，大聲宣布：

「請行禮！帝國的心臟、榮譽的承擔者、信仰的捍衛者、這片土地的主人、尊敬的皇帝陛下——奎托斯一世陛下和皇后陛下，請入場。」

所有人向入口處深深鞠躬。皇帝和皇后向眾人致意，然後徑直走向我。

「太美了、太美了，厄莉絲真是太美了！美得讓人移不開眼。」

「願您有個美好的午後，皇帝陛下、皇后陛下。皇室親手操辦我的成年禮，我深感榮幸。我將繼續修養內心而非外表，永保忠誠而不虛榮。」

「這番話就已經是內心成熟的證明了。不過，妳是自己來的啊……阿列克去哪了？」

我笑而不答。有時候，笑容可以解釋很多事情。

不過今天的風暴中心很快就到來。

「馬拉內羅的領主、守護皇室的騎士——皇太子殿下阿列克與海倫·安特布朗入場。」

門一打開，四周皆是冰冷的寂靜，就連太平間也不可能安靜得如此詭異。有人難以置信地揉了揉眼睛。

我可以理解他的反應，因為海倫身上穿著跟我一樣的衣服。

19

作為小說世界中最美麗的女子，海倫確實美得驚人。

皇太子親自帶了一名女子出席未婚妻的成年禮，並且把她打扮得耀眼、奪目。照鏡子的時候，厄莉絲還覺得自己美得不真實，但終究無法與海倫相比。

不知道是不是因為氣質有別，讓我們兩個看起來差這麼多？我很確定海倫是人類，沒有摻雜任何仙女之類的血統，但神似乎特別精心創造她。稍微誇張一點，她的美貌已經稱得上是人類最終兵器了。

我欣賞海倫的臉，她也看著我，更準確地說，是看著我的衣服。她的臉色瞬間變得蒼白，渾身顫抖得像一棵凋零的樹。皇太子試圖帶她進入禮堂，但她奮力抵抗。

「我要去……」

「什麼？」

「我想換衣服……請讓我換件衣服吧！」

最後一句話幾乎是吼出來的。可憐的海倫，僅僅因為她長得漂亮，就得承受這種命運。我直視她的雙眼，給予她渴求的許可。

「去換衣服吧，安特布朗小姐。」

「海倫！」

得到我的允許後，海倫轉身離開，放任皇太子在身後呼喚。

「陛下，我知道您可能有很多話想對殿下說，但我想先和他談談，能請您允許嗎？」

皇帝氣得滿臉脹紅，下一秒就會發怒，我試著讓他冷靜下來。皇帝沉默了一會兒，神色稍微平靜後，點點頭示意允許。

我不想成為悲劇女主角。同情這種東西，我在那些沒有錢也沒有權的日子裡已經得到夠多了。我笑著向皇太子伸出手。

「殿下，請到這裡。」

我好好說話的時候就快點過來吧。為了留你一命，我可是忍得很辛苦。

事情原本的發展是這樣：按照身分，海倫是不能參加這場成年禮的，但當貴族伊亞森主動邀請她，情況就不同了。伊亞森可能送了一件和他相配的衣服給海倫。華麗的禮服一到，侍女們必定議論紛紛，而皇太子殿下自然也聽說了他們會一起出席的消息。

我不在乎他有多嫉妒，總之，他一定會想出一個計劃，既要向伊亞森宣誓主權，又要讓我受挫。他偷走伊亞森送給海倫的禮服，再騙她穿上和我一樣的衣服，這樣一來，我也不得不被擺在一起比較。

打從一開始，我就有兩套一模一樣的禮服。這很正常，無論是為了重製並出售，還是以防萬一，裁縫師都會多留一套。

問題是，他怎麼說服裁縫師？單靠皇太子一個人是不可能的。

裁縫夫人的主要顧客並非皇室，而是貴族社交圈，她不可能讓一個平民穿上貴族訂製的衣服，這樣不僅有損商譽，還會降低衣服的價值。

也就是說，她不可能出於自身意願這麼做，而有權力讓她違背意願的，只有一個人。

皇后。

我一直以為她喜歡海倫，但不完全是這樣。她討厭厄莉絲。

小說中，厄莉絲大鬧一場，被侍從拖了出去。她看見穿著一樣的衣服、外表卻比自己高貴的海倫笑著融入這個場合，最後落荒而逃……我實在不想這麼做，所以就提早到，讓劇情稍微改變了一點。

本來出場的順序是：皇太子、海倫、侯爵，然後是皇帝和皇后，最後是厄莉絲。我抵達的消息傳開時，侯爵和皇帝便以為皇太子也到了，所以比預定的時間提前出發。

原本的故事中，厄莉絲的行為處境和現在完全不同，也是在這一段，絕望的厄莉絲第一次表現出失控的樣子。某種程度上，她有失貴族風範的舉止模糊了焦點，澆熄所有人對皇太子和海倫的怒火。

算了，這不是我該關心的事。現在該怎麼做？

我們在陽台上沉默了一會兒，月光灑在我們身上。皇太子無法繼續忍受沉默，作勢要先開口，但我抬手制止他。

犯錯的人怎麼能先開口？一張嘴就是藉口和謊言。

「殿下，您討厭我嗎？」

「……什麼？」

我本來就沒有預期會得到答案。他要是不恨我，怎麼會做出這種事？不管我有沒有做好心理準備，親身經歷還是很惱火。尤其皇太子一副理直氣壯的樣子，更令人火大。

我靠近他一步，他後退一步。我把腳踩在他逃跑的路徑上，防止他轉頭就跑。

「殿下恨我，對吧？您希望我感到痛苦，所以進場的時候才會盯著我的表情，而不是陛下。您想看到我受傷的表情。」

「妳……」

「可是殿下……我希望自己可以死掉。」

我不打算拐彎抹角。今天這點小傷對我來說根本不算什麼。

我不想看到他的臉，於是用手掌擋在前面，靠向他耳邊。

「所以，不要再費心傷害我了，對我來說都是一樣的。」

話說完，我留下茫然的皇太子，轉身朝大廳走去。一拉開門，伊亞森靠在一旁看著我，神情複雜。

他真的要改掉躲在角落的習慣，再說了，他應該去追海倫，為什麼會在這裡？

我努力集中耐心，對著伊亞森微笑。

「您這是把安特布朗小姐一個人留在那嗎？雖然殿下從中作梗，但卡迦勒勛爵不是邀請她的人嗎？請對她負責到底。」

我抿起嘴脣，無聲地吐出兩個字——讓開。

伊亞森一定是看懂了，他困惑地往旁邊讓開。

再穿過一扇門，女演員又該華麗登場了。

一回到宴會廳，所有人都轉頭看我。不，不是我，站在他們面前的是厄莉絲．米傑利安。

每個人都期待看見妳的哀傷，殘酷地等待著妳失控。所以我不得不笑。

厄莉絲，我寧願妳生氣，也不要躲起來哭。

如果這本小說有外傳，我希望它會寫出妳的故事。這樣我就能明白妳的想法，體會妳對海倫的嫉妒、對皇太子的愛。

但即便進入妳的身體，我還是無法理解妳。妳的世界沒有人理解妳。

可憐的厄莉絲。這個世界對妳根本不感興趣。

我走向皇帝和侯爵，他們身邊擠滿了人，但看見我走過去，大家紛紛騰出空間，像摩西分海的場景一樣。

雖然場面很尷尬，這兩個人的臉上卻掛著笑容。不愧是政客，這種時候還能展現優異的交際能力。

「那孩子回來了。你們聊得還好嗎？」

可惡，他竟然先發制人。如果皇帝想若無其事地帶過，我就很難再提出解除婚約的要求了。我無聲地向侯爵求助，但他只是看著我，笑了笑。

啊，我這才發現，侯爵是站在「厄莉絲」這邊，但不是站在「我」這邊。他不會採取任何有損厄莉絲名譽的行動。

仔細想想，在皇室這個默許一夫多妻制的圈子裡，今天的事根本算不上什麼醜聞。

這是一場政治婚姻，我對雙方基於政治利益的約定期望過高了。就算厄莉絲不孕，他們也會說沒關係，然後把海倫帶進後宮。

皇太子就只會把怒氣發洩在我身上而已。既然他對海倫是真心的，為什麼不反抗？

「孩子，妳還記得我說的話嗎？」

是指那場堪比八〇年代思想的訓話嗎？皇帝的目光停留在我身上，我強迫自己張開嘴巴。

「是……我沒有嫉妒。」

「這就對了。侯爵真是栽培出一位很賢淑的女子呢。」

「您過獎了。」

他們倆相視而笑。我沒有那個心情陪笑，抓準時機就默默退開。

他們說，雖然成年禮不甚完美，但婚約不會解除，簡直在逼我闖更大的禍。

我對接下來的故事發展沒什麼印象，畢竟原本逃離宴會的人是厄莉絲，現在卻變成海倫，情況越來越複雜了。

我想呼吸新鮮空氣，讓腦袋清醒一點，不自覺就走到了後院。太陽已經下山了，星星把夜空裝飾得很美。今天的風很涼爽，我有點後悔沒帶酒出來，如果能在這裡喝一杯就好了。等一下再去拿吧。

我環顧四周，尋找適合坐下休息的地點，不知從哪裡傳來了哭聲。

我巡著哭聲望去，以為這次真的是鬼。可惜，又是人，一叢綠綠的人……是海倫。

海倫的淚水不斷流下，一看到有人，震驚地站了起來。發現來的人是我之後，她的表情更絕望了。她可能寧願眼前的是鬼。

海倫連忙抹去眼淚，用顫抖的聲音極力否認。

「對不起、對不起，我真的不知道……這身衣服是……」

一陣語無倫次後，海倫閉上了眼睛。是皇太子讓她穿上的，但這不表示她可以在他未婚妻面前提起這件事。就算稱不上誹謗，一個平民也不能私下議論皇室。

她似乎也察覺到這一點，猶豫許久，還是無法繼續說下去。最終，海倫吐出的既不是解釋，也不是抗議。

「對不起……」

又是妳。妳又是道歉的那個人。帶妳來的人、給妳衣服穿的人都沒有道歉了，妳卻跟我說對不起。

都是因為妳太渺小了。

20

海倫就像壞掉的發條玩具，不斷重複著同一句話，淚流滿面。

她慌亂地擦去流下的淚水，但越是想停止，淚水就越是湧出。她用手敲了敲自己的頭，就像一個孩子在懲罰自己。

「我……我老是哭。我不應該這樣的……對不起，我錯了。」

妳做對了什麼，竟然還敢哭？小時候，媽媽常常在我難過的時候對我說這句話。我知道自己做得不好，也知道在某些不合理的情況下，眼淚通常有逃避的作用。

但我討厭媽媽這樣，討厭她連我無法控制的眼淚都想要控制。哭泣不需要資格。

我還是不喜歡海倫，我仍然覺得她不懂察言觀色、軟弱又愚蠢。然而，看到她在我面前努力忍住眼淚，我意識到自己也許誤會了。

我以為妳的人生沒有痛苦，但即使妳手上沒有傷口，也不代表妳的心完好無缺。即便如此，我還是不忍心擁抱妳。為了離開這個世界，總有一天我必須往妳身上插進一把刀。

「沒關係，妳可以哭。想哭的時候就哭吧。」

這麼說也沒關係，對吧？

原本想藉由散步來舒緩心情，看到海倫哭的樣子，反而讓我感覺更糟。這種時候，就得借助酒精的力量了。我無力地坐到長椅上。

「安納金，拿酒過來。」

我不確定實際上過了多久，但是感覺才不到五分鐘，他就已經朝我走來，一手拿著一杯酒，一手拿著一小塊布，裡面包著某個東西。我接過酒杯，對著他的另一隻手抬抬下巴。

「那是什麼？」

「這是……」

我把布打開，裡面包著小點心。我看著各式各樣的甜點，忍不住笑了。

「你是自己想吃才拿過來的嗎？你應該拿更好吃的東西，我剛剛看到不少。」

「不，您似乎什麼都沒吃，我才拿來的。」

我彷彿看到這塊布上面寫著「不要空腹喝酒」，感覺很有趣，就像瞬間回到只有在原來的世界才能體驗到的社交生活。

「我會好好享用的。」

我把點心放進嘴裡，突然感受到前所未有的飢餓。

我默默地把安納金拿來的點心吃完。他問我需不需要再拿一些，我尷尬地揮揮手。

「不用了，我本來就沒什麼胃口，吃多了會消化不良。你怎麼沒拿你的酒過來？」

「工作時不能喝酒。」

「就算我允許也不能喝？」

「如果是命令的話，我會接受，但我認為這件事沒有重要到需要讓您下令。」

看到他平靜的表情，我突然想要惡作劇。我用手指托起他的下巴，誇張地笑了笑。

「什麼重要、什麼不重要，由我判斷。」

「我會記住的。」

他的回應讓我忍不住笑了起來。安納金不是那種會開玩笑的人，但我不知道為什麼笑到連眼淚都流出來。

不過，我很喜歡他服從、從不多問這一點。我以後會要求他做很多他不理解的事情，要是他好奇個沒完或是大驚小怪的話，會讓我很困擾。

「開玩笑的。你不願意的話，我不會勉強你。」

「謝謝您的理解。」

又是一片寂靜。要讓不善言辭的人開口很困難，這就是為什麼我試著讓他喝一點酒，但我又不能強迫他喝不喜歡的東西。

「跟我說你的故事。」

我一邊吞下一口酒，一邊聽著蟲鳴。微醺的時候，我再度開口。

「我的故事嗎？」

「對，任何故事都可以。」

安納金臉上露出難得的表情。或許是因為喝醉了，我說話變得有些緩慢。

「你……因為我對你很好奇。」

我真的對他很好奇。不管怎麼說，我們都是同一條船上的人，我只是好奇他之前以什麼為生，為什麼會成為騎士，真正想做的事是什麼……

我們此刻分享的故事，是這個世界不存在的衍生物，因此不會被記錄在小說中。安納金緩慢地開口。

「我是個孤兒。無論父母是否出於自願而拋棄我，這都不重要，因為我對他們沒有記憶，也不想念他們。」

安納金看著我，與其說是在講述他自己的故事，不如說他只是在回答我的問題。就連家庭這個最容易讓人陷入感性的話題，也被他講得如此枯燥。我想，安納金臨死時，大概只會簡單說一句：「嗯，我要死了。」

「人不一定非得有父母才能幸福，有些家庭反而因為父母導致不幸。我在孤兒院長大，還沒成年就離開那裡，靠自己的力量謀生。後來就遇見了主人認識的那個孩子。」

「這麼一說，我還不知道她的名字。她叫什麼？」

安納金搖搖頭。

「那孩子很期待揭曉她的『新名字』。如果由我告訴您，她會怪我洩密的。」

「好吧，那我再問一件事。除了騎士，你還有什麼想做的事嗎？為什麼選擇當騎士？」

「我不聰明，沒有學過什麼知識，甚至不懂得如何寫作。要當傭兵的話，我又不善於與人打交道……但如果不是主人選擇了我，也許未來某天我會成為傭兵。」

這些話又讓我笑了。騎士只需要侍奉一個主人，傭兵則必須和整個公會打交道。如果沒有人脈，不管你的能力有多好，都會因陷入政治鬥爭而被驅逐。安納金盯著我看，不明白我在笑什麼。

「我覺得流浪騎士也挺適合你的。」

「是這樣嗎？」

流浪騎士顧名思義是四處漂泊的騎士，透過幫助有需要的人來獲得報酬，有時是食物，有時是睡覺的地方，有時是錢。

流浪騎士是不依附於世界，任務結束便決然離開、獨自前行的人，不會接受任何人的挽留。如果這本小說是男性向的話，主角說不定就是安納金了。

我一口把酒喝完，放下杯子。我抬頭想數星星，卻看到天上點綴著與現實世界不同的星星。我再一次意識到自己身處另一個世界。

安納金輕聲問：「星星真美。您認得星座嗎？」

「星座？唔……赤龍座和天靈座在這裡，啊，那個是樵夫座。」

安納金舉起手，指出一顆又一顆星星，然後用指尖把它們連起來，告訴我分別是什麼星座。那些星座對我來說很陌生，但他串聯它們的方式卻是那麼熟悉，讓我有點想哭。

糟了。不知道什麼時候開始，我不再把安納金當成小說裡的人物。如果有一天我死了，他肯定會受到懲罰。也許他會恨我。不只安納金，還有海倫和侯爵府的侍女們……

我要犧牲多少無辜的人才能離開這裡？我離開之後，這些人會怎麼樣？他們會死嗎？

如果是這樣，真希望星辰隕落，毀滅這個世界。我會死去，受苦的人和讓他們受苦的人都會死去。

太陽升起前，我和安納金在星空下聊了很久。

戲劇性的成年禮終於結束，我開始認真準備邦尼托之旅。

我告訴侯爵，皇宮裡發生的事情讓我大受打擊，我必須出門散散心。侯爵明明知道我不是他女兒，還是要我帶上護衛去住附近的別墅，但我堅持要搭魔道列車。

我不能直說要去邦尼托，所以我決定把目的地定為蘭多爾區，據說那裡有美麗的湖泊。之所以選擇蘭多爾，還有另一個原因：那裡沒有侯爵家的別墅。如果住進米傑利安侯爵家的別墅，侯爵可能會透過身邊的人監視我的一舉一動。

我從成年禮那天就感覺到，絕對不能讓侯爵知道我打算去死，回到原本的世界。他不會讓「他的女兒」去死。

我並不好奇侯爵的真心——究竟他是被政治野心吞噬而無法放棄這場婚姻，還是出於一種扭曲的父愛，想要抓住女兒動人的外殼，即便裡面裝的不是她的靈魂——原因不重要，重點是他可能會妨礙我。

總之，我打算等計畫暴露後再考慮這個。目前還不知道會發生什麼事，提前擔心只是徒增煩惱。

我把行李箱塞得滿滿的。侍女幫我整理衣服的同時，安納金進來房間，提著我的行李箱先一步走出門。侍女花了一些時間幫我繫上絲帶，然後用微妙的語氣向我道別。

「小姐，祝您旅途愉快。」

「嗯，我去去就回。」

「您一定會回來，對吧？」

侍女一邊說，一邊盯著我的嘴，等待我的回答。她彷彿在對一個即將死去的人說話，而不是踏上旅途之人。

我不知道她為什麼會這樣。也許她發現了？

但我從來沒有在她面前哭過，也沒有犯過錯，我已經盡了最大努力來扮演厄莉絲。好吧，無論我多努力，冒牌貨永遠無法取代正品。

從小我就希望自己死在一個天氣晴朗的日子。我想，天氣好的話，大家也許就不會那麼悲傷了。

可惜今天是陰天。

「小姐……陰天總會過去的。」

「等我回來的時候，天空就會放晴了。對吧，艾瑪？」

21

侍女用驚訝的眼神看著我。雖然我平時表現得很冷漠，我總是能記得周遭人的名字。我只是故意裝作不知道，盡量不表現出來。

因為我是無論如何都要離開的人，不能有所留戀，不能在回到原來的世界之後，還對這裡的事情念念不忘。

「是的，當然！一定會的！」

艾瑪燦爛地笑著點點頭。我有點想哭。

每當我感到動搖，就會一遍又一遍地提醒自己：不要誤會，那個笑容不是給我的。艾瑪珍惜的人不是我，是厄莉絲。那些對我展現出來的好感，都只是厄莉絲的殘餘，不屬於我。

愛我的人不在這裡。

♛

燒磚砌成的車站，讓我想起某部巫師成長小說。

這個地方看起來很像國王十字車站，當然，一定很像。我記得聽朋友說過，作者表示自己在設計這個場景時，參考了國王十字車站。

我忍不住偷偷摸著柱子，希望作者也藏了一個九又四分之三月台。

真是的。

車站裡不僅擠滿即將乘車的顧客，還有前來觀看魔道列車首次運行的人。

列車共有十二節車廂，不包括駕駛室所在的車廂，空間比現代火車小很多，其中七節是普通客房，另外五節則配備了各種設施，是名副其實只有貴族才能搭乘的豪華列車。

我坐在車站的椅子等候，安納金買好票走了過來。

「你有按照我說的那樣買嗎？」

「是，按照您的吩咐，我買了每一個停靠站的車票。」

「很好。這樣一來，即使有人想追蹤我，也無法確切知道我們去了哪裡。」

嘟嘟——汽笛聲響起，乘務員一邊按鈴，一邊催促乘客上車。

「列車要開了，把行李搬進房間吧。」

「是。」

我環顧四周。喧鬧的人群中，獵物被煙味吸引而來。我微微一笑，然後在獵物發現獵人的存在並逃跑之前，匆匆跑上列車。

每兩個客房之間設有便利設施，每兩個客房之後又會有一個便利設施……這樣循環下去，最後則會剩下一間便利設施和客房。

最貴的是倒數第二節的特等車廂，因為它距離駕駛艙較遠、噪音較小，而且前後都設有便利設施。有別於其他車廂用牆壁隔開多個房間，一個特等車廂就是一間客房。

當然，特等車廂是屬於厄莉絲的。雖然她是侯爵的獨生女，但他們的目的更多是為了保護皇太子的未婚妻。

單單開發列車和軌道，就花費了天文數字。要回收成本，首先需要貴族和富裕平民的支持。然而，這些人仍對魔道列車的穩定性存疑。

魔道工學本身就不太穩定，把它裝在一塊巨大的、從未見過的廢金屬上，就要人們把它當作馬車的替代品，不受信任也是合情合理。

因此，我一決定要搭乘魔道列車，政府就趁機大肆宣傳。那位「挑剔的」米傑利安侯爵之女選擇搭乘，幾乎就像是魔道列車的安全保證。

他們會冒著生命危險，把我安全地送到目的地。

只不過，我打算中途消失。

這個計畫會一次打擊三方：侯爵、皇室、還有……

穿著時尚的音樂家為用餐客人演奏弦樂四重奏。巴洛克風格的金色裝潢令人眼花繚亂，即使在首都也很難找到如此華麗的室內裝飾。

不僅裝潢令人印象深刻，列車上的廚師手藝也堪比侯爵府的主廚。

但坐在對面的安納金不知為何遲遲不用餐，只是盯著眼前的食物。

「食物不合你的口味嗎？」

「您不用準備我的份。」

「什麼意思？這是要讓我的騎士餓肚子嗎？」

這是吃貨絕對無法容忍的言論，我下意識皺起眉頭。

「就算我拿出所有工資，也無法支付盤子裡的這點食物。這對我來說……太奢侈了。」

「我付你工資，也幫你付了這頓飯錢，不知道你為什麼會有這種沒必要的擔憂。我還沒窮到需要你來擔心我的錢包。」

「我的意思是……我吃主人剩下的食物就行。我已經習慣挨餓了。」

即使不照鏡子，我也能想像自己的表情有多扭曲。這番話讓我眉頭緊鎖，放下手中的刀叉，仔細斟酌措辭，但最後只擠得出一句話。

「我連餵狗都不會用剩餘的食物。你就吃吧，這是命令。」

老實說，我認為這是很糟糕的詞彙選擇，但安納金似乎接受了這個說法。他拿起食物，塞進嘴裡，眼睛跟著睜大了一點，看來是覺得好吃。

難怪別人總說貴的就是最好的。來到這裡之後，我吃到很多在現實世界從來沒有吃過的美食，如果回到原來的世界，我的舌頭變得挑剔，那怎麼辦？

無論如何，很高興看到安納金吃得那麼開心。他有點瘦，觸碰到他的身體時，會發現他的肌肉比岩石更堅硬。不過還是太瘦了。我喜歡精瘦的男人，但那是對男朋友的標準。安納金不是我的男朋友，而是我的保鏢，為了發揮他的功能，我必須餵飽他，增強他的體力。

我吃完自己的那份香草冰淇淋，又點了一大堆食物，推到安納金面前。多吃點吧。

安納金一定從我的笑容中看出一絲陰險的氣息，表情略顯震驚。嗯，我是不是有點像《糖果屋》裡的魔女？我趕緊把視線移向窗外，風景真不錯。

第三天，我開始喬裝，準備偷偷下火車。我把頭髮放下來，戴上網紗帽，然後穿上如烈火般鮮紅的洋裝。

這件洋裝的領口開得很低，前面有一個大膽的高衩。我塗上和洋裝一樣明亮的口紅，在雙頰鋪滿胭紅，就像喝醉的人一樣。最後，我用墨水筆在嘴巴和眼睛下方點上痣。

打扮完畢後，我叫安納金進來。他揉了幾次眼睛，難以接受眼前的景象。

「住在後巷的你應該很清楚，說說你看到了什麼。我模仿得像嗎？」

他嚇到是正常的，因為我現在看起來就像是這個時代典型的妓女。安納金看著我這幅模樣，支支吾吾了半天。

「……以我淺薄的見識，實在很難理解。您非得這麼做嗎？」

「一定要這樣，他們才會上當。誰能想到厄莉絲・米傑利安會扮成妓女？」

我必須讓所有人相信這個人不是厄莉絲，遮住臉或穿著破爛衣服之類的都顯得太可疑了。我的骨架太小，無法扮成男人，而我的裝扮技術又不夠熟練，無法扮成老太婆，所以我別無選擇。我把食指放在嘴脣上，示意他停止抱怨。

「我的外表和說話方式重要嗎？我是你的主人，厄莉絲・米傑利安，這一點並沒有改變。讓他們被欺騙、被誤導、被混淆吧，人無論如何都只看到並相信自己想要的東西。」

我靠近安納金。

「好好看看，站在你面前的人是誰？」

安納金單膝跪地。

「賜予我名字的人、我的劍和生命的主人，厄莉絲・米傑利安。」

「沒錯。起來吧，落網的獵物正等著我呢。」

如我所說，我打算用這個計畫一次打擊三方：侯爵、皇室、還有——大神官許布理斯。

許布理斯待在第一節車廂，也就是二等車廂，這表示我必須穿越中間的八節車廂。

侯爵派來監視我的人一定也在那之中。距離蘭多爾還有幾個小時的車程，他們應該會鬆懈下來。

我打算裝成跟隨許布理斯的妓女，挽著他的手下車。我聽說這裡的神官和女人玩樂是很常見的事，因此想出這個計畫。

幸好已經過了午餐時間，與特等車廂相鄰的餐廳和酒吧都沒有人。我順利進入頭等車廂。

太幸運了，我如果穿成這樣出現在原本的特等車廂，難免會引起懷疑。不過，如果是從頭等車廂出來，就會被當成與乘客同行的「客人」。

安納金從車頂上跟著我。他的樣貌不是特別引人注目，但任誰走在喬裝後的我身邊都會很顯眼。他毫不遲疑地說自己可以從車頂上走。

我說那很危險，他卻說車行速度很慢，沒問題。我無法阻止他，只好同意了。

22

我穿過頭等車廂，打開連接便利設施的門，車廂內所有目光立刻集中到我身上。有人大膽地上下打量我，也有人吹起口哨。

我不過稍微改變衣服和妝容，就得到身為厄莉絲時從未得到的注目，真是可笑。我抬起頭向前走，盡量不展現出膽怯的樣子。

到了下一節車廂，情況也差不多。有人甚至想碰我，被我巧妙地避開，從他們身邊擦了過去。有個男人盯著我看了幾秒，接著對旁邊的男人竊竊私語。聆聽耳語的男人點點頭，然後從我身邊走過，往後方車廂移動。

我本能地察覺到他們是侯爵派來的人，不禁感到心急，想走得快一點。竊竊私語的那個人站了起來，開始跟著我。我的手心冒汗，但努力裝出平靜的樣子，低聲呢喃。

「安納金，有一個跟蹤者往特等車廂走了。告訴他我正在洗漱，需要一點時間。辦完快點過來二等車廂。」

安納金聽得到我的聲音，但我聽不到他有沒有回應，所以無法確認他是否正確接收到我的指令。不過我相信他，所以沒有停下腳步，繼續往前走。

我打開進入二等車廂的門，那個男人還是緊緊跟在身後。

我的心跳變得急促，害怕他會一把抓住我、拆穿我的偽裝。安納金在前來的路上嗎？還有多遠？

男人的腳步聲離我越來越近。我頭暈目眩，視線墜往地面。我看到地板上出現一個影子，影子向我伸出手——不行！

倉促之中，我隨手打開旁邊一間客房的門。這麼做很魯莽，但沒有別的辦法。不管是誰在裡面，都好過被侯爵的人抓到。

我一拉開門，與我目光接觸的人竟然是安納金。

他的呼吸有些急促，像是剛剛跑完百米一樣。我向房間內瞄了一眼，幸好，客房的原主人現在似乎在別的地方，裡面空蕩蕩的。

「吻我。」

我毫不猶豫地說。

「什麼？」

「做做樣子也可以，快。」

話音剛落，我勾住安納金的脖子，將他拉向我。我稍稍踮起腳尖，安納金猶豫了一下，然後用雙臂摟住我的腰，支撐著我。

我把頭側向一邊，嘴巴微微張開。他沒有吻我，我只能自己發出濕漉漉的聲音，假裝吻得濃烈。老實說，我很尷尬，但又不能強迫他去吻一個沒感覺的人。

我們用眼神交流，呼吸聲交融在一起，距離近到可以聽見對方的心跳。安納金抬起另一隻手，小心翼翼地輕勾我的髮尾。我一步一步走進房間，安納金跟著我退後。

我一直以為安納金的眼睛是棕色，仔細一看才發現，他的眼睛比那更明亮，是一種隨著光線變化的神祕顏色。

我著迷於他瞳孔的顏色，不小心停下親吻的聲音，安納金尷尬地接著出聲。

太可愛了吧。我咬著嘴脣，忍住笑聲。身後傳來男人咋舌的聲音。安納金用一隻手慢慢地關上房門。門一關上，我就從他身邊彈開。

「他回去了嗎？」

「是的，我可以聽到他走回去的聲音。」

「呼，總算過關。很抱歉突然讓你吻我，你還好嗎？」

「我沒事。」

那張無辜的臉竟讓我感到一絲苦澀。我瘋了吧？再怎麼緊急，都有能做和不能做的事。

我一邊打開房門，一邊告訴他：「不，你應該不高興才對。這與保護我的工作無關。」

我們馬上就要下車了，雖然會引起一點小騷動，但剛剛其實可以直接讓安納金制服那個男人，把他扔出窗外。

儘管如此，我還是用雙臂環抱安納金的原因是……我只是想確認。

這個人和那些打量我、對我吹口哨的人不一樣。他很尊重我，即便靠得這麼近，安納金還是沒有碰我。我出於自身利益把他帶在身邊，竟然還想測試他。我突然對自己產生一絲厭惡。

這種行為真的很糟糕。居然自顧自地評價和考驗別人，我自己不喜歡的事情不應該讓別人也經歷，但人心真的很自私。

「以後如果不喜歡我做的事……就說不。如果我做了讓你不高興的事，也別原諒我。」

我以後會要求他做更糟糕的事。他絕對不會拒絕我，但最起碼，我希望他不要白費力氣去理解我。

接下來，我只會做壞事，而他的雙手將因此染髒。

安納金沉默地點點頭。我嘆口氣，心情有些鬱悶。

我站在許布理斯的房間門前，輕輕拍打雙頰，挺直腰背。我不想顯得軟弱。我敲了敲門，沒等他回應就走了進去。

許布理斯起身，呆呆地看著我。夠驚喜吧。我嫵媚地一笑，然後把門關上。在我們一起下車之前，我有很多話要對他說。

「那……那服裝是……怎麼回事……？」

「這身裝扮比我來找你的原因更重要嗎？」

這時他才感覺奇怪，閉上嘴開始打量我。我坐在他原先坐著的椅子對面，翹起腳。

「很快就要下車了，但我的腳很痛，就先坐一會兒吧。」

「您說下車……是什麼意思？」

「我想見梅修斯大神官，請帶我一起去。」

「米傑利安小姐不是要去蘭多爾嗎？」

許布理斯怎麼會知道我的行蹤？厄莉絲沒有隱私嗎？我有點驚訝，但努力表現得鎮定。

「表面上是這樣沒錯，如果被人知道我與梅修斯大神官會面，那就麻煩了。所以我才會來這裡，請你帶我一起去。」

「所以您的偽裝是為了躲避追蹤？」

「讓我的偽裝更無破綻的，就是許布理斯大神官。」

嗚笛聲響起，沒多久，乘務員搖鈴穿過走廊。這是抵達邦尼托的信號。我一邊說，一邊隨摟住許布理斯的手臂。

「請為我成為一名沉迷女色的神官吧。」

他還來不及說什麼，我就一腳踢開門。幾個貴族認出許布理斯，視線在我和他身上來回，然後露出了不屑的表情。

許布理斯驚慌失措，想要抽開自己的手臂，卻被我牢牢地按在身側。

我們順利下了魔道列車，出了車站，進入馬車。車夫看到我們，對許布理斯露出鄙視的表情，就好像他是世界上最無良的人一樣。但就算解釋說我不是妓女，他也不會相信。

就連安納金走過來和我們一起坐下的時候，車夫都還在用可憐巴巴的眼神看著我。他甚至給了我一根胡蘿蔔，告訴我如果想逃跑就揮動它。

不知道他在想什麼，但那種事是不可發生的。

邦尼特滿滿都是田地和森林，連車站蓋在那裡都顯得突兀。

我坐在搖搖晃晃的馬車裡，望著一望無際的麥田，嚼著胡蘿蔔，突然轉向目不轉睛看著我的許布理斯。

「你看什麼看得那麼專心？」

「沒有，只是……看來您最近沒有再傷害自己了。」

我對他的提問感到驚訝，換我盯著他看。

「你連那個都看得出來嗎？真有趣。」

「您的靈魂末端被撕裂了。」

「撕裂？我的靈魂斷開了嗎？」

「當時在路上第一次見到您，您的靈魂已經裂了一半，現在又重新連在一起了。」

「喔？不應該這樣啊……我應該再把它撕裂嗎？」

許布理斯被我的呢喃嚇了一跳，連忙抓住我的手。同時，安納金將劍從劍鞘中拔出一半，抵在許布理斯的脖子上。我沒有叫他收起劍。

「怎麼？因為神給了我生命嗎？」

「不、不是的，米傑利安小姐的……」

「存在本身就彌足珍貴？我的存在哪裡珍貴了？」

我打斷他，把問題丟回去。許布理斯猶豫了許久，說不出話來。當然啦，因為你對我沒興趣嘛。

許布理斯叫我不要死，不是因為他愛我。

「你只是不想聽到認識的人死去，對吧？」

「……」

「你是怕我記仇嗎？要是你有抓住我，哪怕只有一次，我可能也會想活下去……像這樣的想法？」

許布理斯一臉被說中要害的樣子，怒視著我。不知為何，我覺得很痛快。

假裝善良的偽君子。

其實他們根本不關心對方，只是因為害怕被批評而假裝了解，然後當對方為了得到關愛而越界時，他們就立刻劃清界線。明明是他們鼓勵對方越界，卻又無恥地逃跑。

小說裡的厄莉絲就是這樣崩潰的。得知同父異母哥哥的存在後，厄莉絲很快就開始依賴許布理斯。本來無依無靠的她，突然找到有血緣關係的親人，一定很高興。然而，她如此依賴的哥哥卻愛上她最憎恨的女人，並揚言將因傷害海倫而永遠與她斷絕關係。

硬要說我是在捍衛厄莉絲，我也無法辯解，不過許布理斯如果真的那麼冷酷無情，大可在厄莉絲不得不依賴他之前就結束這一切。

但許布理斯什麼都沒做。他知道厄莉絲憎恨海倫，卻還是保持沉默，只為了扮演拯救海倫的角色。

這是徹底的背叛。

23

「您有信心絕不會後悔嗎，米傑利安小姐？」

「後悔什麼？」

我把指甲掐進他白淨的手掌。

「你是說對尋死感到遺憾？還是說……後悔和你這位首都最有前途的大神官、下一任教宗為敵？」

「我說的是所有人都有的遺憾和恐懼，並不是想威脅您。」

「那我可能不是人類呢。」

「米傑利安小姐……」

「你知道嗎？人如果太沮喪，就算再想死，也沒有力氣去死。」

我現在就是這樣。我像快沒電的玩偶一樣嘎吱作響，按下電源鈕的那一秒，會出現短暫的一動，但除了那一瞬間，我什麼都做不了。

我已經心力交瘁，無力做任何事，回去的渴望迫使我不得不行動。

「連呼吸都變成一件很累人的事，但你沒有力氣去死，很可笑吧？想死，也得先振作起來。如果要上吊，你得要有力氣把布綁上橫梁、把脖子放進繞好的布圈裡。如果要跳樓，你得有爬上高處的力氣。」

第一次在這個世界睜開眼睛的時候，我以為我只是在作夢。我想醒來，回到我家的床上。我不敢相信自己身處一個陌生的世界，在一具陌生的身體裡。

一次次強迫自己入睡又醒來之後，我變得萎靡不振，然後就只能哭。

「你像個傻子一樣躺在床上，把事情一再拖延，明天就要去死、明天一定要死……一直這樣拖下去，某天你就會突然有了力氣。」

我第一次嘗試自殺那天是一個陽光燦爛的日子，起床後頭不痛，不合口味的米飯也吃得下去，走路的步伐像羽毛一樣輕盈。

「我不知道我什麼時候會再次變得無力，所以覺得應該趁還有力氣的時候趕緊去死。你知道好不容易鼓起勇氣卻失敗的感受嗎？」

「……」

「神幫助了我，所以我應該好好活下去？錯了，只因為我是個笨蛋，連死亡這件事都做不好，才會一再失敗。求死不得不斷重複，所有遺憾和恐懼都會消耗殆盡。不……感覺就連我自己也在一點一點地被磨損。」

搖晃的馬車停了下來。許布理斯什麼也沒說。沉默總比笨拙的安慰要好。

「你為什麼露出這個表情呢？你害怕嗎？怕我會死？」

「……是的，我很害怕。」

安納金打開門走出去，向我伸出手。

「我離死亡還很遙遠，所以不用擔心。不是說每個人都有適合自己的結局嗎？」

我輕輕揚起嘴角，有點安撫他的意味。在這部小說中，厄莉絲的悲慘死亡是故事高潮，比海倫的婚宴更令讀者期待。

我看著許布理斯朝梅修斯大神官的住處走去，心中突然浮現一個念頭：如果這是一部音樂劇而不是小說，那麼，厄莉絲死去時會伴隨著什麼樣的音樂呢？

如果整個世界是一齣大戲，落幕時會響起什麼歌曲？

「是誰？」

那是一間很小的木屋，兩個人住會有些局促。許布理斯敲門時，門的另一邊傳來一個年長而深沉的聲音。

「大神官，是我，許布理斯。」

「你應該在首都，怎麼會來這裡？」

「聽說您病得很重……」

梅修斯打開門，看起來非常健康。

當然，一切都按我的計畫進行。許布理斯一定是聽說梅修斯快要死了，才匆匆趕來這裡。

我推開許布理斯，向梅修斯打招呼。

「很高興見到您，梅修斯大神官。我有事想問您，所以沒有事先通知就前來拜訪。」

「妳是……」

「您可以叫我米傑利安小姐，也可以叫我異鄉人，都行。」

反正這個人能看到我的靈魂，沒必要隱藏。梅修斯似乎也察覺到什麼，點了點頭，轉身將門敞開。

「請進，我想這會是一段很長的談話。」

小屋裡面很舒適，除了必需品之外，沒有任何生活用品。雖然他已經退休了，但以一位前大神官來說，這間房子似乎太簡陋了。

梅修斯泡茶的時候，許布理斯瞪了我一眼。

「那個孩子是您派來的嗎？」

「現在才知道嗎？我以為你在列車上就發現了。」

「用謊言欺騙人，竟然還能如此平靜！您內心毫無歉意嗎？」

自己沒確認事實就衝動跑來，怎麼能怪我？

話說他也真好騙，我只是讓貧民窟的孩子送去一句話而已。

梅修斯大神官病危，請盡快前往。許布理斯連忙收拾行李就上了列車，連那孩子是誰都沒有確認。

「不管對方看起來多無害，你都不應該輕易相信別人說的話。我是為了讓你帶路才騙你的，但萬一我設下更大的陷阱，你怎麼辦？」

「神會引導我的。」

許布理斯固執地抿起雙唇。這不是可以逞強的問題吧？我無言以對。

事實上，許布理斯將梅修斯視為養父，所以他才會那麼輕易地相信假消息、跳上列車。我也是看準了這一點，才決定以梅修斯病危的消息作為引子。

雖然他是米傑利安侯爵的私生子，但許布理斯的母親並沒有讓侯爵知道她懷孕的事。她是一名異國舞者，如果說出這件事，孩子顯然會被帶走。

她向神殿求助，遇見了大神官梅修斯，在他的幫助下安全地生下並撫養許布理斯。

幸運的是，許布理斯比較像媽媽，而不是侯爵。在神殿長大的許布理斯自然夢想著成為和梅修斯一樣的神官。他有天賦，很快就實現這個願望。

侯爵發現自己有一個名叫許布理斯的私生子時，已經太晚了。許布理斯已經成為最年輕、享有盛名的大神官，無法被納為米傑利安家族的一員。

就算許布理斯沒有成為大神官，侯爵也不可能把他帶回去。除了他的母親，許布理斯最尊敬和最喜愛的就是神官梅修斯。沒有他們在身邊，任何舒適奢華的生活都毫無意義。

梅修斯端出幾個粗糙的茶杯和一些茶點，它們嘗起來全都又苦又澀，但味道很健康。

侯爵家和勞特恩甜點店販賣的飲品和點心都是甜的，身為一個不太愛吃甜食的人，梅修斯的茶和茶點其實更合我的口味。

「異鄉人，不知道妳為何來此與我見面，但我這個不起眼的老頭恐怕要讓妳失望了。」

「怎麼會呢？我的問題只有梅修斯大神官能夠回答。」

許布理斯說我無論如何都無法活著離開，而魔女告訴我，至少需要一顆龍之心才能打破因果定律。

我很好奇龍給了梅修斯什麼啟示。還有，伊亞森是勇士這個事實，本來就在小說裡，但是到底發生了什麼變化，原來的內容又是什麼？

「卡迦勒勛爵告訴我，龍違背了因果定律，操縱您改變了命運。您聽到那則預言時，是否察覺到它與神諭有何不同？」

「我不清楚，那感覺有點像夢。當時並不覺得奇怪，但清醒後過了一段時間，我才發現不一樣之處。」

「您還記得預言的內容嗎？」

梅修斯望向空中，眨了眨眼睛，最後用平靜的聲音回答。

「當然記得，至今仍歷歷在目。『第三個月將盡之第九夜出生的孩子，必須用刀刺向狂龍。只有那個孩子能傷害狂龍。龍息停止的那天，萬物將回歸常理。』

「常理？」

「我不清楚常理為何。在真理面前，我只是一個渺小、無知的存在。」

我忍不住發出一陣呻吟。我來這裡就是想知道這一點，但他竟然說不知道，這樣的話，千里迢迢冒險來此就沒意義了。我試圖抓住最後一根救命稻草，又追問一題。

「這片土地上還有別的預言嗎？」

「預言嗎……並沒有什麼預言。」

我試著回想小說內容，看看是否有可以派上用場的部分，但什麼也想不起來。梅修斯看到我的表情，顯露出抱歉的姿態。

「神本來就不會降下預言或神諭，沒有先例，以後也不太可能有這樣的事。我應該如實坦承的……」

面容慈祥的老者痛苦地用雙手摀住臉，低聲抽泣。

「我得到的並不是神諭，更像是接近自然的至高存在揉捏我的精神後，讓我吐出的『龍言』。我很害怕，我只是個神力不如祂的凡人，卻因接收了祂的言語而成為大神官，獲得崇高的榮耀。當我意識到那並不是神諭……」

「但是，神官大人……您不是後來才意識到自己被操控了嗎？」

「不，許布理斯，別為我辯護！我毀掉了一個人的人生……就算為時已晚，我明明還是可以揭露真相，坦承那並非神的旨意，但我無法這麼做……我不想那樣做……我不願放棄賜予我的榮譽，懦弱地一直沉默到最後，以休養為藉口逃到了這裡。我連神都背棄了……」

看他哭得像個孩子，我心裡很難受。雖然同情他，但安慰不是我的責任。

許布理斯扶著梅修斯，讓他喝下幾口茶。

好，我們來想想。伊亞森成為屠龍者是作者創造的事實，寫下這本小說的人無異於這個世界的神。

這就是龍所說的「常理」嗎？

龍到底改變了什麼？真的有什麼事被改變了嗎？龍有沒有可能對伊亞森說謊？

不，換句話說，如果龍根本沒必要說實話呢？

如果伊亞森殺的是「另一條龍」……？

一陣寒意流過我的脊背。小說只提到伊亞森殺了龍，並沒有點出是哪條龍。事實上，就連「狂龍」的設定，我也是剛剛才從梅修斯口中得知。

龍這種至高無上的存在費盡心思操縱神官，甚至假造預言，讓伊亞森殺死自己的原因——

我知道答案。

24

龍想死但死不了，和我一樣。

我的牙齒震得嘎嘎作響。我努力停止顫抖，但我的聲音和我的手還是抖得很厲害。

我用嘶啞的聲音問：「龍……不能自殺嗎？」

「您問了一個奇怪的問題。龍是神所創造最完美的生物、大自然之母，祂們幾乎等同於大自然本身。您可見過大自然自我了結？大自然隨著時間推移而蓬勃發展，唯一能夠危害大自然的只有其他生物，但即使一隻小兔子吃了一點草，草原也不會因此死去。」

「龍沒有壽命嗎？不會自然死亡？」

「龍總有一天會死，但區區凡人無法見證那麼長的歲月，就像蜉蝣無法猜測人的壽命。」

我頭暈目眩，一陣噁心。我抬手示意談話到此結束，然後奔向外面。
我吐在房子旁邊的草地，肚子還在翻攪，腦袋轟鳴不斷。
安納金拿著手帕和水來到我身邊。我用他帶來的水漱口。
「鏡子……你有帶來嗎？」
「有，要給您看看嗎？」
「我們進森林裡吧，我得和魔女聊聊。」
他提著不知從哪裡拿到的燈籠，走向小屋後方的森林。我小心翼翼地跟著他，最後停在森林中心，那裡有一個被月光照得閃閃發光的小池塘。
我在安納金拿來的鏡子裡映出自己的臉，然後呼叫魔女。
「美狄亞，我有事要問妳。現身吧。」
「怎麼回事？居然用上鏡子。」
魔女用傲慢的語氣登場，但我現在沒心情開玩笑。我提出剛剛一路上理出頭緒、但仍半信半疑的假設。
「伊亞森殺死的是『另一條龍』吧？」
「天哪……妳怎麼知道的？妳總是有辦法讓我感到驚訝。」
「為了死，狂龍編造了一個虛假的預言，讓伊亞森殺了自己，對嗎？反正對伊亞森來說，無論如何，他要做的都是殺死『龍』。」

美狄亞微微一笑，用指尖撥弄頭髮，然後爽快地說出真相。

「沒錯。狂龍和妳一樣是異鄉人。他也是——不，該說『她』嗎？成為龍之後，性別就沒什麼意義了。」

「這不重要，繼續說。」

「知道了，別催嘛。」

她講了一個故事。

一開始，附在龍身上的異鄉人對自己的新生活很滿意。他成為了世界上最強的生物，有能力做任何他想做的事情。他很努力生活，與同族的龍相戀，甚至一起孵育龍蛋。他們幫助人類建立王國，並見證王國的繁榮。

幸福的日子看似會永遠持續下去，但隨著時間流逝，他變得非常疲憊，每天都如同置身地獄一般。他努力擺脫這股無力感，卻無法挽回他破碎的靈魂。人類的靈魂太渺小了，無法與容納龍的容器相容。

他想死，但死不了。龍是最強大的生物，甚至被稱作神的化身。他逐漸變得瘋狂，即使是與他相戀的龍也救不了他。龍，和大自然一樣，可以互相傷害，但無法互相殘殺。

狂龍帶著最後一線希望找上魔女。然而，魔女們拒絕了，她們不想親手殺死這條龍。不是沒有屠龍的能力，而是這件事對魔女來說既煩人又困難。她們和龍的屬性處於極端對立，殺了他恐怕會引發騷亂。

第二年長的魔女喀耳刻告訴他一個方法：「這個世界上，有一個孩子生來就有屠龍的命運，你可以奪取這個命運。」

神給他的命運只有屠龍，至於被殺死的那條龍是什麼樣的龍，不重要。因此，孩子一出生，狂龍就操縱大神官傳達「神諭」，宣布那條龍就是他自己。他日夜期盼著孩子長大。

那孩子殺死狂龍的那一天，整個世界都被切開了，夕陽代替他流下鮮血。另一條龍一夜之間失去摯愛，深陷悲痛。

如果沒有狂龍的干預，原本該死去的命運之龍正是他。他想了又想，自己該如何才能死去，拿回屬於自己的命運。

最後，龍發現了這個世界的盲點。

要打破因果定律，需要付出相當於龍心的代價。沒錯，龍把自己的心臟當作祭品，用這種方式交換死亡。即便如此，這也不是一件容易的事，因為這個世界對龍很寬容，大多數情況下，並不會判定他違背了因果定律。

這時，龍聽到兩個女子的心願。女人祈禱著她懷裡那名少女的願望能夠實現，而少女則希望自己可以從這個世界上消失。

龍意識到那名少女可以實現他的願望。她的身上交織著世界的因果和命運的絲線。

龍實現了她們的願望。少女的靈魂隨著龍心一起消失，而維持世界的因果則在另一個世界找到了最合適的靈魂，進入少女的身體，代替她活著……那個靈魂就是妳。

雖然早就猜到了，我還是覺得全身無力。真的很不公平，我的意願完全沒有被納入考量。我的喉嚨熱得像著火，從深處發出沙啞的哭聲。

「為什麼……是我？」

「……」

「回答我！為什麼是我！一定也有其他人夢想著這種事……到底為什麼是我！」

魔女對我一連串發狂的尖叫沒有說什麼，只是觀察般地看著我。那冰冷的視線讓我太難受了，我把鏡子丟進池塘裡。

我知道這不是她的錯，但我無法忍受眼前的現實。噗通一聲，魔女的臉和鏡子一起下沉，我的心也跟著無限沉淪。

我的頭又開始痛了。如果現在有頭痛藥，我會一顆一顆咬碎吞下去。

這時，我突然聽到沙沙的腳步聲，反射性地轉過頭。安納金把劍架在許布理斯的脖子上。

「這個人躲在一旁偷聽。該怎麼做？要殺了他以防他說出去嗎？」

「您……您和魔女勾結嗎？您知道這是多麼嚴重的罪行嗎！」

唉，我已經夠辛苦了，還要聽這個人胡言亂語。許布理斯滿臉驚恐地扭動身體，不過，安納金只靠單手便制服了他。我冷漠地低頭看他。

「對這個國家的人民來說是重罪吧。但我又不是這個國家的人，關我什麼事？」

「只要您還在米傑利安小姐的身體裡，那就是犯罪！」

「所以？」

這個情況荒唐得讓我笑了出來。許布理斯看到我的笑容，表情變得扭曲。

「你要告發我嗎？尊敬的神官大人，這正合我意。我就算被劍刺中也不會死，但如果被綁在火刑柱上燒死，就不一定了，對吧？快去告發我吧。」

「厄莉絲．米傑利安！」

我的冷嘲熱諷終於讓許布理斯憤怒大吼。安納金的劍刃靠近他的脖子。

「安納金，放開他，這樣他才能告發我啊。」

安納金略帶不滿地收劍入鞘，把許布理斯推到一邊。我大步走向安納金，再次拔出他的劍，然後把它扔到許布理斯面前。他慢慢抬起頭。

「其實沒必要這麼麻煩，仔細想想，大神官有權就地處決，對吧？」

25

大神官有權力當場處決被懷疑為魔女的人。他們不需要證據，因為大神官通常都能夠看見靈魂。

小說中，許布理斯明知厄莉絲不是魔女，卻還是用這一點來威脅她。

有一天，許布理斯對著哭泣的厄莉絲這麼說：他之所以沒有砍死厄莉絲，是因為他不想讓她的髒血沾到自己的手上。

聽到許布理斯冰冷的語氣，厄莉絲哭著對他大喊：「你真的喜歡那個低賤的女人嗎？你怎麼能優先考慮她，而不是和你有血緣關係的妹妹？」

「我從來沒有把你當成我的妹妹。」許布理斯如此斷言。

「用那把劍殺了我。和魔女勾結的人，算得上魔女的同夥吧？費了這麼大的勁，為什麼不乾脆殺了我呢？嫌我的血髒嗎？」

原因很簡單。小說裡的厄莉絲是個欺負海倫的惡女，但我目前還不是。

因為是惡女，隨便對待也沒關係。惡女就該受到懲罰。這種淺薄的思考方式多麼可笑，以為折磨別人就是正義。

我在手足無措的許布理斯面前笑得像瘋了一樣，然後我蹲下來，和他對視。

「神官大人，這並不是一個很難的請求。你只要像現在這樣，繼續假裝不知情就行了，無論是我和魔女的關係，或者我是異鄉人的事。」

「米傑利安小姐……」

「反正我很快就會死了。我可以保證不會死在你面前，就算變成鬼也不會去找你。」

許布理斯淚流滿面，說了幾句難以理解的話。

「為什麼……您為什麼要這麼說？我並不是因為恐懼才這麼說……您的悲傷，太痛苦、太沉重了。」

他抓著頭髮，看起來真的很痛苦。說實話，我完全不懂他為什麼會有這種反應。我只是對他說了些難聽的話而已……他是什麼變態嗎？

「不……我該怎麼做才好？我請求您的原諒，請平息您的怒火，所以、所以，請……」

「不要死？」

我的話終於讓他抬起頭。那雙濕潤的眼睛在月光下閃爍著黑曜石般的光芒，挺美的。

啊，我認得那個表情，令人厭惡至極。那副自以為是救世主的可憎臉孔，我看過太多了。

我伸手抓住許布理斯的臉，用拇指輕輕擦去他的眼淚，就像他在成年禮上對我做的那樣。

「別可憐我，煩死了。」

許布理斯的臉孔被絕望覆蓋。很高興能看到這個景象。

我使了個眼色，一旁待命的安納金走上前，用劍背擊中許布理斯的後頸。許布理斯無力地癱倒在我懷裡。我把他推給安納金，點了點頭。

「把他放在小屋前面。我們先去蘭多爾短暫停留，然後再回首都。」

「這裡的事，您都處理完了嗎？」

「嗯，該聽的都聽到了，我得趁引起更多懷疑之前趕緊離開。」

「我來攔馬車。您要在這裡等嗎？」

這是一個鳥鳴聲響徹的漆黑夜晚。我點點頭，心想，面對野獸也好過一個女人隻身站在鄉間小路邊。

安納金把許布理斯扛到肩上，一聲不吭地消失了。

我將雙腳浸入池塘，試圖讓自己清醒過來，但當冰冷的水滲透到腳趾間，我竟反而感到昏昏欲睡。我躺在草地上，看到安納金曾為我勾畫的星座。

我得想一想。成年禮結束後，厄莉絲還發生了什麼事？我得想起來，然後做好準備。

煩死了。

我為什麼要準備？我來到這個世界並不是因為我想要、我願意，不管我做什麼，人們都會恨我，情況根本不可能好轉。

難道不能就讓他們恨我，最後再假裝殺死海倫，然後被處死嗎？

我好累。我就像在經歷二流恐怖片的故事情節，因為別人的死而被捲入，現在還要努力去死。如果我是因為意外才進來的就好了，或者是次元之門打開，而我被這個世界選中、被需要，這樣至少不會那麼空虛。

我是為了彌補某個人的過錯，而被綁架到這個世界，成為某人的替代者。

我不是在抱怨沒有成為主角，即使在於原本的世界，我也更像個配角。身為一個普通的群演，我和大家一樣學習、工作，平凡地過著每一天。但至少在那些日子裡，只要我嘗試，事情就能有所改變。

喜歡我的人很多，其中有一些人，只要我坦露心聲，他們便會毫不猶豫地安慰我，和這裡非常不同。不對，是完全不同！

我的視線變得模糊，眼淚在我試著忍住之前就掉了下來。

我無法改變這裡的任何事。按照故事發展，我會破碎，為別人帶來光明。我會按照既定的結果被處決，不容得早一點死或晚一點死。

我咬咬牙，下定決心，從現在開始我什麼都不做了。

不知不覺間，安納金已經完成指令回來，低下頭看著我。

「你的腳程真快。」

「因為我很擔心。」

「擔心我嗎？為什麼？」

「我擔心您會丟下我，去別的地方。」

「你怕我會死嗎？」

他看著我，什麼也沒說，然後搖搖頭。他欲言又止，似乎在尋找合適的表達方式。

「我……我對主人很好奇。」

「……什麼？」

這和我對他說過的話很像。

「就像您之前對我說的，我也很好奇主人過著什麼樣的生活、想過什麼樣的生活……我好奇您的一切。」

「……」

「所以我很害怕，怕我來不及認識您。」

他的回答讓我說不出話。要是能像了解其他男主角一樣了解安納金，就可以明白他為什麼這樣看著我了。

不，其實我知道。安納金愛上了厄莉絲．米傑利安。和許布理斯不同的是，安納金的臉上沒有任何情緒。

你在想什麼呢？我很害怕這個問題。有一天我會這麼問他，但我決定暫時推遲這個問題。

「過來這裡，抱我起來。我不想走路。」

我向他伸出雙臂。他輕柔地抓住我的肩胛骨，把手腕抵在我的膝窩，然後將我抱起，一言不發地往森林外走去。

我把頭靠在他厚實的胸膛，什麼都不想。雜亂的思緒停止，我聽到了其他聲音。鳥鳴聲、蟲鳴聲、腳步聲……

還有安納金緩慢的心跳聲。他的脈搏告訴我，他還沒有陷入愛情。這讓我有點安心。如果你的善意是出於愛，對我來說是一種負擔。無法回報的愛最讓人心煩。

他的心跳緩慢而有節奏，有一種讓人平靜下來的魔力。

希望這段路能走得久一點。

馬車顛簸了一段。為了避人耳目，我們正前往蘭多爾區。如果辯稱是混亂中而錯在邦尼托下車，侯爵又能說什麼呢？

把我們送去梅修斯家的車夫似乎是邦尼托一帶唯一的車夫，外頭頻頻傳來打哈欠的聲音。我睡不著，窗外也沒什麼好看的。車夫可能聽得到我說話，但反正他不認識我，不會知道我在說什麼。我慢慢開口。

「我以前住的地方……那是一個比帝國發達很多的地方。雖然沒有大神官所展現的神力，但也有類似的宗教。不過我們沒有國教，因為那是一個宗教自由的國家。雖然沒有魔道工學，卻有比它更先進的東西，叫做『科學』。科學，嗯……有點難解釋，大概可以說是一門『揭示構建世界的真理』的學問吧。」

安納金沉默地聽著我的故事。我思考著接下來該說什麼。

「那裡沒有身分階級，沒有皇帝或貴族。嗯，有的國家有啦，但至少我住的地方沒有。那個國家是由叫做『總統』的人統治，而不是皇帝。總統的職位不是傳給子孫，而是由民眾直接選舉，每四年一次。」

「如果沒有階級，該如何區分貴賤呢？」

「這一點就和帝國很像了。那裡的人用錢來區分貴賤，累積了財富的人享有權勢。那個世界的我貧窮且平凡，和厄莉絲非常不一樣。」

他眨了眨眼，然後問我：「您有家人嗎？」

「有。媽媽、爸爸、弟弟，一家四口。我之前很討厭那個家，現在想起來，當時其實挺溫馨和睦的。」

「可以問您為什麼討厭嗎？」

「我覺得自己受到差別待遇。爸媽總是給弟弟更好的東西。」

我頓了一下。

「不，不一定是我的父母，還有他們的朋友和親戚。不過他們沒有阻止那些人，應該是因為也有同樣的感覺吧。」

如果弟弟難得做了家事，他們就會稱讚他，但哪怕我有一次沒做，他們就會說我「不懂事」。我不喜歡這種「身為姊姊，理所當然要多做一點」的語氣，所以常常用年長當藉口，把事情推給弟弟。

他們常常用「以後結婚了，家事誰要做？」來嘲諷我，但我認為沒必要擔心這些還沒發生的事。

我總是在逃避。

26

「一開始我拚命否認，最後變成自責。我是壞孩子，所以他們才會偏心弟弟。我活該。」

爸媽總是把家中的困難告訴我。我相信他們不是故意的，但我不得不學會察言觀色。因為貧窮，我比別人更早長大，表現得越成熟，爸媽就越以我為榮，也許我是想得到稱讚吧。所以，當弟弟提出我因為顧慮家庭狀況而沒有提出的要求，儘管爸媽對弟弟更寬容，我還是忍了下來。

但我沒辦法再忍了。因為弟弟比較「懂事」，我曾經覺得這種偏心是理所當然的。可是，「懂事」的標準是什麼？

「這個世界上沒有任何一個孩子應該忍受差別待遇。我永遠不會原諒我的父母。但你知道嗎？即使你不想原諒他們，即使你討厭、怨恨他們，你還是會想念他們。」

在這個世界一次又一次嘗試自殺後，我確定了一件事情：我愛我的家人。以至於我首先想到的是他們對我的好，而不是他們對我做過的壞事。

「我會去找他們，問問他們為什麼這麼做。」

把這些話說出來，我突然覺得心裡很舒坦。坦露我的痛苦之後，動搖的心和腦袋變得清晰多了。我笑著直視安納金的眼睛，就好像他是我的家人一樣。

「我只想回去問這個問題。」

安納金看著我，默默點了點頭。他沒有繼續提問，車裡又回歸無聲，但這股沉默一點都不尷尬。

我們抵達蘭多爾時，天已經亮了，朝陽剛剛升起。我們在附近最整潔、最漂亮的住宿地點安頓下來。

我們穿著樸素的服裝，周圍沒有人認得厄莉絲，旅店老闆甚至把我們誤認為一對新婚夫婦，想讓我們住同一間房。我好不容易才阻止他。

坐了一夜的馬車，我全身僵硬。叮囑安納金要好好休息後，我就請旅店老闆準備一些溫水，我想要洗漱。

沒多久，有人來敲我的門，我打開門讓她進來。那是一個只有我半身高的孩子，她提著一個裝滿溫水的木桶，喘著氣走進來。看著她大汗淋漓的樣子，我有些過意不去。

侯爵宅邸所處地帶的水利設施相當發達，不只是貴族，富裕平民也都擁有接近現代衛浴的設施。

看來無論現實世界還是這裡，都是以首都為中心發展。我給了那女孩兩枚銀幣作為報酬，然後向她打聽：「這是我第一次來蘭多爾區，有什麼值得一看的景點嗎？」

「當然！我從小住在這裡，對這裡的事情非常了解。您知道蘭多爾以湖泊聞名吧？這個湖泊比海洋還要深、還要美，所以有很多人專程來這裡賞湖。只要說一聲，我們還可以為您租一艘船。」

她興奮地向我介紹各種關於夜市和其他景點的資訊。

我把一枚硬幣遞給那個語速如子彈的孩子，然後鎖上門。

已經很久沒有一個人洗漱了，溫度適當的溫水包覆著我，很舒服。在宅邸的時候，就算我說要一個人洗澡，侍女們也會大驚小怪地在一旁幫忙。

老實說，這種生活是挺舒服，有人幫妳洗頭、有人幫妳吹頭髮。如果我有錢，也會想過這樣的生活。這個異想天開的想法讓我咯咯笑了起來。

我把泡沫往身上堆，清洗乾淨、穿好衣服、擦乾頭髮，然後拉動繩子，把木桶送下去給那個孩子。我躺到床上，在被窩裡翻來覆去，沒多久就睡著了。

我再次睜開眼睛的時候，已經是傍晚了。窗外有個地方燈光閃爍，應該就是剛才那個孩子說的夜市。

我輕聲呼喚安納金，然後在心裡數到三。一、二、三。

「您叫我嗎？」

是。我滿意地對門外的安納金說。

「我要去夜市看看，準備一下吧。」

♛

打從出生起，許布理斯就一直在抓住某些東西。先是母親的臍帶，接著是神官的衣角，開始懂事之後，手中就握著神所創造的真理。

他之所以只能這樣活著，是因為他的人生永遠處於懸崖邊緣，只有在墜落時才會得到救贖。許布理斯的生活比墜崖還要糟糕。

對他來說，父親的位置始終是一片空白，甚至理所當然到以為每個人都沒有父親這個存在。當許布理斯第一次意識到每個家庭都有一個「父親」時，他問母親自己的父親是誰。

母親一聽到這個問題，就打了他一巴掌。這是她第一次打他。她的手掌擊中許布理斯時，她似乎比他還要驚訝。

不過，她並沒有道歉，只是一遍又一遍地告訴他不要再問關於父親的問題。第一個禁忌就這樣誕生了。

許布理斯不時會站在鏡子前，試圖尋找父親的蹤跡，但始終徒勞。

許布理斯長得很像母親，她是一位異國舞者，有著黝黑的皮膚，烏黑的長髮和瞳孔，以及豐厚的嘴唇。

許布理斯只要走在大街上，每個人都會認出他。有時這讓他很困擾，不，實際上，經常讓他感到困擾。

漸漸地，母親開始失去理智。她年輕、有天賦，卻為了許布理斯放棄前途光明的舞者之路。她知道，如果被侯爵發現，她腹中的孩子就會被奪走，於是她選擇逃跑。

躲藏的日子十分艱辛，她遭到原先所處的舞團和雇主無情追擊。

她跪在地上乞討，以賺取路費，勉強來到鄉間的神殿。她跪在一位神官的腳下，祈求能夠平安生下孩子，並願意終生作為神殿的奴僕。

這本來是不被允許的事，因為許布理斯的母親是個異教徒，但仁慈的神官梅修斯親自跪在她的腳邊，替她蓋上面紗，並在她頭上灑下聖水，洗淨了她所有的罪。母親就這樣過著服侍神殿的生活。

她的母親放棄了身為舞者的一切，從頭開始，但除了唱歌跳舞之外，她什麼也沒學過。這樣的人一夜之間承擔起打掃、洗衣服、煮飯等種種雜務，笨手笨腳地做著。

她那雙與珠寶相配的柔嫩雙手漸漸變得粗糙，原本充滿活力的臉上也出現越來越多皺紋，浮現出厭煩之色。這些情緒直指她的兒子。

原因可以想見，神殿的所有人裡面，唯一地位比她低、力量比她弱的就是許布理斯。

她猛烈抨擊許布理斯，揚言要去死。她將發生在自己身上的一切都歸咎於許布理斯。有時候，她不只是口頭說說，甚至會試圖自殺。

許布理斯很震驚，被母親的行為嚇哭了，還常常做惡夢，夢見母親死去。他很害怕母親會再次嘗試自殺，所以不眠不休地守在她身邊。

然而，某個時刻，許布理斯突然意識到，母親不是真的想死，她只是缺少關注和疼愛。為了得到短暫的目光，她不斷遊走在死亡邊緣。

他沒有為此責怪母親，只是覺得，母親實在不該生下他。

明明知道她的人生會變成這樣，卻還是不放棄肚子裡的他。也許是因為錯過了放棄的時機，也許是因為愛他的父親，也許是因為她愛他。

然而，世界上有很多事情不是單靠愛就能解決。

許布理斯對母親求死的呼喊漸漸感到麻木。為了減輕母親的負擔，許布理斯抓住即將前往首都的梅修斯神官，懇求他帶自己一起離開。他說想成為一名神官。

許布理斯擁有成為神官的天賦——神力，而且他的神力非常充沛。梅修斯爽快地允許他同行。許布理斯在他自出生以來一直居住的神殿房間裡，告訴母親他要離開。

也許他只是想逃離母親，因為他累了。

許布理斯睡在母親身邊，和她一起度過了最後一晚。她撫摸著已經長大的兒子的手，摸了許久。當他再次睜開眼睛，卻發現母親冰冷的屍體。

葬禮結束，許布理斯獨自見證舞者的最後時刻。他很後悔，如果能再緊緊抓住她一次就好了，就在他送走她的那一天，整個宇宙翻覆的那一晚。

雖然外表看不出來，但許布理斯是個不折不扣的甜點控。對他來說，在充滿限制的神官生活中，甜食是唯一被允許的快樂。為了不辜負外界對他的期待，他總是會從甜點店叫外送，偷偷躲起來吃。

那天也是這樣的一天。他在擁擠的甜點店排隊等候，期待著即將到來的快樂時光。那是間有名的甜點店，所以排隊的人很多，店外人潮擁擠不斷。

有人撞到前面的人，一個女子搖搖晃晃地跌入他懷裡。她回頭看他時，許布理斯簡直不敢相信自己的眼睛。

一開始，他以為自己產生幻覺，因為那是不可能的——鮮豔的紫色交織在黃色的靈魂中。

這太奇怪了，他忍不住抓住她。

「妳是誰？」

27

乍一看，她似乎有些羞愧，但很快就變得嚴肅。她抬起下巴，一副傲慢的樣子。

「神官如果知曉未婚貴族女性的名諱，豈不是很奇怪嗎？」

「我不是指妳的身分。」

「不是身分的話，那是指什麼呢？」

許布理斯閉上嘴。她的靈魂是紫色的，但他無從證明。從周遭的竊竊私語來看，她的地位很高，有可能是社交圈的名媛。

許布理斯猶豫之際，那名女子已經走掉了。

那天晚上他輾轉難眠，總是想起那個被撕裂的紫色靈魂。夢裡，媽媽哭著說都是他的錯。

後來許布理斯才知道她的身分，是一位見習神官聽了他描述的特徵後猜出來的。

厄莉絲．米傑利安，侯爵的獨生女，皇太子的未婚妻。見習神官說，米傑利安小姐的性格非常惡劣，還說他很幸運，沒有因為褻瀆罪而當場吃上罪罰。

「啊！」

許布理斯經常出入皇宮，也想過有一天或許會在皇宮裡巧遇，但沒想到來得這麼快。即使她扭傷了腳、露出痛苦的神情，她的靈魂仍然是紫色。

礙於她的身分，許布理斯無法追問什麼，只是治好她的腳踝。正要離開時，米傑利安小姐卻抓住了他。

「我看起來像誰？」

那閃爍著紫色光芒的靈魂並不是他的幻覺。米傑利安小姐的身體內，裝著只有古書記載過的異鄉人。

她用充滿期待的語氣，打探是否有活著離開的方法。許布理斯一聽到這番話，腦袋裡就浮現許多曾經看過的書，可惜沒有一個異鄉人活著離開。

許布理斯猶豫了。他本來可以立即回答，但不知為什麼，他不想辜負眼前這個異鄉人的期待。真相最終在她的催促下脫口而出。米傑利安小姐大笑一聲，接著開始否認事實。

「如果沒有辦法活著出去，那我是怎麼活著來到這個世界的？一定有辦法，對吧？只是你不知道罷了。」

「小姐……」

顫抖的瞳孔、急促的呼吸、受傷的靈魂，她看起來就像許布理斯的母親。她們有著同樣千瘡百孔的靈魂。

「請找找吧。你是大神官，不是可以進神殿查找資料嗎？所以——」

「小姐！請聽我說。」

許布理斯抓住她的手臂，擔心她會崩潰倒下。他一字一句講述生命的法則，希望她能夠理解，並哀求道：「接受您的命運，代替她活下去吧。」

他不知道自己帶著什麼樣的表情、是否暴露了內心的絕望。他扶起跌坐在地的她，她卻再次倒下，彷彿雙腿失去了力量。她用堅定的表情看著許布理斯。

「我不要。」

「什麼？」

「如果這就是生命的法則，我就算死也要離開。」

許布理斯不敢置信。為什麼她們總如此輕易地放棄神賜予的生命？因為無法承受短暫的疼痛，就走上一條讓自己後悔的道路。

她似乎猜到許布理斯的心思，走了幾步又回過頭。此刻的她看起來堅強又自信，彷彿之前的所有痛苦都只是一場戲。

「我的生命是我父母給的，而不是什麼神或上帝。大神官也是吧？難不成你是由聖靈孕育成人？」

這句話刺痛了許布理斯的心。

第二次見到她是在神殿。她無法從睡夢中清醒過來，纖細的身軀被騎士抱著進來。許布理斯撫摸她微微皺起的眉間，為她注入神力。她或許略微清醒了些，雙眼迷濛地看著他。他將面紗蓋在她的頭上。

按照流程，他要將黃銅器皿中的聖水緩緩倒在她身上。當他掀開濕漉漉的面紗，眼前是一張白皙消瘦的臉。

該塗抹香油了，但許布理斯的手停了下來。直到那時，他才第一次這麼仔細地看見她的臉，之前他都只注意到她的紫色靈魂……她很美。

啊，她睜開了雙眼。那是一雙從初夏的片段中剪下的眼睛，晨光映入她的瞳孔，散發出藍色的光芒。那一刻的悸動讓許布理斯屏住了呼吸。

她臉上露出困惑的表情，許布理斯這才意識到他正著迷地盯著她。他急忙撫過她的眼皮，但她指出他的失態。

「大神官，香油。」

啊。許布理斯羞愧得耳垂發燙。

他把香油倒在手上，用顫抖的手再次撫摸她的眼皮。保護她吧，請讓這雙眼睛不再裝載邪惡的事物。接下來換嘴唇了，要祈求這雙唇不會沾染罪惡……

他在猶豫什麼？許布理斯有點想哭。米傑利安小姐看不下去，把嘴唇湊向他的手指。

流程結束，她也離開了，許布理斯仍然靜靜地站在那裡，尋找自己猶豫的理由。

如果讓許布理斯說誰是對他而言最重要的人，他肯定會說母親。不過，如果他必須在母親和梅修斯大神官之間做選擇，那麼，他可能會選擇梅修斯大神官。

梅修斯是個實踐人類普世利益之人，多虧他的仁慈，許布理斯得以誕生，並且意識到，自己可以有乞討之外的未來。

梅修斯始終支持著許布理斯。當他因母親的死而大受打擊，梅修斯手把手地教他該怎麼做。雖然異國人的遺體應當送回家鄉，但在梅修斯的安排下，他的母親得以在這片土地長眠。

可以這麼說：梅修斯填補了許布理斯的所有空缺。他是一位父親、一位老師，也是一位親密的朋友。所以，當他聽到梅修斯重病的消息，差點就昏了過去。

不久前還很硬朗的梅修斯，竟然病得如此危急，以致必須派人找上門。許布理斯一聽到這個消息，立刻準備動身前往邦尼托。

他無法保持冷靜。許布理斯早早失去母親，而梅修斯是他僅存的家人。

他收拾好行李，手拎著外套準備走出去，得知消息的神官給了他建議。

「如果有急事，就搭魔道列車吧。它會比馬車更快到達。」

「魔道列車？」

「那個不是很有名嗎？聽說米傑利安小姐也要搭乘它前往蘭多爾。魔道列車是一種以魔道工學為燃料運行的車，既然沒有用到馬，就不需要讓馬休息，也就無須中途停下來。聽說裡面還有客房和餐廳等多種設施呢。」

「原來如此。謝謝您的建議，神殿就麻煩大家了。」

「不用擔心神殿的事。一路順風。」

許布理斯走進喧鬧的車站，一臉焦急地前往售票處，售票人員露出為難的神色。

「哎呀，大神官。按規矩，我們應該為您安排頭等車廂，但由於這班列車採預約制，所有頭等車廂都已經滿了，只剩下一個二等車廂的位置……您可以接受嗎？」

「坐哪裡都沒關係。」

「沒問題。那麼，您只需要向乘務員出示前往邦尼特的二等座車票即可。」

乘務員在車票上蓋章後，許布理斯匆匆拿起行李登上魔道列車。他平時習慣儉樸度日，二等車廂的座位對他來說已經相當豪華。

不知道焦急的時間過了多久，他剛要準備下車，突然聽到敲門聲。還沒來得及起身開門，她就再次闖入他的生活。

米傑利安小姐帶著妖豔的笑容關上門，進入客房。他早知她的外貌很華麗，但她這次特意展現出來的華麗卻有些刺眼。

她妝扮得像個街頭女郎。

「那……那服裝是……怎麼回事……？」

「這身衣服比我來找你的原因更重要嗎？」

他羞愧地閉上嘴，消化那一瞬之間的想像所產生的愧疚感。他默默打量她，想了解她的意圖，同時，她在另一邊的椅子坐下，翹起腳來。

「很快就要下車了，但我的腳很痛，就先坐一會兒吧。」

「您說下車……是什麼意思？」

「我想見梅修斯大神官，請帶我一起去。」

她總是傲慢地提出要求，彷彿認定別人絕對不會拒絕她。

當米傑利安小姐不經意地挽起他的手臂，許布理斯覺得自己的心臟都要跳出來了。每一次掙扎，抓住他的力道就變得更強。他的手心出汗，喉嚨乾澀。

「我想問你一件事。」

「嗯，那麼，請先鬆開手……」

「我的靈魂是什麼顏色？」

離開車站之後，米傑利安小姐就再也沒有看過他一眼。儘管有無數不悅的眼神投向她，她也只是直視前方。

「紫色。小姐的靈魂是紫色的。」

「紫色？」

她轉頭看向他，嘴角輕輕揚起，眼神卻無比冷淡。

「真是太好了，我最討厭紫色。」

許布理斯心頭一涼。詛咒自己的生活，那是什麼感覺呢？

從那時起，許布理斯就如坐針氈。他的目光一直落在她身上，米傑利安小姐受傷的靈魂讓他想起母親。

我應該再把它撕裂嗎？——他無法理解，怎麼會有人如此淡然地談論靈魂的切割。

28

當他握住她的手，騎士馬上將劍指向他的喉嚨，但許布理斯不在意。然而，耳邊卻傳來她嘲諷的聲音。

「怎麼？因為神給了我生命嗎？」

「不、不是的，米傑利安小姐的……」

「存在本身就彌足珍貴？我的存在哪裡珍貴了？」

許布理斯猶豫著要不要回答。對他來說，所有生命都同等重要，無論高低。但他無法對眼前這位女子說，她就像路邊的野草一樣珍貴，因為這是一般人無法理解的邏輯。

米傑利安小姐似乎把他的沉默視為回應，尖銳地刺了他一刀。

「你只是不想聽到認識的人死去，對吧？」

「……」

「你是怕我記仇嗎？要是你能接住我，哪怕只有一次，我可能也會想活下去……像這樣的想法？」

聽到這句話，他腦中浮現吃下有毒植物而死的母親。他討厭眼前這個什麼都不懂就出言不遜的女人。

身為大神官，他拯救了無數人的生命。那些試圖自殺的人在他手中重獲新生，紛紛表示自己做了錯誤的選擇，並多次感謝他救了他們的命。

許布理斯每晚都在想：如果他能早點發現母親的計畫，也許就能救她一命。她或許也會後悔自己的選擇。

許布理斯用一反常態的嚴厲語氣回應，問她是否有信心不會後悔。她的指甲深深陷入他的掌心，而她的絕望悄然洩出。

「你知道嗎？人如果處在極為沮喪的境地裡，就算再想死，也沒有力氣去死。」

血腥味瀰漫在漫不經心的自白裡，讓他感到窒息。米傑利安小姐看起來隨時都會崩潰，所以即使手掌滲出血，他也沒有鬆開手。他有一種很可怕的預感。

「神幫助了我，所以我應該好好活下去？錯了，只因為我太蠢，連死都做不好，才會一再失敗。求死不得不斷重複，所有遺憾和恐懼都會消耗殆盡。感覺就連我自己也在一點一點地被磨損。」

也許他救不了她。

「你為什麼露出這個表情呢？你害怕嗎？怕我會死？」

「……是的，我很害怕。」

許布理斯將無計可施地讓她離開，一如他的母親。有別於悲傷的他，米傑利安小姐臉上掛著輕柔的微笑，彷彿她一直等待著那一天。

當他看到米傑利安小姐用鏡子和魔女對話，第一個念頭是必須隱瞞這件事。如果這件事被揭發，她就會被燒死在火刑柱上。接著，他滿腔怒火，想知道她為什麼要與邪惡的魔女勾結。顯然，她並不知道這有多危險，也許是狡猾之人向毫無防備的她伸出了手。

他想要立即告訴她真相，阻止她繼續下去，但在他意識到之前，劍已經抵住他的脖子。他摀著嘴防止自己尖叫，耳邊響起低沉的警告。

「安靜。主人正在進行重要的談話。」

許布理斯扭動身體表示抗議，但神官和騎士的力量差距過大，他只能任由騎士束縛他，讓他動彈不得。就在這時，湖邊傳來叫聲。

「回答我！為什麼是我！為什麼、為什麼！一定也有其他人夢想著這種事……到底為什麼是我！」

米傑利安小姐的喊叫聲悽慘。他想要安慰她，但騎士抓著他肩膀的手絲毫沒有鬆開。

最後，米傑利安小姐將鏡子扔進湖裡。騎士將他像動物一樣拖到她的面前，劍依然抵著他的脖子。

「您……您和魔女勾結嗎？您知道這是多麼嚴重的罪行嗎？」

許布理斯希望她否認，說她不知道、她被騙了，以後她們不會再見面了，請求他的原諒……但她只是冷冷一笑。

「你要告發我嗎？尊敬的神官大人，這正合我意。我就算被劍刺中也不會死，但如果被綁在火刑柱上燒死，就不一定了，對吧？快去告發我吧。」

不，那不是他想要的。米傑利安小姐不了解他的好意，無情的態度讓他很生氣。

「厄莉絲．米傑利安！」

「安納金，放開他，這樣他才能告發我啊。」

騎士把我推出去，她向我走來，拔出劍，扔到我面前。

「用那把劍殺了我。和魔女勾結的人，算得上魔女的同夥吧？費了這麼大的勁，為什麼不乾脆殺了我呢？嫌我的血髒嗎？」

許布理斯以為自己受過母親多年的訓練，早已對惡毒的話語習以為常，可以像平時一樣置之不理。然而，悲傷讓他的喉嚨發燙。

他沒有想被所有人認可，也沒有希望所有人都喜歡他。他只有小小的期盼而已，但他此生唯二想取悅的兩個女人卻都拒絕了他。

她看著他，像個瘋子一樣笑了起來，然後又用那雙美麗的藍色眼睛看向他。

「神官大人，這並不是一個很難的請求。您只要像現在這樣，繼續假裝不知情就行了，無論是我和魔女的關係，或者我是異鄉人的事。」

他無法假裝不知道。他不想再重演那天晚上母親的悲劇。

「反正我很快就會死了。我可以保證不會死在你面前，就算變成鬼也不會去找你。」

「為什麼……您為什麼要這麼說？我並不是因為恐懼才這麼說……您的悲傷，太痛苦、太沉重了。」

許布理斯抓著頭髮，感到很苦惱。每次眨眼，他都會看到死去的母親和米傑利安小姐的身影重疊。他想吐。

「不……我該怎麼做才好？我請求您的原諒，請平息您的怒火，所以、所以，請……」

「不要死？」

活下去。許布理斯一直很後悔沒有說出這句話。請活下去。

他的淚水無法抑制地順著雙頰流下。無論做錯什麼，他都會請求原諒，只希望她不要放棄生命。

許布理斯滿懷希望地抬頭看著她。她用白皙美麗的手指擦去了他的淚水，在月光下露出溫柔的笑容。白天還穿著妓女服裝的女人，突然看起來像聖母。

打從出生起，許布理斯就一直想抓住某些東西。先是母親的臍帶，接著是神官的衣角，開始懂事之後，手中就握著神所創造的真理。

他向神祈求，這次請讓他握住這個女人的手。

「請給我一個拯救她的機會。」他在心裡苦苦哀求。

「別可憐我，煩死了。」

一切都結束了。世界陷入黑暗。

♛

我本來就很喜歡夜市。夜晚很安靜，但我喜歡人們製造的噪音和燈光所營造出的獨特氛圍。所以當我聽說夜市有營業，就決定一定要去看看。

問題是衣服。下火車的時候，我把大部分行李都丟掉了，只剩下現在穿著的黑色洋裝，還有用來偽裝的紅色洋裝。

黑色衣服通常只會在葬禮上穿，平常穿的話很容易被注意到。原本就已經很顯眼的外貌，如果再加上顯眼的衣服，幾乎等於在大肆宣揚我是一個有故事的貴族小姐。

於是，我把錢拿給白天見到的女孩，請她幫我買一些能夠融入周遭的衣服。

她不安地上下打量我，似乎不敢碰觸我的身體，最後買了幾件乾淨且不顯眼的棉衣。原本擔心她會買錯尺寸，幸好這些衣服非常合身。

我打算從夜市買些零食送給她，順便稱讚她的眼光。

我穿著白色和米色相間的洋裝走出門，安納金像一隻忠狗守在門口。我忍不住嘆了口氣。

「……安納金，去換衣服再過來。」

如果他穿著騎士盔甲走在旁邊，無論我穿上多麼平凡的布衣，看起來都像個貴族小姐。

雖然不像邦尼托那樣只有田野和森林，但蘭多爾和首都相比，也和鄉村沒什麼兩樣。硬要比擬的話，這裡更像是人們前來欣賞湖泊和大自然的度假小鎮。

因此，夜市算不上華麗，反倒有種質樸、粗獷的魅力。

逛夜市，手和嘴不能是空的！我把目光搜尋賣吃的攤販，果然種類多樣，都是用木炭燒烤的食物。

我不想吃雞肉，太一般了，但我又怕青蛙，因為蛙肉會讓我胃不舒服，所以最後決定吃香腸。但每一種香腸看起來都很像，我無從判斷它們的口味。我站在攤位前詢問老闆，友善地和他交談。

「你好。一根香腸多少錢？」

「這麼大的香腸只要三埃克羅姆！不買會後悔的。」

三埃克羅姆大約相當於原來世界的一千五百元，以香腸的大小來說，這個價格真的很划算。我吞了口口水。

「口味都一樣嗎？」

「不，有很多種口味，從什麼都沒加的原味，到起司、香料口味等等，價格都一樣。」

該吃香料口味還是原味呢？我猶豫了一下，然後想到身後面無表情站著的安納金。

「你想吃什麼？」

「什麼？」

「哎呀，小伙子給人的印象真好！你們是夫妻嗎？看起來都很年輕，相處還有一些尷尬的樣子，應該是新婚吧？」

29

我戳戳安納金的身側，笑嘻嘻地回答。

「是的，其實我們正在度蜜月。這個人平常沒那麼冷淡，但我想他在陌生人面前可能有點害羞。」

「哎呦，這位新郎！我見過很多來旅行的夫妻，但從未見過像小姐這麼漂亮的妻子。你上輩子一定拯救了國家吧！看到你們，我心情很好，買兩個算你們五埃克羅姆。」

「那麼請給我原味和香料口味。」

老闆迅速挑出兩根烤熟的香腸並串好。我正要付錢的時候，他玩笑似地對我眨了眨眼睛。

「男人還是老實的最好。小姐，你挑了一個好男人呢。」

我無法回話，只能揉揉鼻子。

我走回街上，興奮地咬了一口香腸。哇，好吃！味道實在太棒了，我的身體忍不住顫抖。手工香腸的味道和我以前吃的廉價香腸完全不一樣，聞起來有炭火的香味，真的很好吃。如果能配上芥末醬就更完美了。

我很好奇香料的口味，所以隨手把原味香腸塞進安納金的嘴裡。香料有很多種，不知道吃起來會是什麼味道。

我很愛吃辛香料調味的食物。我喜歡印度咖哩的香料，甚至喜歡多數人都不喜歡的香菜。

我滿懷期待地咬了一口，立刻感覺到一股強烈的味道。

這……是辣椒！睽違許久吃到辣椒的味道，我差點哭出來。竟然在一個意想不到的地方嚐到家鄉味，怎麼回事？

吃著吃著，我突然很想喝啤酒。環顧四周，發現附近有賣類似酒的東西，我趕緊跑過去。

「那個，是酒嗎？」

「這是用當地穀物釀造的米酒！味道香醇順口，要來一杯嗎？」

「請給我兩杯。」

老闆在粗糙的木杯裡裝滿酒。我轉身對安納金眨了眨眼，要他過來。他把手中的香腸放進嘴裡，雙手接過木杯。

遠處傳來很大的樂聲。啊，一定是戶外演出！我聽說過這種戶外劇場，很想親眼見識一次。我拉著不知所措的安納金，隨便在中間找了個位子坐下。

不久後，小丑走了出來，用誇張的語調介紹這部劇的大致情節。

「今天在這裡展開的故事，是一個令人心碎的家庭悲劇。這是一個關於父親身陷奸計、懷疑自己的妻兒，最終親手殺死兒子的愚蠢故事。邪惡的魔女可以逆轉時間，但如果她這麼做，就會因叛國罪而遭斬首……」

我懂了。這齣戲是在諷刺皇室。戲劇這種東西，本來就是諷刺題材最能深刻描繪事實。我滿懷期待地一口咬香腸，一口吞下酒。

♛

青年看著插在神殿中央的劍，表情悲痛。王子用指尖感受著劍柄的尖端，卻無法輕易拔出劍。他繞著劍轉了一圈，想讓時間流逝得慢一些。

「多麼無情啊！我作為神和國家的僕人，忠誠地活著，他們卻如此輕易地拋棄了我。然而，儘管我的肉體因世俗的誹謗而受汙染，我的靈魂依然高貴，因為神知道真相。我比任何人都清楚這一點，所以我不怕死，只怕邪惡的人充斥這片土地。母親在哭泣。請不要為您那無能的兒子流淚，他連自身的清白都無法證明。啊，還在母親腹中的弟弟，我連你的名字都未曾知曉，現在就由你來守護這個國家。」

王子結束漫長的獨白，最後一臉堅定地拔出劍。

「總有一天，真相會大白，您會發現我從未覬覦過您的王位。無論我如何喊冤，惡人卻蒙蔽了您的眼睛和耳朵，讓您無從得知真相。但我不會心懷怨恨。父親，如果您希望我死……」

此時，簾外傳來王后的哭聲。

「孩子！我親愛的孩子，沒有人比身為母親的我更清楚你的清白。逃跑吧，放下那把劍，逃吧！也許我們一輩子都不會再相見，但也好過於冥府相見。無論你去往何處，母親都會和你在同一片月光之下。停手吧！你想讓母親心碎嗎？」

然而，王子已經把劍刺進自己的心臟，應聲倒下。王后遲來一步，抱著王子的屍體流下眼淚。然後，她發出最後的哀號。

「復仇！」

第一幕結束，時光彷彿倒流，王子再次完好無缺地出現。他跪在國王腳下，國王對其怒目而視。

「我珍惜你勝過這世上的所有寶物，你卻用這樣的方式回報我。我以為你是個如千金般珍貴的孩子，沒想到你內心潛伏著一條墮落的蛇，伺機扭斷我的脖子。神是多麼無情啊！」

王子跪倒在地，可憐兮兮地哀求。

「仁慈、賢明、這片土地的王，您既是國王、法官，也是讓我能夠在這片土地上呼吸的父親。我從未有過這樣的心思……究竟是誰在父親耳邊低語，傳遞如此愚蠢的妖言？」

王子猛地抬頭，怒視國王身邊的伯爵，憤怒地衝向他。

「是你！你這個兇手、混蛋，骯髒的禽獸！」

「天哪。」

「你這傢伙真的瘋了嗎！一個罪人竟敢傷害我的臣子……你、你這個披著我兒子皮囊的怪物！這種大逆不道的罪刑，即使是地獄之火也無法洗淨。」

王子被騎士們包圍。伯爵沒有放過這個機會，從口袋裡掏出信封，獻給皇帝。

「這就是王后和王子謀反的證據。」

信封裡裝著寫有王子和王后之名的信件，還有一份招兵買馬的合約。王子睜大眼睛看著這些物品。他開始掙扎，喊到喉嚨都快被撕裂。

「你這個混蛋！全是謊言，天大的謊言！放開我！竟敢玷汙我和母親的名譽……我必須砍下那傢伙的頭，才不會在神的面前感到羞愧！」

「把他帶過來！」

伯爵一聲令下，騎士帶來一個衣衫襤褸的男人。他畏畏縮縮地被拖進來，在國王面前重重磕頭。

「卑賤之人，斗膽拜見世上最珍貴的王。」

「如果你不說實話，你那狡詐的舌頭就會被割掉。」

「王啊，這片土地慈愛的父親啊！我這條命死不足惜，但自古以來就有人說，飢餓比死亡更可怕，貧窮比瘟疫更殘酷。雖然我知道這是謀反的行為，但我被大筆金錢蒙蔽了雙眼，雙腳走上罪惡之路。我無可辯解，請將我斬首吧。」

聽到這番證詞，王子的聲音變得更加高亢。

「說出真相吧！竟敢作偽證，你難道不害怕神嗎？」

「叛國的物證和人證都有了，如果你真的是無辜的，有什麼證據可以證明呢？」

「我絕對沒有背叛父親的想法！請不要中了圈套！如果我在說謊，請讓天火立刻擊打在我頭上。」

這時，一道閃光伴隨著轟鳴，震動地面的雷聲響起。王子臉色慘白。國王神情嚴肅，要騎士們把王子拖出去。

「把他關在閣樓裡，連一滴水都不許給他喝。」

「父親、父親！」

「王后……王后肚子裡還有皇室血脈，妳就趁這段時間好好反省吧。」

國王面無表情地退場。第三幕很快就開始了。

王后和王子喬裝打扮，正在向乞丐分發食物。所有人都離開後，王后看著周圍破舊的環境，一臉悲傷。

「可憐啊！有這麼多人在忍受寒冷和飢餓……有了我們給予的食物，他們也許能夠生存一段時間，但這並不是根本的解決之道。老天真是無情，到底該怎麼做才好？」

「母親，拯救被上天拋棄的人，難道不是國家的責任嗎？成年人至少有謀生的可能，所以我更擔心孩子們。如果他們能夠習得知識，至少能擺脫業力般的貧困，但他們的父母卻只是強迫他們乞討。」

就在王后和王子嘆息之際，喬裝後的伯爵從遠處走來。他向兩人行禮，然後環顧四周，低聲說：「曾經有人試著在這個地區建造孤兒院和學校，但由於經費不足，計畫最後沒能進行。王后陛下和王子殿下是否能捐助一點皇室資金呢？前期準備已經差不多完成，如果能湊齊雇用工人的錢，我們就可以馬上開工。」

此言一出，兩人紛紛拍手表示贊同。

「太好了！我回宮之後馬上開一張支票給你，你可以放心花用。取之百姓，用之百姓，一點都不可惜。伯爵比我們更了解國家的情況，你就看著辦吧，有什麼需要儘管說。」

「謹遵您的命令。」

「百姓的文盲率如此之高，實在令人心碎。識字的人敲詐勒索，怨言甚囂塵上。如果能夠教育孩子，他們長大之後又能教導別人，這是多麼美好的事啊！」

王后微微踉蹌，精神抖擻的王子連忙攙扶。王后笑著安撫他。

「我沒事，發完食物就覺得有點累了。既然我們的擔憂已經解決，就回去吧。」

「好的，母后。」

王后和王子離開後，蒙面男子從後巷現身，伯爵一臉陰險地對他下令。

「你必須作偽證。雖然你難逃一死，但我會保護你的家人。」

「……我會銘記在心。」

「還有，去買通貧窮的魔道工程師，說不定還得憑空製造閃電雷鳴呢。」

蒙面男子點點頭，再次消失在黑暗中。

第三幕結束，伯爵帶著狡猾的笑容退場。

30

第四幕開始，幾位貴族各持酒杯，圍坐在桌子旁聊天。
「王子清廉寡欲，而且守護王權的意志非常堅定，對我們來說事關重大啊。」
「現在他還是王子，未能掌握我們的命脈，一旦他登上王位，我們的未來將無比黑暗！」
「那麼，該怎麼辦呢？」
「如果不能讓他加入我們的陣營，就必須除掉他。」
聽見伯爵這麼說，所有人都面色凝重。
「除掉他？你是要派刺客去殺他嗎？」
「嘖嘖，所以他們才說你愚蠢。謀刺王子是叛國！除非國王親自放逐兒子，否則一切仍無法了結。」

「大家請安靜。看來伯爵已經有計畫了。」

四周言語漸漸平息，所有人的注意力都集中在伯爵身上。他聳了聳肩。

「王后和王子平時熱衷於救濟貧民，不如就以募集人手為由請他們捐錢，再用這些錢去購買兵馬，就能偽造他們謀反的證據了。」

「沒錯！」

「國王是無情之人，他再愛惜王子，一旦威脅到自己的性命，也只能把對方碎屍萬段。」

「趁這個機會把那些看不順眼的忠臣也一併處理掉吧！」

「說得好！」

貴族們的笑聲和碰杯聲震耳欲聾。

第五幕開始。有別於前幾幕，這一幕的氣氛平和又溫馨。國王、王后、王子齊聚一處。

「今天真是陽光明媚。」

「天空終於放晴了，看來連神都在祝賀這頓和睦的餐敘。」

「這麼美好的一天，可不能少了好消息。」

「到底是什麼事情，讓平時藏不住話的妳忍了那麼久？」

「你想猜猜看嗎?兒子，你也試試。」

國王和王子沉思良久。

「請原諒我的愚鈍，王后。」

「我也沒有頭緒。」

「如此沒有毅力，該如何領導一個國家?國家大事要處理好，不是一蹴可幾，你們需要學會長期觀察。」

國王和王子尷尬地笑了笑。王后見狀，摸了摸自己的肚子。

「這裡面……有王子的弟弟。」

「噢，過來這裡。我的愛，我的光!在厚重的衣服底下，竟藏著比天上的月亮還要珍貴的東西!請讓我抱抱那個孩子。如果把耳朵貼上，是否能聽見孩子的心跳?他會踢腿嗎?妳懷上了皇室血脈，那些醫官竟然瞞著我!」

「我想親口告訴你，所以要求他們保密。你不知道我有多渴望馬上宣布這個好消息。兒子，你也過來，把手放在母親的肚子上，向弟弟打個招呼吧。」

國王和王子肩並肩，把耳朵貼在王后的肚子上。兩人都笑得很開心。

「這個孩子出生後，就能和孤獨的王子攜手，現在他終於有伴了。很多人終其一生都沒能擁有一個孩子，但我卻有兩個孩子，真是無比的幸運。太陽送來溫暖的光芒，彷彿在祝福我們。讓我們在這太陽之下約定，今後也將繼續緊握彼此的手、互相信任地活下去。啊，多麼美好的一天！」

國王、王后、王子抱在一起，微笑著望向天空。帷幕落下。

這是一個悲傷的故事。劇本的獨特之處在於採用倒序手法，所以最後一幕是三人相擁而笑，對未來的事情一無所知。

這確實是一場悲劇，只有戲外的我們才知道真相。

我看了旁邊的安納金一眼，好奇他有什麼心得，但他似乎沒有任何想法，可能是因為他沒有家人吧。所以我提出別的問題。

「如果你生活的世界是一齣戲，你會有什麼感覺？」

「您是說戲劇嗎？」

「沒錯。一切都是被安排好的發展，你只能按照自己的角色設定去行動。你可能不是主角，只是一個配角，甚至是背景中的路人。」

我偷偷用眼角瞄他。正常來說，不會有人願意相信自己身處的世界是不真實的，因為這等於是否定了他這一生所過的生活。

如果我在原來的世界聽到有人提起類似的事情，我會避開他，認為那是新的邪教信念。

除此之外，人們往往會因為自己並非那麼重要的存在而感到絕望。

但安納金一如往常地避開我的預期。他用平靜的語氣回答。

「那我也無能為力。」

「為什麼？你不生氣嗎？」

「嗯，我正在盡己所能地過好自己的生活，這樣就夠了……我是這麼想的。」

「就算你不是主角也沒關係？如果只是因為這樣，就害你被剝奪了應得的關注和善意，這樣也沒關係嗎？」

「騎士本就不是一個引人注目的職業。如果我想要受到關注，早就選擇其他職業了。」

不知道為什麼，他的回答讓我有點生氣。我嘟著嘴，在心裡偷罵安納金，他到死都不會給出我想要的答案。

「你真是一點欲望和目標都沒有。」

「看起來是這樣嗎？我已經盡力過好自己的生活了，可能是因為每個人都很努力，所以我才不特別顯眼吧。」

這句話讓我對自己的言論有些後悔。我不應該妄自評斷別人的努力。我為了死而努力的樣子，在別人眼裡不知道有多可笑。

「……抱歉，你說的對。每個人都在努力活著。越靠近光，影子就越長，這樣的努力只有在接近死亡的時候才會被注意到。」

這時，負責配樂的樂團來到廣場上，開始演奏一首輕快的舞曲。

起初，人們只是在一旁鼓掌，接著開始兩兩一組，圍著樂隊跳起舞來。我注視著眼前歡快的場景，安納金小聲地在我耳邊補充。

「事實上，我並不需要每個人都注意到我的努力。」

「……？」

「只要您，我的主人，知道就好了。不是嗎？」

彼此對視的目光碰撞在一起。我想要說些什麼，但出於尷尬，我的腦袋一片空白。我需要給予回應才對，稱讚他、或者說謝謝之類的話。但是我面對那些待我好的人時，總是比面對那些討厭我的人還要笨拙，無論是戀人、朋友還是家人。

可能是因為我生性多疑吧。別人向我示好的時候，我會先思考對方這麼做的原因。如果是有求於我才接近我，那就像交易一樣銀貨兩訖就行了。如果沒有目的的話，我反而會感到害怕。為什麼要對我這麼好？對於這樣的人，我沒有什麼可以給予，於是只能付出感情。我很害怕，擔心自己可能會傾注比預期更多的感情。付出的東西無法再收回。

也許我是怕那個對我好的人會討厭我。我已經讓他走進心裡，但如果他隨隨便便就離開怎麼辦？我無法忍受那個空缺。我就是一個自私的人。

所以我只好再次收回想對安納金說的話。那些感情一旦說出口就無法挽回。

我在喧鬧的餐廳坐下來，打開報紙，等候早餐。幸運的是，這個世界的語言和英語有許多相似之處。準確來說，應該是英語、法語、西班牙語、拉丁語的混合體。看來作者的知識有限，無法創造出全新的語言。

老闆放下食物，盯著我的臉。

「等等，小姐。妳是不是跟城裡的話題人物厄莉絲・米傑利安長得很像？」

我展開報紙，狡猾地回答：「我常常聽到這種話。鄉下丫頭長了一張出名的臉啊。」

老闆又誇獎了一句，打消疑慮後就離開了。我大致瀏覽報紙，在第二頁找到想看的文章。

米傑利安小姐失蹤！魔道列車真的安全嗎？

哇，標題下得真好！雖然沒有照片，但厄莉絲的臉在首都人人皆知。

現有的交通工具以馬為動力，不過，馬是活生生的動物，缺點在於跑了一定的距離就得休息。而且，無論馬車內部製造得多豪華，乘坐空間都很狹窄、不舒適。

隸屬於政府的魔道工程師所創造的傑作──「魔道列車」──號稱將以上缺點全數改良。雖然它的最高速度比馬速慢，但不需要停下來休息這一點，讓它成為一個偉大的技術進步。

然而，無論魔道工程師如何主張列車的安全性，魔道技術本身不僅不穩定，而且與其堪稱天文數字的初期成本相比，速度也比預期還要慢，所以有人擔心，強盜隨時都能接近列車。

為了打消這樣的顧慮，魔道列車的最大投資人之一米傑利安侯爵祭出殺手鐧，將女兒送上列車，藉此證明它的穩定性。但事與願違，她在列車上失蹤了。

此外，還有一個問題。儘管打著「豪華列車」的名號，實際載運量卻低於預期。無論車票多貴，考量維護費用及投資成本，長期算下來都無法打平。

……她的失蹤引發諸多疑慮，魔道列車能否讓乘客安全抵達終點站，並安全返回？

文章寫得非常出色。眼看皇室和侯爵的計畫被毀，我的食慾大增，很快就吃完盤子裡的食物，再用茶漱口。

現在該怎麼辦呢……回首都的話只會徒增一堆煩心事，我想盡可能在這裡待久一點。

不如按照那個打雜孩子的建議，搭船去那個著名的湖看看？

31

「安納金，和旅館的孩子說，讓她準備一艘船，我想去看看那個著名的湖。」

「知道了。您還需要什麼嗎？」

「要不要帶點食物去那裡吃呢？」

「聽起來不錯。」

「那就幫我準備一些清淡、不油膩的食物。」

我回到房間，一邊哼歌，一邊換衣服。迎春花色的套裝穿起來很舒服，也滿適合我的。

來到蘭多爾最棒的一點，就是沒有侍女要我化厚重的妝、穿華麗的衣服。我知道她們的出發點是為了讓我展現最美的樣子，但那些裝扮程序實在太繁瑣了。

我隨意梳理頭髮，然後穿著舒適的平底鞋走出去。旅館的孩子在門口等我，看到我出現，就把一朵花放在我的耳邊。真可愛。我給了那個討人喜愛的女孩一些零用錢。

微風涼爽，天氣很好。那片湖距離城裡的旅館有一段距離，船停靠在湖附近的一間小屋，我乘坐馬車穿過森林才能抵達。

湖泊深邃而美麗，看起來幾乎像是稍微小一點的海洋。

安納金提著裝滿食物的籃子走上渡船，然後開始划槳。船一下子就駛到湖中央。

風景再好，果然也得先吃飽才有心情欣賞。我滿懷期待地打開籃子，裡面有看起來很好吃的三明治、瓶裝牛奶、果醬和派，甚至還有水果。

難怪我覺得籃子有點重……看來旅館老闆對我們的印象很好。食物多一點總比不夠吃好。我把一個夾著薄片火腿的三明治放進嘴裡，另一個塞進安納金的嘴裡。

我吃早餐的時候就有這種想法：這家餐廳的食物真的很好吃。我對住宿地點的要求只有床要乾淨、早餐好吃，這間旅館真的很適合我。

我一直在猶豫要不要對安納金坦承，最後決定還是應該要告訴他。無論如何，我都必須在某個時刻說出真相，因為安納金是助我逃離這個世界的最佳夥伴。

吃了美味的食物後，安納金變得比較放鬆。我決定在此時向他揭露這個令人震驚的事實。

「你是我讀過的書裡面的角色，安納金。」

「……？」

「這個世界，也是我讀過的書裡面的世界。」

划槳的手停了下來。他眨著眼睛看著我，滿臉困惑。我繼續說下去，不給他提問的機會。

「你是『厄莉絲』身邊的配角。你愛她。」

我把手伸進湖裡，清澈冰涼的湖水從指間滑落。水面在我的觸動之下泛起漣漪，又歸於平靜，映照出一個陌生而美麗的女子，正陰鬱地看著我。

最可怕的是，這張臉漸漸地不再感覺陌生了。回去原來的世界之後，我會不會反而覺得鏡子裡的那張臉像個陌生人？

「對不起。我偷走了你將會愛上的女人。」

在不知不覺中失去一生所愛的人，那會是什麼感覺？我甚至無法想像。

這個世界沒有什麼屬於我，一切都取決於厄莉絲．米傑利安，這副天下第二美的臉孔是，對我盲目忠誠的你也是。

「我不明白……我是……您是說，我是假的？」

「應該說，就像戲劇裡的角色一樣。」

安納金看起來很困惑。我可以理解，畢竟他所侍奉的人正在說一些極其瘋狂的話。

他停頓了一下，接著問我：「您為什麼確定我愛她？」

「因為故事是這樣『寫』的。我已經全部讀完了。」

「如果我不按照寫好的內容行動呢？」

「如果不按照書中的內容進行，因果定律會自動修正。比如說，就算我現在被你的劍斬首，我也不會死，因為故事還沒發展到我要死的時機。」

安納金緩慢地眨著眼睛。

「意思是……有一天我會愛上您嗎？」

嗯？我沒想過。

事實上，原著中，黑騎士從來沒有說過他愛厄莉絲。只是因為他為了厄莉絲付出一切，所有人都自然認為他是出於愛才這麼做。

這本書是從海倫的視角出發，所以有了「黑騎士一定很愛厄莉絲」這樣的敘述。也因此，我理所當然地認為既然我不是厄莉絲，安納金不可能愛上我。

我沒有回答，安納金再次提問。

「您也會愛上我嗎？」

「不。」

我立刻否認。這是事實，我絕不能對書中的任何角色產生感情。無論如何，我註定要死。

就算我能以厄莉絲的身分在這裡生存，我也必須死，只有那樣我才可以回去。

「我不會愛你，所以你也別愛我。」

我怕自己會愛上你。

為了避免這句話從嘴裡溜出去，我連忙轉過頭。再怎麼辛苦，也不能因為想依賴某個人而愛上他。

我搖搖頭，試圖讓自己回神，卻瞥見湖邊有一個很高的懸崖，看起來就像一個跳水台。

我曾經看過一部以夢境為主題的電影。電影裡，夢境就像現實一樣，幾乎不可能醒來。想要回到現實，只有兩個辦法，要嘛死，要嘛掉進水裡。

我試過去死，卻從未想過掉進水裡。我魂不守舍地喃喃自語。

「我得去那裡。」

「您是說懸崖上？」

「嗯，我得跳下去。」

湖水看起來很深，就算從那裡跳下去也不會死。如果運氣不好，可能會因為表面張力而摔斷某個部位。

船不知為何停了下來。我看向安納金，他難得露出震驚的表情。

安納金用低沉的聲音問：「是因為我嗎？」

「什麼？不是那樣，快點划船吧。」

唉，氣氛不過稍微低迷了一點，他就開始胡思亂想了。安納金認真的表情看起來既無奈又可愛，我差點笑出來。我餵他吃了一口派，也許是出於尷尬，他把嘴巴緊閉，無聲反抗。

哼。我揚起眉毛，用派在他的嘴唇上戳了幾下。

最後當然是安納金認輸。他張開嘴，大口把派吃進去。派餡中溢出的果醬沾到我的手指，我正想把手指放進嘴裡，他連忙制止，從口袋裡掏出手帕為我擦去。

從他在邦尼特拿出鏡子時，我就有這樣的感覺：幸好安納金總是那麼細心周到。

實際爬上懸崖頂端後，我發現高度比想像的還要高。我沒有懼高症，就連在遊樂園裡，我也毫不猶豫地玩海盜船、雲霄飛車、自由落體、甚至高空彈跳，但這和那些有安全裝置的設施明顯不同。

我猶豫了一下，然後緊緊閉上眼睛。唉，反正也不會死，想那麼多幹嘛？如果發生什麼事情，安納金會來救我的。

我後退一小步，再向前一躍。從胃部傳來了墜落的刺痛感。還沒來得及產生瀕死意識，我就墜入水中。

白色的泡沫充斥周圍，然後紛紛消失。水底在陽光的照射下波光粼粼，非常漂亮。我放鬆地躺下，吐出一口氣。身體下沉的感覺真好，能這樣死掉也不錯。我閉上眼睛。

這時，有人粗暴地抓住我的身體，瞬間將我拉出水面，水從我的鼻子裡流了出來。拜此所賜，我一時睜不開眼，不斷咳嗽。

「咳、咳……安納、咳咳、安納金！我不是說了……在我下令之前別動嗎……」

「妳瘋了嗎？」

這個聲音不是安納金。我睜開眼睛，全身濕透的伊亞森摟著我的肩膀，看起來很生氣。不是，他為什麼在這裡？

我頓時覺得荒謬而無言以對，身體不由自主地顫抖。他可能以為我會冷，把我抱得更緊。不……不是這樣，放手吧。

我抬起頭，環顧四周，搜尋安納金的身影。後面突然有一股拉力，把我的身體拉了過去。熟悉而堅挺的胸膛，嗯，這是安納金。

「竟敢隨意碰觸小姐的身體。」

「一個騎士，竟然連自己侍奉的小姐都保護不了，你還有什麼話要說？」

兩人的目光迸射出火花，氣氛突然變得像純愛漫畫。但是……哈囉，我們還在湖裡耶。

「水太冷了，我得帶主人上岸。」

我今天穿的是單薄的兩件式套裝，雖然現在是盛夏，但在水裡泡久了還是不太舒服。

先前搭乘的小船就停在懸崖附近。早知道會發生這種情況，我就應該叫安納金留在船上。我們三人狼狽地游上岸。

一到岸邊，安納金就把他掛在樹枝上曬暖的外套遞給我，接著單膝跪下。

「我們要生火嗎？」

「天還亮著吧？放著不管也會乾吧？」

「這裡距離旅館很遠，不如……」

伊亞森從水裡起身，用手梳理打結的頭髮，對我笑了笑。他打斷安納金，故意只看著我。

「我帶了一個茶壺，幫您準備熱牛奶吧。」

我還來不及拒絕，他就推開安納金，開始生火。我有一股想抓住安納金的手，直接逃跑的衝動。

「你是怎麼找到這裡的，卡迦勒勛爵？」

「您該不會以為，在把皇宮和侯爵府搞得天翻地覆之後，不會有人來找您吧？」

「比我預期的還慢，只是沒想到卡迦勒勛爵會親自來。」

「我是自願來這裡的，為了找您。」

32

為什麼？我的眉毛下意識皺了起來。雖然他自稱是個遊手好閒的無業遊民，但伊亞森並不是這樣的閒人。難得回到家鄉，應該要四處拜訪家族親戚才對。據我所知，卡迦勒家族每天都在舉辦宴會。

「你不是全首都最忙的人嗎？」

「我不喜歡和長輩們聊太久。」

「我也不太喜歡和你說話。」

「那除了說話以外的事就可以嗎？」

他瘋了嗎？為了應對突如其來的騷擾，我把手裡的牛奶潑向伊亞森。他本來可以避開，卻待在原地接下這襲擊。他睜開眼睛，臉上的牛奶不斷滴下。

「看來您心情不好啊。」

「既然你先出言不遜，就請別怪我失禮了。」

伊亞森用手掌抹了一下臉。我沒什麼胃口，隨手把玻璃杯扔在地上。伊亞森繼續說。

「我很擔心您。」

「請不要在意我。」

「誰教您總是做令人在意的事呢？」

「現在是在責怪我嗎？」

他這種荒謬的責任轉移讓我目瞪口呆，但他臉皮很厚，絲毫沒有退縮。

「是的，米傑利安小姐，請告訴我，該怎麼做才能不在意您？」

「為什麼要問我？我可從來沒有關心過自己。」

伊亞森苦澀地笑了。火焰很溫暖，我輕輕將手放在上方。好不容易想要休息一下，結果還是被搞砸了。無論伊亞森是奉皇室命令而來，還是侯爵派來的，他都會把我抓回去。我看著伊亞森，好奇能從他口中打聽到多少風聲。

「首都怎麼樣？」

「如果您告訴我您過得怎麼樣，我就回答這個問題。」

「算了，當我沒問。」

「為什麼？」

「因為我不想讓你知道。」

伊亞森用不可理喻的眼神看著我。無所謂，他是海倫的人，甚至曾經對我提出警告，我不可能給他好臉色。

如果被派來的是某個陌生人，而不是伊亞森，我可能會更友善。伊亞森看著我冰冷的表情，舉起雙手。

「我明白了，我投降。首都現在因為米傑利安小姐而亂成一團，所有宣傳都以您為主角，但當事人卻失蹤了。而且，列車還出現故障，停在終點站。」

列車停駛了？那可與我無關。

「不過，比起列車，找到您才是公認的首要任務。雖然還沒正式舉行婚禮，但您已經在皇宮進行成年禮，算是半個皇室成員了。不是嗎，米傑利安小姐？看您的態度，好像是故意逃跑的呢。」

「你要馬上帶我回去嗎？」

他狡猾地笑了笑，歪著頭。

「嗯……這取決於米傑利安小姐怎麼做，我或許可以幫您找一點藉口。」

這個世界的男人，真的很擅長用帥氣的臉來惹人厭。

我對伊亞森更反感，因為他和另外兩個人不同，他很善於利用自己的外表。直白一點，該說他是「渣男」嗎？

我嘆了口氣，轉頭對安納金下令。

「安納金，我們得回去了，回旅館就收拾行李吧。」

「真無情，怎麼一句話都不肯讓步呢？」

我氣得差點笑出來。我毫不掩飾自己的煩躁，反問伊亞森。

「我為什麼要讓步？說說看，卡迦勒勛爵，如果你能給出一個充分的理由，我就如你所願。」

「有時候，配合對方是很重要的，米傑利安小姐。這不僅僅是讓不讓步的問題。如果您一直這樣行事，將來只會製造更多不必要的敵人。」

「無所謂。」

並不是所有盟友都有幫助，看看海倫就知道了。即使有三個帥氣又有權勢的男人在身邊，那又怎樣？他們就連毫無盟友的厄莉絲也阻擋不了。

「我已經樹敵眾多，多一兩個不算什麼。」

「是這樣嗎？如果那個敵人是我呢？」

「目前為止，你不都是我的敵人嗎？我還以為你早就宣戰了。」

「因為我抓到您的弱點了。」

弱點？難道他遇到許布理斯或梅修斯了嗎？我的思緒快速飛轉。邦尼托確實離蘭多爾不遠，但就算這樣，伊亞森還是來得太快了。

如果魔道列車沒有在終點站迴轉，他就只能騎馬，但騎得再快，抵達這裡至少要五天。伊亞森這時候就來到蘭多爾，表示他一收到我失蹤的消息就出發了。

「您打算以療養為藉口，和騎士私奔嗎？」

伊亞森很快就發現其中的違和之處。

「您知道，如果皇室和侯爵得知這件事，他們會作何反應？您的騎士會因勾引主人而被斬首，而您將被囚禁在皇宮中度過餘生。」

「我們不是小孩了，做不出為愛私奔這種過於浪漫的事。卡迦勒勛爵，你都看到我從懸崖上跳下來了，還不明白嗎？」

也許因為他是流浪在外的勇者，還沒有被貴族社會的功利思想所綑綁，所以他的想法比較新穎。或者，他可能只是在冒險途中聽過太多吟遊詩人的愛情故事罷了。

哪一對私奔的情侶，會只有一個人跳下懸崖，另一個人在旁邊看？兩個人應該一起跳吧。

「我來這裡，就是為了尋死。」

這是謊言，但無所謂，去邦尼托的確是我赴死的努力之一。雖然沒有成功，但至少我知道自己為什麼會被帶來這裡了。

伊亞森笑了，一副不相信我的樣子。

「妳說謊。請誠實點，米傑利安小姐。我知道每個人墜入愛河時，都會失去理智。」

「如果你認為那是謊言，那就隨便你吧。」

笑容緩慢地從伊亞森臉上淡去，取而代之的是如墨汁鋪展一般，浮現出來的疑惑之色。

「為什麼？」

「想死需要理由嗎？」

「到底怎麼回事？」

我翻遍餘燼，確認火堆已經熄滅，然後站了起來。我低頭看他，低聲回應。

「我不會因為死亡而悲傷。」

不管我怎麼解釋，伊亞森也不會明白的。他是一個拚了命想活下去的人，就算被指定為屠龍者，必死無疑，依舊想活下去。他想活著，回來見她……他的愛人海倫。

「即便我此刻就死去，我也毫不後悔。」

我們之間的巨大差異，不是單靠同情就能填補。

安納金去旅館收拾行李的時候，我正在考慮要不要買點旅行的紀念品。

蘭多爾區以湖泊和香腸聞名，但再怎麼說，送香腸當禮物還是有點……如果是在原本的世界，我可能就會買，因為香腸很適合作為下酒菜，不過我現在可是在一個貴族女性的身體裡。去商店街逛逛，也許會找到合適的紀念品。我還是親自去一趟吧。

我準備再次出門，伊亞森擋在前面。

「您要去哪裡？」

「我有東西要買。」

「一起去吧。」

我皺著眉頭，用盡全力表現不情願，但伊亞森絲毫不為所動。換作是我，絕對不會想抓著一個對自己這麼冷淡的人不放。他這一點著實令人敬佩，果然英雄不是人人都能當。

他厚臉皮地說：「米傑利安小姐不是已經逃跑過一次了嗎？這次您可能又會偷偷溜走，所以我得盯著您。」

太卑鄙了。我無話可說，只好勉為其難地讓他同行。

蘭多爾的夜晚很熱鬧，但白天街道上也有不少人。伊亞森一邊環顧四周，看看有沒有好的商店，一邊清了清喉嚨。我沒理他，他就發出更大的聲音。

「你這樣頻頻咳嗽，看來是身體不舒服，那麼請回去休息，不要跟著我。」

「我認為米傑利安小姐需要幫助。」

我用一副「再胡說就殺了你」的表情看著他。不過，我的確想聽聽他的建議。

小說裡，伊亞森用一個有趣的故事擄獲了海倫的心。海倫一生都活在宮殿裡，所以每當伊亞森講故事的時候，她總會豎起耳朵，幻想著外面的世界。伊亞森看到她這個樣子，答應有一天要帶她出去，一起去冒險、去大海……

皇太子平時都待在皇宮裡，許布理斯雖然四處救濟，卻不是個喜歡旅行或冒險的人。

「蘭多爾區不僅以湖泊和肉類聞名，還有一個東西，就是從湖底打撈起來的原石。據說如果佩戴用原石製成的珠寶，就會健康長壽。」

老實說，這很像跟團旅行的導遊說詞，但我有點心動。原石不像寶石那麼華麗或閃亮，侍從們可以放心戴在身上，而且還能健康長壽，太完美了。比起發財致富，健康長壽更有意義。

「需要帶路嗎？」

伊亞森看到我沉思的表情，滿臉得意。我點點頭，但有點不甘心，感覺自己好像輸了。

「歡迎光臨滾石商店！這裡是販賣『薇薇安之淚』的原石店。」

噗。

一走進店裡，身材魁武的老闆熱情迎接我們。我聽到這個熟悉的店名差點笑出來。

店內堆滿乍看很普通的石頭。雖然說這本來就不是寶石，但外觀看起來也不過是一顆鵝卵石，讓我有點錯愕。這是什麼騙術嗎？老闆似乎從我的表情看出了什麼，搓著手走上前。

「夫人，您打算送禮嗎？」

「夫人？」

「旁邊這位不是您的丈夫嗎？」

伊亞森在我身旁微笑，試著把手搭在我的肩膀上。我甩開那隻手，並用尖銳的語氣回應。

「丈夫？他才不是我的丈夫。我想送隨從一點禮物，請拿些合適的東西過來。」

「哎呀，失禮了。」

老闆連連彎腰鞠躬，然後匆匆消失到店鋪後方。

「您的反應真傷人啊。」

「不關我的事。」

你受不受傷，關我什麼事？明明知道我有未婚夫，還想裝成我的丈夫，這人也太可笑了。

老闆回來了，懷裡抱著一個盒子。他把盒子裡的原石一一展示給我看。

「原石被稱為『湖之精靈』和『薇薇安之淚』是有原因的。表面上看起來只是一顆普通的石頭，裡面其實……」

原石被劈成兩半，內裡呈現出一種神祕而透明的藍色，夾雜著些微的綠色，和湖水的顏色一模一樣。雖然不是寶石，卻散發出柔和的光芒，十分美麗。

「很美吧？圓形的石頭躺在湖底，而且顏色如湖水，因此被稱為『湖之精靈』和『薇薇安之淚』。這是本地獨有的特產，所以來蘭多爾的人都會買一個回去。」

「吊飾和手鍊，哪個比較好？」

「如果您打算把它送給侍從，也許吊飾或項鍊比較好，工作時不會造成不便。」

「那就項鍊吧。我要六條項鍊。」

我結帳的時候，伊亞森正在仔細挑選原石，看來他是想送給海倫。但是，為什麼不直接買現成的飾品呢？

「你要送給安特布朗小姐嗎？」

「是的，我想自己做。」

「不要白費力氣，直接買現成的吧。如果做不好怎麼辦？」

伊亞森露出微妙的笑容。

「我只是……希望她能隨身攜帶沾染我氣息的物品。」

變態。我努力控制自己的表情，但不必要的誠實回應讓我緊皺眉頭。

即便是同樣的話語，不同的表達方式，也會給人不同的感覺。伊亞森對海倫很用心，但在我聽來卻像個到處找絲襪的色狼。

伊亞森的臉漲得通紅，彷彿讀出我的厭惡。我以為許布理斯已經夠陰險了，沒想到內心最黑暗的竟然是伊亞森。

為什麼她身邊的男人都只有外表光鮮亮麗，內心卻……我再次對海倫感到同情。

我決定轉移注意力。我又環顧了一下周圍的原石，在那些閃閃發光的藍色石頭中，有一塊顏色特別暗的石頭格外引人注目。

「啊，有時從湖裡也會出現紫色的石。但與藍色的石頭相比，紫色的色澤較渾濁、質地也較軟，容易刮傷，而且不發光，所以賣得不好。」

我想起許布理斯說過，我的靈魂是紫色的。我甚至不喜歡紫色。

我把它拿在手裡翻動。顏色混濁、硬度軟、不發光、賣不好……總覺得和我很像。

「請用這顆石頭為我製作一條項鍊吧。我要這一種。」

「這一種嗎？戴起來不太方便吧……」

「無所謂。不是我要戴的。」

33

回到旅館時，安納金已經整理好為數不多的行李，安靜地等著我。不錯，很聽話。我摸摸他的頭，伊亞森不識相地搭話。

「一起回去吧？」

「不。路途遙遠，長時間看到你的臉，我可能會吐。」

「米傑利安小姐！您說的話太過分了！」

「你對我說的話才是糟糕透頂。除了聊天以外的事都能做？這是你會對朋友的未婚妻說的話嗎？」

伊亞森咬著嘴脣，低聲辯解。

「那是我失言了。」

「我沒有在開玩笑。如果你怕我逃走，就自己跟上來吧。你不是最擅長做這種跟蹤別人的事嗎？」

我轉過頭面對安納金。

「安納金，跪下。」

他單膝跪地，我從口袋裡拿出剛剛買的項鍊。一顆紫色、切割精良的原石掛在中央。幸好安納金的脖子比較細，黑色皮鍊很適合他。

不知道是否不習慣項鍊的樣式，安納金尷尬地摸了摸自己的脖子，看起來有點不舒服。對這裡的人來說，這大概和狗項圈差不多。我一邊說，一邊握住他撫摸脖子的手。

「不舒服嗎？」

「……是的。」

「嗯，我就是喜歡你的誠實。不舒服正是我給你這條項鍊的原因。」

每當你感到脖子不舒服的時候，就會想起給你項圈的那個人。無法說出口的話沉澱在心底。安納金追隨著我的目光，一臉不知道發生什麼事的茫然。那目光刺痛了我的良心。我轉過身。剛剛還在譴責伊亞森內心陰暗，結果我自己也沒有比較好。

伊亞森在附近徘迴，耐心盡失。

「還不出發嗎？」

「主人，路途遙遠，如果全程只有我一個人護衛，總覺得無法放心。主人失蹤的事已經傳得沸沸揚揚，萬一途中遇到盜賊，那就危險了。一起走比較安全。」

聽完安納金的解釋，我瞪了伊亞森一眼，他反過來對我溫柔一笑。他現在應該很得意吧，我撇過頭，不想再看到那張臉。

安納金偶然聽到消息，據說有一群劫匪為了大撈一筆，在街道的各個角落都設了埋伏。他們會攔下每一輛路過的馬車，檢查米傑利安小姐是否在車上。

雖然安納金已幾乎達到劍術大師的等級，但終究還不是。

即使是劍術大師，也不一定能以寡敵眾，更何況他還要一邊戰鬥，一邊保護我。安納金給的理由完整而明確，我無法拒絕，只好勉強答應。

我們買了一輛看起來很簡陋的馬車，把安納金偽裝成車夫。這比我搭過的任何馬車還要難坐，但也只能如此。

馬車雖然簡陋，但安納金和伊亞森選擇了速度快、體力好的駿馬。

伊亞森和我在搖搖晃晃的馬車裡什麼也沒說。準確來說，伊亞森似乎想跟我搭話，但我沒有理會他。無論他叫多少次我的名字，我都裝作馬蹄聲太大而沒聽見，不予理睬。

不過，伊亞森比我想像的更有毅力。

「米傑利安小姐為什麼這麼恨海倫？您嫉妒她嗎？」

「喂。」

伊亞森簡直蠢到超乎常理。老實說，厄莉絲有充分的理由討厭海倫。誰會喜歡一個和自己的未婚夫走那麼近的女人？更何況，厄莉絲真心愛著皇太子。

「卡迦勒勛爵，你是真的不知道才問我的嗎？」

「海倫從未索求殿下的關注，不是嗎？」

「你好像誤會了，如果真的要恨誰，我會選你。我並沒有那麼憎恨安特布朗小姐，也完全不嫉妒她。」

「那您小時候為什麼要欺負她？」

「我當時太年輕了。」

厄莉絲第一次明擺著欺負海倫，是在她還不到十五歲的時候。當然，年輕並不是萬能的藉口，因為年紀越小，越容易受傷。

「年紀小，犯的所有過錯就該被原諒嗎？您不是至今仍冷漠地對待您的親密好友——安特布朗小姐嗎？」

他明明也曾欺負厄莉絲，現在卻這樣評論她，實在太不公平了。

「注意你的言行，卡迦勒勛爵！如你所說，我已經舉行了成年禮，正式成為皇室成員。我並不是對她冷漠，而是我們的身分變得更加懸殊，我必須讓她知道應該向我展現的禮儀。朋友？你說我們是朋友？」

既然皇太子不肯解除婚約，那我就好好濫用權威。

一個貴族竟敢對皇室指手畫腳！

這番話從根本沒把海倫當普通朋友的伊亞森嘴裡說出來，害我的胃部一陣抽痛。就算他油嘴滑舌，至少也要說實話吧？明明是因為海倫不讓他成為友誼以上的關係，他們才勉強成為朋友。他的良心是被狗吃了嗎？

「卡迦勒勛爵是否將安特布朗小姐視為親密好友？以朋友之名包裝卑劣的感情，這種人也敢在我面前提親密好友？」

伊亞森雙唇緊抿，似乎意識到自己說錯話了。

「如果我因為年幼而犯的錯無法被原諒，那麼你和皇太子殿下對我如此殘酷，我就該原諒嗎？還是我可以選擇永遠不寬恕？這就是你不假思索吐出這些話的原因嗎？」

此時，外面傳來呼喊聲，馬車停了下來。我不經意地向外張望。

伊亞森攔住我，拔出劍率先走下馬車。

「現在滾開，我就饒你們一命。」

「哈哈！這小子說話真好笑！交出車裡的女人，否則就把你們綁起來！」

離開旅館前，我就聽說有一群盜賊四處在找我，但當他們真正出現在我面前，我還是有點害怕。從喊叫聲判斷，他們似乎不只一兩個人。

「誰知道？說不定後悔的人是你們呢。」

伊亞森平靜地回應，順勢將頭探回車內。他向我伸出手，壓低聲音，不讓外面的人聽見。

「米傑利安小姐，現在就上馬，帶著您的騎士離開吧。」

「什麼？那你呢？」

難道我們不能一起戰鬥，然後一起回去嗎？我扶著他的手走出去時，發現盜賊的數量比想像的要多一些……不，多了很多。

「若我們遇到的純粹只是劫匪，我會把他們殺掉，再一起離開，但看起來不是這樣。」

他皺著鼻子，一副不好意思的樣子笑了笑，然後露出苦澀的表情。

「我會在首都接受您的責罰，所以請不要太生氣。走吧，米傑利安小姐。」

老實說，我心裡知道，伊亞森的建議是最好的選擇，但我內心不想輕易聽從他的話。

我還來不及抗議，安納金就把我抱上馬，讓我坐在他前面。

看看伊亞森臉上的笑。他是為了避開我的質問，才故意這麼做的吧？不會吧？

「這樣很危險。請您坐好。」

「放開我，那個傢伙——」

早知道就向魔女學習魔法，現在就可以用閃電擊中那傢伙的頭頂，把他打成禿頭。真是的，氣死我了！

騎馬是一件很痛苦、很困難的事。雖然不太舒服，但我們畢竟是在逃跑，所以我只能忍住不適。

「請您放鬆並將背部靠在我的胸口，這樣會感覺舒服一些。」

「知道了。」

我整個人靠在安納金的懷裡，確實好多了，但我的屁股還是一樣痛。再這樣下去，屁股一定會瘀血。

「安納金，還要多久才會到首都？」

「馬車行進了兩天，所以大概還要一天。」

「騎一整天的馬？這樣到首都的時候，我的屁股都要磨破了。」

聽到我的嘆息，安納金苦惱地問：「要不要先去村子裡買個坐墊？」

「好。也不知道什麼時候才能找到村子、買好坐墊，要是知道會這樣，我就穿厚一點的裙子了。」

一想到要回首都，我的心情本來就已經夠差了。安納金似乎看出我的狀態，猶豫了一下，然後主動開口。

「要不要我說點什麼給您聽？」

「你？」

安納金主動開啟對話，是我意想不到的重大進展。另一方面，我想，我的狀態看起來應該真的很糟。無論如何，安納金自己送上門，我可不會放他走。

「好啊。你要說什麼？你的故事嗎？」

「我的故事一點都不有趣。我過著非常平淡的生活。」

「並不是所有生活都必須充滿戲劇性。」

「非要說的話……我想談談現在。我不想賦予過去太多意義。」

乍聽之下，這句話非常浪漫，但我對任何事都有負面解讀的習慣。

就算我成為過去，你也會無所謂地向前走嗎？我心裡有些矛盾。

我希望他能做到，因為我知道留下的人必須承受多大的悲傷。回憶有時是一種折磨。

我突然意識到自己真是太傲慢了，忍不住笑出來。

我對安納金來說，可能沒有我想像的那麼重要。

34

他對我忠誠，只因為我是他的主人。如果是別人選擇了他，他也會像現在一樣忠誠。

他對我來說很重要。但如果我對他而言並沒有同等的重量，我會很難過。

人心不是數學公式，我知道我不應該期望付出多少就得到多少。儘管如此，我……我希望我喜歡的人，能夠和我擁有同等的喜歡。

「請別叫我回看過去。」安納金輕聲說。

我抬起頭，看向他，但他盯著前方。

「也請別問我以後要做什麼。我頭腦愚鈍又沒有什麼專長，所以一次只能做好一件事。」

「那現在呢？」

「現在……是為了幫助主人回去。」

對，正因如此，我才喜歡他。即使我表現得尖酸刻薄，他也不會責怪我。安納金總是默默地看著善變的我。

回去之後，我一定會記得他很久很久。所以，雖然這樣很自私，但我希望他也能記得我。

♛

一抵達宅邸，侍女們就熱情地迎接我，聲音中夾雜著驚訝、安心和憤怒。

進門第一眼就看到侯爵。他站在樓梯上，用冷酷的表情俯視著我。

「到我的房間來。沒有我的吩咐，任何人都不許進來。」

我把在蘭多爾買的原石項鍊交給了憂心忡忡的艾瑪，然後上樓前往侯爵的房間。我打開門進去的時候，他轉身背對我。

「您找我嗎？」

「妳這麼做是為了什麼？」

「女兒不知道您在說什麼。」

我裝作無辜的樣子，侯爵憤怒地轉身。

「別以為妳能躲過我的眼睛！為什麼不直接去蘭多爾？」

「不是什麼重要的事情，一定要說嗎？」

「不都是因為妳，一切才會搞砸嗎！這筆損失該怎麼辦？妳不知道我為什麼要讓妳冊封騎士嗎？就是為了讓妳避開別人的耳目，代替妳處理骯髒的麻煩事！」

看樣子，他們似乎還搞不清楚我為什麼脫離行程、在哪裡下車。我鬆了一口氣，故意把話題轉到不相干的地方。

「你說的話真奇怪。是我選擇了安納金作為我的騎士，不是你。」

「『你』？」

就在這裡攤牌吧。我抱起雙臂，歪著頭。無論如何，他都是第一個注意到我不是厄莉絲的人，我沒有什麼好失去的。侯爵不可能把這件事公諸於世。如果他氣得忘記追溯我為什麼去蘭多爾以外的地方，那就更好了。

「沒錯，『你』。反正我不是你的女兒，你也知道。既然知道，我就不用再配合你了。」

「妳竟敢……」

「啊，先提醒你，最好不要對我說『如果不想死，就按你說的做』這種陳腔濫調。因為我實在太想死了。」

「什麼……到底是什麼骯髒粗俗的東西藏在我女兒的身體裡！」

我一邊清理指甲，一邊不經意地哼了一聲。

「反正你也不是真的愛她。」

如果他真心愛那個孩子，就不應該打罵她，或無條件地溺愛她。然而，厄莉絲想要什麼，侯爵都會答應。更準確地說，侯爵會讓厄莉絲擁有對自己有利的東西。

「如果你真心愛那個孩子，你早就退婚了，但你卻為了權力裝作視而不見。一個連女兒的變化都能察覺的男人，難道會不知道她因為皇太子有多痛苦嗎？」

「住口！妳懂什麼！我愛那個孩子！我只想讓她坐上最好的位置！」

「最好的位置並不表示幸福。」

我走到滿嘴可笑藉口的侯爵身邊，抬頭看他。

「看看你身邊那些所謂『最好』的人，看看皇宮裡的臉孔。他們看起來真的幸福嗎？」

侯爵閉上嘴。再怎麼滿口謊言，他也無法說出身處充滿誹謗的政治世界是幸福的。

「……妳打算怎樣做？」

「如果我告訴你，你會幫我嗎？」

「……視情況而定。」

「不用了，我已經有一個比你更有力的同夥了。」

如果侯爵得知我的尋死計畫，他絕對不會幫我。

侯爵現在一定很著急吧，因為他不認識「我」。

威脅沒用，勸誘也沒用。棄之可惜，但握在手中又太危險。

侯爵剛要開口，門外就響起敲門聲。

「是誰？我說過不要打擾我。」

「侯爵，皇宮的侍從來了。」

「我奉皇后陛下之命，現在必須立刻傳令。」

按照慣例，皇命是不容拒絕的，所以無論做什麼，都必須停下來迎接傳達聖旨的侍從。

侯爵一臉震驚地退到一旁，一名身穿制服的侍從面無表情地走了進來。

「陛下有要事，召見米傑利安小姐。」

「現在嗎？」

「是的，馬車已經備妥。米傑利安小姐的服裝……」

侍從上下打量我。我剛從蘭多爾回來，想必看起來不太得體，就連衣服都是平民為求舒適才會穿的兩件式套裝。

侍從頓了頓，似乎覺得不妥，但隨即放棄。

「雖然略顯輕率，但相信皇后陛下會體諒您的。」

「那就不讓皇后陛下久候了。」

我微微躬身，向侯爵露出邪惡的笑容。

「我去一趟皇宮，父親。」

「……好。」

我能感覺到侯爵的目光刺在我身上，但我不在乎。在這段關係裡，掌握主導權的人是我。

我進入皇宮，和侍從同行，周圍的人都在看我，小聲議論的人也不少。曾經在社交圈叱吒風雲的貴族小姐，如今卻以乞丐的模樣回來，這也難怪

管他的，我一到皇宮就被拖著走，根本沒時間休息，哪有空在意那些目光。

一向痛恨我的皇后不知為何把叫我來，但我已經快累死了，所以我的目標就是給她一個快速簡要的回應，然後回去休息。

「陛下，米傑利安侯爵之女、皇太子殿下的未婚妻——米傑利安小姐正在等候接見。」

「進來吧。」

門一打開，迎接我的是一絲不苟的皇后。她的衣著與我非常不同，沒有絲毫凌亂。她帶著親切的笑容，一臉歉疚地向我打招呼。

「旅程一定很辛苦，很抱歉沒讓妳休息就召見妳。」

「沒事的。願您有個美好的午後，陛下。為什麼找我呢？」

「我有要事要說，你們先出去吧。」

皇后一聲令下，殿內的侍女全數離開。我疑惑地微微歪頭，皇后則平靜地伸出手，遞了一杯茶給我。這個國家的人很愛喝紅茶，但不知道為什麼，這杯茶的顏色特別黑。

「這是從西域進口的茶，據說對恢復元氣很有幫助。」

我拿起杯子一聞，發現茶的味道與咖啡相似卻又略有不同。不過皇后才沒有傻到親手奉上毒茶。況且我喝了毒茶也不會死。這樣就可以死的話，我早就逃離這個世界了。

「妳擔心我下毒嗎？」

「怎麼可能呢？我不太能喝燙的東西，所以想稍微放涼一些。失禮了。」

我一笑置之，但心裡慢慢開始感覺不舒服。時機很奇怪，皇后沒有理由召見我。魔道列車是皇后親自監督的工程嗎？不是。我一邊喝著異國風味的紅茶，一邊回憶，還是猜不到她找我的原因。

「我以為妳會躲在房間，足不出戶呢。妳不就是這樣嗎？沒有得到最多關注就會生氣。」

「請恕我駑鈍，聽不出陛下想說什麼。若不失禮的話，可以請您明示嗎？」

「妳在成年禮上表現得十分機靈呢。還是說……妳改變心意了？」

我知道皇后想在成年禮上羞辱我，但沒想到她會當著我的面直說。皇后沉默了一會兒，然後閉上眼睛，笑了。

「妳知道我把妳的衣服給了那個孩子，對吧？」

天啊，現在怎麼辦？

皇后直截了當表明立場，我撒謊也沒什麼好處，被揭穿只會更麻煩而已。我盡可能露出無害的笑容。

「安特布朗小姐出現之前，我毫不知情，但是……」

「但是？」

「我知道裁縫師總會多備一套衣服，以防萬一。安特布朗小姐身為平民，沒有機會見到裁縫夫人，若沒有皇后陛下的介入，不可能得到那件衣服……我是這麼想的。我猜的對嗎？」

皇后拍手大笑。她點點頭，似乎很驚訝。

「比起太子妃，米傑利安小姐或許更適合當偵探呢。妳猜對了。是我要裁縫夫人把衣服給我，再叫我的侍女偷了卡迦勒勛爵送給那個孩子的衣服，讓她把妳的衣服穿在身上。」

她用平靜的語氣道出那天的真相，表情和語氣毫無起伏，我甚至無法生氣。老實說，我對她這麼做的原因不感興趣，但到了這個地步，問一下似乎才算禮貌。

「您為什麼要這麼做？」

她靜靜地啜飲著茶，用依然平靜的神情回答我的問題。

「我討厭妳。」

35

「什麼？」

「妳太嚴厲、太冷漠，不配當太子妃。如果妳這樣的人當上皇后，國家會變成什麼樣子？本來就已經是貴族中流砥柱的米傑利安侯爵如果成了外戚，他們的勢力又會變得如何？」

我才不在乎能不能當太子妃，但說實話，皇后的邏輯有點可笑。

「所以您選擇了安特布朗小姐，一個叛徒、一個平民？她一生都是侍女，對皇后的職責一無所知。」

「她就像上天賜予的孤兒，沒有外戚、性格善良、服從皇室，而且她的美貌已經俘獲了皇太子的心，不需要擔心被冷落或無後。皇后的職責我會教，就算她在即位之前都學不會，那也沒關係，我們這些上位者都會在背後照顧她。」

完全是要把她當成傀儡來操控的意思。我沒有餘力顧慮誰的未來，但我很好奇，海倫是否已經知道她被決定的未來。

「安特布朗小姐有說過她願意嗎？上次宴會的時候，她可是嚇得逃跑了。」

「她是被妳嚇跑的。」

「她有說過她愛殿下嗎？」

「像阿列克這樣的孩子向她訴說愛意，她怎麼可能拒絕？」

她的信心很合理。皇太子有不折不扣的男主角外貌，和海倫的美一樣可怕、具侵略性。

金色長髮融化在白皙的紅潤肌膚上，只要輕輕轉頭，就整齊地飄揚。天藍色的瞳孔偶爾夾雜著金棕色，散發出神祕的光芒。高挺的鼻梁和深邃的眼瞼似乎充滿故事，比許布理斯和伊亞森還要薄的嘴唇，則給了他一種性感的魅力。

我一直認為這個世界上最帥的男人，是拍攝《全面啟動》或《神鬼交鋒》時的李奧納多·狄卡皮歐。但是在看到阿列克之後，我才發現可能還有比他更帥的人。

都說愛上一個人，外表不是首要條件，但通常在了解內心之前，人們不都是從外表開始產生好感嗎？

如果他在我面前沒有那麼混蛋，我或許會對他產生一點好感。

要是他還每天追著我說喜歡我，那就更難把持住了。

說實話，我不知道為什麼海倫至此還沒愛上皇太子。是因為她照鏡子就能看到世界上最漂亮的容貌，所以美感麻痺了嗎？

「不，我們都坦誠一點吧。」

皇后擺一擺手，語重心長地說。雖然她面容慈愛，嘴裡吐出的卻都是毒藥。

「為了羞辱妳，我在妳最應該閃耀的場合做出這種卑鄙的事情，妳會討厭我、怨恨我嗎？無論妳怎麼看待我，我恨妳的程度一定都超過妳恨我的程度。」

皇后放下茶杯，直視我。如果凝視有實體的話，我應該早就被她刺死了。

「我想殺了妳，但不能讓妳這麼簡單就死去。我希望妳死得痛苦。我知道，殺了我兒子的人不是妳。我對妳並無惡意，但妳是侯爵最珍貴的人，這個事實無法改變。」

這讓我想起那場在蘭多爾看的戲，扮演皇后的女演員喪心尖叫。失去兒子之後，皇后也曾那樣哭喊嗎？

「即便是養的狗被別人用石頭砸死了，生氣也是人之常情。被侯爵陷害、失去了兒子和摯友的我，又會有什麼感受呢？」

皇后咬著牙，握緊拳頭，放在腿上顫抖，似乎在努力壓抑自己的情緒。

「從那天起，我每天都生不如死。即使在夢裡，我也會聽見兒子的哭聲，因為他遭受不公，宛如置身地獄。我的生活已經是地獄了，再殺一個無辜的人、死後下地獄，那又怎樣？侯爵殺了我無辜的兒子，他不也活得好好的？」

她緩了口氣，才繼續說下去。

「如果我真的想報復妳，大可讓妳以太子妃的身分進宮，再日復一日地折磨妳。但這對害死我兒子的那兩個人來說還不夠，因為他們想讓妳成為太子妃。」

「那兩個人」指的大概是皇帝和侯爵。皇后的眼神與皇帝不同，她似乎早就不愛皇帝了。他被外人欺騙，殺死自己的孩子，這在現代是非常充分的離婚理由。

「陛下，我可以說幾句話嗎？」

「說吧。」

「我不想嫁給殿下。」

聽到這句話，皇后臉色一變，顯然非常驚訝。

「妳不是愛那個孩子很久了嗎？」

「這個世界上還有什麼比愛情更容易變質呢？殿下您也知道，我曾經覺得一切都是值得的，但現在不這麼想了。如果您允許，我願意和皇室斷絕關係。」

「妳父親也知道妳的想法嗎？」

「我父親知道什麼並不重要，陛下理解我的心意才是最重要的。」

皇后的眼睛瞇了起來，想試探我的話是否真誠。我擠出最真摯的笑容。

原以為永遠無法解除的婚約，也許有突破的辦法了。

「我來教安特布朗小姐吧，陛下。您忙於皇室事務，應該沒有時間教她吧？況且，如果陛下親自教育她，恐怕會引起很多關注，說不定會有不好的傳聞。」

我撫摸茶杯的底座。教導海倫自然會帶來更多和她獨處的機會，無論如何，為了符合原著，我都必須試著殺死海倫至少一次，這樣我才能被處死。

只有一個問題，那就是與原著的差異。小說中，厄莉絲從未為了解除婚約而指導海倫。如果這個請求因為因果定律而遭拒絕，那我就得想辦法毒死海倫了。

皇后仔細審視我的表情，沉默了一會兒，然後對我微笑。

「果然，妳不適合我兒子。他需要一個更聽話的伴侶。」

雖然沒有明說，但我知道她給了一種無聲的許可。很好，過了第一關。

我向她深深鞠躬，然後離開房間。

皇后又喝了一口冷掉的茶，沒有說話。

離開宮殿後，我想了想，覺得還是先知會海倫比較好，所以打算隨便找個侍女傳話。一面陌生的鏡子突然吸引了我的目光，我不自覺走到鏡子前。果不其然，魔女的臉出現在鏡子裡。

「安全回來了嗎？」

「妳們該不會可以從遠處操控人吧？」

「怎麼能說是操控呢？我只是對侍女下了暗示，要她們搬一面鏡子罷了。」

「有話快說，這裡是皇宮，不方便長談。」

「我找到辦法了。過來店裡吧。」

太好了！真是難得的好消息。反正我想來皇宮隨時可以來，海倫就下次再找吧。

只要不是活人獻祭，無論需要什麼代價，我都願意去找。被指控為魔女同黨然後被處決，這樣也不錯，但即便這裡只是一個虛構的世界，我也沒有缺德到要害無辜的人被抓。

馬車很快就停在魔女的店鋪前。我打開門的時候，魔女已經在等我了。她向我打招呼，然後示意我往樓下走。

「所以，那個祭品是什麼？」

「要不要喝杯茶？」

魔女一副不喝點什麼就不會回答的樣子，我只好隨便要杯飲料。

「唉……來杯奶茶吧。」

「好的，馬上來。」

一喝下魔女拿來的熱奶茶，我的身體就好像融化一樣，睏意開始襲來。有別於前往蘭多爾的去程，回程除了短暫休息，幾乎是馬不停蹄地趕路。雖然我把安納金當成躺椅靠著睡，但還是感覺全身僵硬。

「打開。」

我搓揉眉頭，努力不讓自己睡著。魔女伸出手，把一個用布包裹的東西漂浮到我面前。

我解開緊緊繫住的繩子，裡頭露出一把銀色匕首，刀柄上嵌著石榴色寶石，大概是純銀打造，重量相當重。奇怪的是，這是一把沒有刀鋒的匕首，刀尖也是鈍的，看起來就像道具。

「它感覺連一封信都拆不開。」

「刀會隨著人的意志而改變。」

魔女喝了一口酒，擺了擺手。匕首再次被布包裹住，然後消失不見。

「用那把刀刺她。」

「誰？」

「還會是誰？那副身體的主人該殺的人。」

聽到這句話，我的拳頭收緊。

「用那個……來殺海倫嗎？」

「用鮮血來澆灌它。」

「但它沒有刀鋒啊？根本是一把鈍器。」

「我不是說過了嗎？這取決於妳的意志。」

她用令人毛骨悚然的眼神看著我。

「妳得抱著一定要殺了她的念頭。」

我的喉嚨哽住。毒害其實是一種間接致死的手法，和直接把人刺死是天壤之別。

如果你問我，同樣都是殺人，兩者有什麼區別。我會說，殺人的決心和隨後體會到的罪惡感不同。這也許就是為什麼有些人會教唆他人謀殺，而不是自己下手。當然，最重要的是你可以製造不在場證明，這樣就不會被懷疑。

海倫哭泣的臉掠過我的腦海。我處境艱難的時候，寧死也不想被別人同情，但當情況反過來，我卻無法不感到憐憫。

上次看到的那張掛滿淚水的臉，現在仍清晰可見。海倫在顫抖，她很害怕……我。

雖然我不是什麼溫柔善良的人，但也不樂見別人的恐懼。看電影的時候，我甚至會閉上眼睛，等待殘酷的場景過去。

我必須打從心底想殺死她。

但我沒有信心。

36

「一定要這麼做嗎？沒有其他辦法嗎……不用殺人的辦法？」

「妳怎麼突然變軟弱了？我不是說過嗎，要回去原本的世界，只能用不按常理的辦法。妳以為穿越世界很簡單嗎？好不容易才找到解決方法，妳的反應竟然這麼無趣。妳該不會是真心喜歡那個孩子？」

「別開玩笑了。」

我擔心她嗎？當然，有可能，但我更擔心我自己，而不是她。或者，更具體地說，我擔心如果殺了人，我那脆弱的心智可能會崩潰。

我可以為了拯救自己，犧牲一個無辜的人嗎？一個我從未思考過的問題突然襲來。

我們經常在影視媒體上看到的是，為了不讓世界毀滅，心性崇高的人必須犧牲，人們自然而然地接受了這個觀點。

但這真的公平嗎？如果我處於受害者的位置，是否會感到怨恨和不公？

海倫一定會想活下去。那個天生樂觀開朗的孩子，即使現在的生活很辛苦，也堅信「總有一天會幸福」。她完全值得過上幸福的生活，然而……

「我更珍惜我自己。」

我將包裹放進胸前的口袋，心情無比沉重。魔女見狀露出笑容，看起來十分高興。她手一揮，又浮起一個小玻璃瓶，送到我的面前。

「另一個祭品，是眼淚。」

「什麼眼淚？」

「我不告訴妳。」

「什麼？」

我疑惑地看著美狄亞。她心不在焉地撥弄指甲，點了點頭。

「妳很聰明，自己想想那是什麼樣的眼淚吧。什麼事都幫妳解決好，就不好玩了吧？」

「我做這些事可不是為了好玩。」

「真可惜，我只是想圖點樂子。」

魔女起身，拉著我的手，將我扶起。她送我到門口，梳理我略顯蓬亂的髮絲，然後幫我打開門。

「我幫妳，不是因為我好心，而是因為妳身處的情況和妳的行為很有趣。在事情變得無趣之前，我都會是妳最強大的夥伴。」

「妳……」

「別擺出一副被背叛的樣子，我可是魔女啊。嗯，不過妳這樣也滿可愛的。再見了。」

安納金在門外等我。我正疑惑他怎麼知道我在這裡，魔女眨眨眼睛，咯咯笑著戳了一下我的臉頰。

「我叫他過來的。不能讓米傑利安小姐自己回去啊，被綁架怎麼辦？至少得有一名騎士在身邊保護妳吧。」

「還真是謝謝妳。我們走吧，安納金。」

「別忘了，穿越世界需要很大的決心。」

離開小巷時，我回頭看了一眼，店鋪的燈不知不覺間全部熄滅了。

難得在柔軟的地方好好睡上一覺，我整個人神清氣爽，也可能是昨天侍女們幫我洗澡時順便按摩的緣故。我換上便裝，梳好頭髮，然後叫安納金進來。

「您找我嗎？」

「當時情況緊急，所以沒能告訴你。這個給你。」

安納金接過錢袋和原石項鍊，露出不解的表情。

「拿給你妹妹。順便回家休息一下也沒關係。」

「她沒有做什麼應該收到這麼多錢的事。」

「不是你的錢就別管了。我會在家裡待一陣子，少廢話，快去吧。」

真是的，明明在家，為什麼不能穿睡衣？貴族們也太做作了。

我把錢袋和項鍊交給安納金，正準備躺回床上，他突然抓住我的指尖。

「啊！」

我驚訝地轉過身，安納金也嚇了一跳，迅速把手縮回。他喃喃自語了幾句，然後小聲地問：「一起……您想一起去嗎？」

「我？為什麼？」

「您沒有別的事要吩咐那孩子了嗎？」

「嗯……沒有。」

安納金露出遲疑的神情，雖然不明顯，但他看起來有點坐立不安。平時一向沉穩的人，現在這樣顯得更加可疑。我嘆了口氣，不經意地用手梳理頭髮。

「想說什麼就說吧，不要拐彎抹角。」

「我希望主人能和我一起去。」

「為什麼？」

「我不想留下您一個人。」

「我怎麼會是一個人？宅邸侍女那麼多。」

安納金靜靜地看著我，那雙淺色的眼睛彷彿在問「真的嗎？」我試著態度堅定地回應，喉嚨卻不知為何哽住了。

等他離開去辦事，我本來打算把臉埋在枕頭裡哭。除了安納金之外，這棟宅邸裡沒有人會聽見我在哭。

我大嘆一口氣。一個平常無所求的人，偏偏提出了這種要求。我的手又在亂糟糟的頭髮裡梳了幾下。

「好吧。那我們走吧。」

「真的嗎？」

「在我改變主意之前，趕快準備好。如果路上階梯很多，你就抱我走吧。」

「我很樂意。」

安納金幾乎一路把我抱到他住的破舊房子前。他的體力真好，呼吸平穩，完全沒有喘。

安納金敲敲門，輕聲說：「是我。」

「誰啊？」

門內傳來孩子躁動的聲音。安納金看了我一眼，再次輕聲催促。

「別鬧了，有客人。」

「哪裡來的客人？連在街上攬客的女人都不會過來……」

孩子一邊開門，一邊咕噥地走出來。她看到來的客人是我，雙手摀著嘴尖叫，然後匆匆跑回屋裡。

「哥，你瘋了！屋子都沒有打掃啊！」

「……我們進去吧。」

我走進那間依然破舊的房子，孩子正忙著四處整理，掃地、擦地。她害羞地用腳趾把垃圾塞進床底下，不安地扭動著。

「您想喝點茶嗎？」

「好，泡這個吧。」

我早有預料，從家裡帶了茶過來。我招手攔住正要進廚房的孩子，對安納金點了點頭。

「你來泡茶，我有話要對這孩子說。」

「是。」

「什麼？」

安納金的應答和孩子的驚呼同時響起。孩子微微顫抖，用眼神向安納金發出求救訊號。但安納金畢竟是我的騎士，他毫不留情地從孩子身邊走過。

被留下的孩子看起來有點害怕，低頭盯著自己的腿。

「妳叫什麼名字？」

「帕媞爾……」

「妳自己取的名字呢？」

聽到我的問題，她抬起頭，滿臉通紅，像是驚訝又像尷尬。

「辛西婭。我叫辛西婭。」

「這名字很好聽。沒什麼事，我只是想來支付妳的酬勞，裡面包含誘導許布理斯的錢，當然，還有封口費。」

聽到袋子裡鏗鏘的錢聲，辛西婭仔細檢查裡面的錢，震驚地張大眼睛。

「這、這全部都是嗎？」

「如果把封口費和性命的價值相比，那些錢其實不算多。」

「謝謝您，小姐！謝謝您！」

「去買些零食分給附近的孩子們吧。要讓他們按照妳的意思行動，可不容易啊。」

安納金把茶端來，我先喝了一口，然後把原石項鍊掛到辛西婭的脖子上。辛西婭看起來快要哭了。

啊，我突然想到，還要一件事要做。

「我還有一個請求。」

「請儘管說吧！」

「我要找人，這件事很重要，請務必保密。」

「沒問題，交給我。您要找什麼樣的人呢？」

「一個深諳宮廷禮儀的人，不過，他不能與當今的皇室有所瓜葛，如果是討厭皇室的人就更好了。」

我雖然在皇后面前說了大話，但我對宮廷禮儀其實一竅不通。我出生和生活的地方並不是君主專制國家，怎麼會懂得皇室禮儀？就連問候語我都是從書上學來的，但如果要教別人，我自己必須先做到完美。

要是能直接把未婚妻的角色打包交給海倫就簡單多了，但我不想要那樣。

我必須找機會，在指導的時候刺傷她。由於我教導的對象是一位侍女，想必不會受到太嚴格的監視，我甚至可以下令侍從撤出房間。不過，我需要他們在場。我需要一個指證我刺殺海倫的證人。

「妳需要多久？」

「一週就夠了。我會透過哥哥聯繫您。」

「聰明的孩子。」

辛西婭從口袋裡掏出幾枚硬幣丟給安納金，安納金熟練地接住。辛西婭若無其事地對安納金下指令；看那孩子發號施令的樣子，平時應該也經常使喚他。

「哥哥，用那些錢買一些餅乾和麵包回來，按照小姐的吩咐，分給附近的孩子。」

「可以嗎？」

「去吧。」

安納金低下頭，開門走了出去。辛西婭聽著他的腳步遠離，過了一會兒才開口。

「哥哥最近臉上有笑容嗎？」

「嗯……為什麼這麼問？」

「因為他看起來很幸福。」

辛西婭露出慶幸的表情。

「有時我覺得哥哥很可怕，就像被魔女操控的人偶。雖然在呼吸，卻感覺不像一個活生生的人。」

辛西婭用指尖敲打桌面。

「哥哥有名字了嗎？」

「我幫他取了一個，叫『安納金』。」

「這名字真酷。」

「妳也很會取名字，為什麼不幫哥哥取一個呢？」

辛西婭輕輕搖頭。

「他說不需要。如果沒有人叫他的名字，那個名字就沒有意義。但您知道嗎？世界上哪有無意義的事，哥哥他……他只是不想創造意義。在後巷生活，感情太豐沛只會吃虧。」

辛西婭停頓了一下，聆聽門外的聲音。安納金的動作一向很迅速，不管被交代什麼事，都會很快完成。

「謝謝您為哥哥創造了意義。」

辛西婭淡淡一笑。儘管他們倆沒有血緣關係，但她害羞的樣子和安納金一模一樣。

37

曾經有一段時間，梅爾波涅低聲訴說愛語，相信自己能擁有童話般的幸福結局。

她有時會想，如果能擁有一個不同的未來，那會是什麼樣子。每當這個念頭成形的時候，奎托斯總會不請自來。

出生前就註定要娶她的男人。那個即使她立刻死去，最後也會葬在她身邊的男人。

「過來這裡，梅爾波涅。」

今天梅爾波涅再次違抗了他的命令。她固執地盯著窗外，奎托斯走近，摟住她的腰。他把臉埋在梅爾波涅的脖間，輕聲呢喃。

「別讓我害怕。因為妳，我的頭髮都斑白了。」

「可怕的是你。」

梅爾波涅直視奎托斯。可怕的男人。

她不希望這個人死去；但她希望這個人能痛苦得求死。

奎托斯永遠不會讓她去死，因為失去她的悲傷比任何事物都要強烈。

他們怎麼會變成這樣？梅爾波涅抓住記憶之線，往回追溯，回到他們第一次見面的時候。

那年的寒冬。

那是一個空氣中瀰漫著雪白氣息的日子。小梅爾波涅臉頰通紅，從大人的席間溜了出去，在皇宮的後花園散步。雖然冬天沒有鮮花，但遍布雪花的花園依舊很美，別有一番韻味。

梅爾波涅獨自走在偌大的花園裡，突然想到：還是乾脆就這樣逃走？

今日之後，她將進宮，嫁給一個陌生的男人，永遠失去自由。她還有很多事情沒有嘗試。

她將無法經常見到母親、父親，還有她最好的朋友。一想到這裡，她的心就隱隱作痛。

我會離開這裡，試圖擺脫皇宮。我會哀求他們原諒我。梅爾波涅打定主意，拉起厚厚的裙襬，準備逃離。這時，有人抓住梅爾波涅的手腕，她踉蹌倒在抓她的人懷裡。

「別走。」

一名金髮碧眼的俊美少年這麼說。他抱著初次見面的梅爾波涅，一臉悲傷之色。

「請留在這裡，拜託。」

梅爾波涅一眼就認出了這個男孩。除了高貴的衣著，在皇宮之中能隨意觸碰他人的存在屈指可數。再者，與她年紀相仿的人只有一個——她的未婚夫——皇太子。

「我受不了這個地方……」

他濕潤的聲音刺痛了梅爾波涅。原來如此，沒有人是因為喜歡而留在這裡。即便生來就是皇太子，他也厭惡這片荒涼之地，卻又無法逃脫。這就是義務和責任。同情是一種經常與愛混淆的情感。

梅爾波涅愛上了那張悲傷的臉。他的雙手冰冷，擁抱卻很溫暖。

梅爾波涅的第一個孩子萊塔提奧出生時，她欣喜若狂，而當她擁有第二個孩子阿列克，她覺得人生已別無所求。她向最愛的兩個男人宣布阿列克存在的那天，連天空都久違放晴，彷彿在祝福他們。

她最好的朋友經她介紹嫁給了安特布朗，聞訊送來親手編織的嬰兒襪子。安特布朗伯爵也寄來賀信。這兩件物品都成了她收藏的寶物。

她想，如果她的生活是一本書，肯定會以「從此過著幸福快樂的生活」這樣的句子結尾。雖然沒有什麼波折，可能不那麼精采有趣，卻是一個讓大家會心一笑的美好故事。

一切都太容易改變了。

萊塔提奧因邪惡的陰謀而斷送性命。她抱著兒子冰冷的身體，腹部絞痛得宛如被撕裂。

「不，我的孩子……」

她無法承受在一天之內失去兩個孩子。萊塔提奧手握刺向自己的刀刃，侍從們一邊尖叫，一邊將梅爾波涅抱了起來。

之後的記憶一閃而過。當她再次睜開眼睛，身邊已經躺著一個孩子。她鬆了一口氣。房間裡除了她之外，還多了一個人——白髮蒼蒼的奎托斯。

「你怎麼會來這裡？」

「妳又替我生了一個兒子。做得很好。」

「殺了我兒子之後，你還敢出現在我面前？」

滿心怨恨的梅爾波涅不停向他丟擲東西，奎托斯沒有閃避。他用麻木的眼神看著梅爾波涅身邊的孩子，與其說是在看自己的孩子，不如說是在注視石頭之類的無生命物體。

「有了這個孩子，我就不用擔心繼承人的問題了。」

「你明明知道！明明知道他沒有錯……卻連查都沒查就殺了他！」

奎托斯跪在梅爾波涅身邊，然後擁抱她。他用雙臂困住她的掙扎與反抗，讓她動彈不得。

「皇后，我從一開始就對孩子不感興趣，生孩子只是因為我需要一個繼承人。因為妳高興，我才跟著高興。」

「什麼？現在……現在那是……」

「皇后剛生下的這個孩子就算死了，我也不在乎。如果我真的想要孩子，向其他妃子播下種子再收割不就行了？」

那個痛苦不堪、說自己受不了這裡的男孩，已經長大了。梅爾波涅很害怕這個陌生男子。奎托斯親吻她的眼角，低聲說：「我只需要皇后留在我身邊。只要擁有能夠留住皇后的權力，我甚至可以和比侯爵更糟糕的人聯手。」

她當時就應該苦苦哀求皇室，取消這門婚約，梅爾波涅心想。

「所以，在妳想救活的那個女孩死去之前，不要有想死的念頭。」

啊，對了。她還有三條命要救：阿列克，她的摯友克蘿托，還有克蘿托腹中的孩子。

所以梅爾波涅只能忍耐。她的心裡藏著一把刀，日夜都想刺向身旁的男人。

梅爾波涅竭盡全力地愛阿列克，因為在這座醜陋的皇宮裡，她能愛的東西已經所剩無幾。

但隨著阿列克一天天長大，全心愛他也逐漸變得困難。阿列克很像奎托斯。

梅爾波涅很愛他，但每次看到阿列克，就會不自覺想到奎托斯。阿列克變得越來越像奎托斯，她也越來越常不在他身邊。

她空虛的心集中在克蘿托的女兒海倫身上。她現在是阿列克的侍女。

那孩子天真、善良，看著她，梅爾波涅感覺自己失去的東西又回來了。

年輕時的她什麼都不懂，只知道傻傻去愛……

所以，她經常召見海倫、和那個孩子交談。她聽著海倫的故事，試著忘卻一切，甚至忘記阿列克。

她知道自己不是個稱職的母親，但她實在無法忍受。她非常想念萊塔提奧。她懷念和那個孩子在一起、尚未知曉人心險惡的日子。梅爾波涅仍經常夢見死去的萊塔提奧。

然後，「那個孩子」進了皇宮，成為阿列克的伴侶。她的父親，正是奪走梅爾波涅幸福的元凶。

厄莉絲羞澀地向她行禮，梅爾波涅冷眼看她。她不能讓謀殺兒子的人，把女兒嫁給她的另一個兒子。

厄莉絲越想成為皇太子妃，梅爾波涅就越討厭她。

每次見面，克蘿托都會告訴她厄莉絲有多狠毒。從她的口中，梅爾波涅可以感覺到厄莉絲是個狡猾又惡毒的人，被權力蒙蔽了雙眼，想要引誘皇太子。善良的海倫曾經袒護厄莉絲，說她不是那種人。唉，那孩子的眼睛只看得到世界美好的一面。

梅爾波涅很了解厄莉絲這種人。不知天高地厚，只想撿男人的權力或外貌殘渣的庸俗之輩。雖然厄莉絲現在對她笑臉相迎，但她一定也繼承了米傑利安侯爵的陰險本性，時時尋找著背叛的機會。

梅爾波涅不斷考驗厄莉絲，故意忽視她、要求她做不可能達成的事，甚至羞辱她，將她與地位截然不同的海倫相提並論。

那天也是這樣的日子。梅爾波涅裝出一副關愛的模樣，謊稱阿列克找她求情，說他對厄莉絲根本不感興趣、想娶海倫為妻。

「再這樣下去，妳的位置可能會被奪走。」

她建議厄莉絲打扮成妓女去勾引阿列克。

「如果你們有了孩子，阿列克難道不會回頭看看妳嗎？」

她用鋒利的話語踐踏厄莉絲，想讓她崩潰。

但那孩子沒有哭。厄莉絲只是乖乖地點頭，表示自己會聽從梅爾波涅的忠告。

她心裡應該很不好受，卻像一個已經習慣皇宮生活的女人，從來沒有表現出來。

那孩子直到退下那一刻，臉上都掛著笑容。梅爾波涅覺得很噁心。

到最後都裝作不知情的厄莉絲，還有逼迫她的梅爾波涅自己，都令人作嘔。

如果真的要究責，那也是侯爵的錯，對一無所知的厄莉絲發洩憤怒的自己實在很卑鄙。

梅爾波涅傳令，要阿列克去看看厄莉絲。她愛阿列克，這樣的補償已經夠了。要離開皇宮的話，勢必得經過後院，所以她應該還沒走遠。

她也許會當著阿列克的面流下眼淚。女人的眼淚總是有令人驚奇的效果，她可能會藉由裝可憐來博取阿列克的好感。

阿列克見完厄莉絲回來了。梅爾波涅迫不急待地打探情況。

「她看到你的時候，是不是哭了？」

「那個蛇蠍心腸的女人只會生氣，不會流淚。我從未見過她哭泣。她剛剛也一直笑著。」

梅爾波涅一時之間無法停止大笑。她笑了很久，笑得眼角都擠出淚，最後示意阿列克退下。阿列克離開房間後，梅爾波涅停止笑聲，低下頭，陰鬱地呢喃。

「可憐啊，因為父親的罪孽，妳只能過著如此悲慘的生活，被心愛的人冷落。但那又如何？我才是最可憐的人。無論妳多麼委屈，也比不上我被心愛的人背叛、失去孩子的心痛。」

梅爾波涅沒有哭。被愚弄而失去孩子的女人，沒有哭的權利。

「在這裡，光有愛是撐不下去的。愛情比花季更短暫……」

梅爾波涅有時會想，如果她能擁有一個不同的未來，那會是什麼樣子。

如果在那個被奎托斯抓住的冬日，她拉著他的手逃跑，而不是留在皇宮裡，他們會有一個幸福的結局嗎？

然後，她猛然抬頭，鏡子裡映照出一個又老又醜的怪物。

38

安納金回來了，懷裡捧著一堆麵包和餅乾。他把食物放在角落，然後朝我和辛西婭走來。他看起來很想知道我們聊了什麼，但辛西婭瞪大眼睛，示意他不要多問。

無論如何，所有目標都達成了。我放心下來，準備回宅邸。安納金想要跟上，但我揮一揮手，制止了他。

「你們兄妹倆很久不見了，總該敘敘舊吧？你明天再回來就行了。」

安納金還沒開口，辛西婭已經跳了起來。

「您在說什麼，小姐！怎麼能讓您一個人走這麼遠的路！這附近惡人很多，連我這種在後巷長大的人也不敢獨自走遠。帶上哥哥一起回去吧。」

「是的，主人。這太危險了。」

既然他們兩個都這麼堅持，我只好點點頭。不過，如果這一帶如他們所說的那麼危險，我不禁擔心起獨自居住在這的辛西婭。

「妳願意來我家當侍女嗎？」

這個意想不到的提議讓辛西婭先是睜大雙眼，然後笑著搖搖頭。

「不，小姐。雖然這裡跟您住的地方相比非常破舊，但這裡是我的家。只要有錢，在這裡也可以過得不錯，說不定比小姐的大宅還有趣。況且，小姐已經有許多忠誠又善良的侍從了吧？留一隻能打聽消息的老鼠在外頭，對您更有利。」

我之所以這樣提議，是認為如果能夠學習閱讀，並在良好的環境中成長，她會在各個方面成長為一個更好的孩子。但沒想到我會得到這個答覆。

我一邊覺得可惜，一邊對辛西婭的未來感到好奇。她至少會成為這條巷子的王，甚至會成為來世的皇帝。

「我等妳的消息，辛西婭。安納金，開門。」

我離開這裡之前，應該要把辛西婭介紹給美狄亞。我相信她會非常喜歡這個孩子。

搭馬車回去的路上，我看著窗外的風景，突然對安納金提問。

「為什麼不拒絕？」
「您是指……？」
「我幫你取名字的時候。你妹妹說她試圖為你取名時，你拒絕了。」
我的目光轉向安納金，他一如既往地沒有迴避。他沒有回答，而是反問。
「那麼，您為什麼要給我一個名字呢？」
「……」
「我想，如果要有名字，希望是由一個經常呼喚我的人來取。對其他人來說，父母通常扮演這個角色，但我是一個孤兒。」
安納金淡淡一笑。
「您知道嗎？主人，我不需要名字。我是說，您只要『使用』我就行了，就像用一個方便的工具。周圍的人一直以來都是那樣對我。」
安納金伸出手，靠近我的手，明顯猶豫著，遲遲沒有碰觸。
我把手伸向他。他握住我的手背，就像接受洗禮一樣，然後把手帶到他的額頭。
「但是主人給了我一個名字。我有一種預感，主人未來還會繼續叫我的名字。正如我的直覺，主人無論去哪裡、做什麼事，都會呼喊我。能夠侍奉您，是我的榮幸。」
這個表白太重了。

原來這就是辛西婭的意思……如此沉重且重要的東西，我真的能夠接受嗎？

我無法一直呼喊你的名字。總有一天，我必須放棄主人的身分，回到原來的地方。我們能在一起的時間太短了。

「如果我……回去了，怎麼辦？這個名字怎麼辦？」

「主人說流浪騎士適合我，我想試試。讓主人取的名字傳出去，世人皆知。」

我甚至支配了你的未來。不，不要那樣。

我難以呼吸，快被他直率而真摯的眼神逼瘋。

厄莉絲有幫你取名字嗎？她給你的、你原來的名字是什麼？厄莉絲死後，你怎麼樣了？如果我死了，你會活下去嗎？我……我能拯救你嗎？

如果我讀過你的故事就好了。如果我知道你的未來，而你在其中並不幸福，我會盡己所能地阻止它。

諷刺的是，遵從我每一個命令的你，是這個世界唯一沒有未來的配角。

♛

我收到一封邀請函，是卡迦勒小姐元媛舞會前的茶會。元媛舞會是貴族少女第一次在社交圈亮相的場合，信中用委婉而流暢的文筆寫著希望能得到一些「建議」。

卡迦勒小姐……是伊亞森的妹妹嗎？我根本不記得她。我本來打算拒絕，又覺得嘗試一次也不錯，畢竟我這輩子不會再遇到這種事了。

「告訴他們，我會出席。」

「您不回信嗎？」

如果我犯了什麼語法錯誤，肯定很丟臉。我笑著強調：

「那幾行字不重要，我會出席才是最重要的。」

侍從心領神會地退下。厄莉絲的性格雖然糟糕，但有一點倒是不錯，就是可以隨便應付任何事。

侍從離開後，侍女們便接連走進來。

「馬上開始準備吧！」

怎麼有種不祥的氛圍。我背脊發涼，就像玩約會模擬遊戲時做了錯誤的選擇。我有一種強烈的預感，這件事會非常非常煩人。

「……現在？」

「時間緊迫，我們需要製作新衣服，還得好好保養您的頭髮和皮膚。」

「就算不保養，我不也是最漂亮的嗎？」

我若無其事地回應，侍女盯著我看，滿足地笑了。

「小姐當然是最美的，但是這樣還不夠，我希望您的美貌能壓制其他小姐們的氣勢。」

呃。其他小姐什麼都還沒做，我倒是先被這個誠實的回答嚇到了。侍女們用犀利的眼神打量我，彷彿已經進入戰鬥狀態。要是我說不，她們看起來會強行把我拖走。

我只好點點頭，什麼也沒說。侍女們立刻抓住我的手臂，把我拖進浴室。

在我的強烈抗爭之下才好不容易暫停的「去汙拋光」流程又回來了。幾個侍女衝上來幫我洗頭、擦身體、敷面膜、沖洗……我幾乎都要習慣了。

她們一邊打理我從頭髮到腳趾甲的一切，一邊打電話給裁縫師，要她幫忙挑衣服。我被搞得暈頭轉向，隨便挑了一套類似現代設計的洋裝，它的層次沒那麼複雜，一下子就能穿上。

比賽還沒開始，我已經累得像飄洋過海的蝴蝶。

39

終於到了決戰當天。雖然是下午茶會，但我天一亮就醒了。侍女說，這樣的場合應該搭配看似不經意的裝扮。她還說，比起徹底打扮，這種裝扮更難、更耗時。

總之，侍女們一大早就把我挖起來，讓我有更多慢慢清醒的時間。

白皙的肌膚看起來很有活力，淺淡的唇色顯得更純淨明亮。為了不讓別人看輕，厄莉絲平常都會讓自己顯得比實際年齡大個幾歲，今天看起來則是年輕了兩歲。

我走下馬車，身上穿著一件淡綠色洋裝，頭上戴著一束象牙雕刻的梨花狀飾品。

年輕貌美的小姐和夫人們已經在花園裡聊得火熱。我一到，她們紛紛起身迎接。卡迦勒公爵家的人也不例外。

無論皇后和皇太子多討厭我，我終究還是占據太子妃之位的人。

「您看起來比平時還要年輕呢，米傑利安小姐。成年禮都辦完了，看起來卻和我即將步入社交圈的女兒差不多年紀。您這樣與陛下並肩而立，就像兄妹一樣。」

厄莉絲和公爵夫人關係不好嗎？我環顧四周，雖然不知道這些人是誰，但她們似乎都不太喜歡厄莉絲。每個人的眼神都像是在看一個不速之客，擺明不樂見我出現。難怪侍女們這麼用心幫厄莉絲打扮。

「卡迦勒小姐變得更加成熟了。卡迦勒家族的女人總是成長得很快呢。」

「和手握黃金的米傑利安家族不同，卡迦勒家的人註定拿劍，家族內的女性自然也就跟著早熟了。」

啪搭。我和公爵夫人的眼神激出火花。本來應該一直吵下去的，但沒必要在這裡耗費力氣。我環顧四周，笑著發言。

「請就坐。仔細一看，這裡有一些長者，我沒有注意到，不小心站著聊太久了。」

眾人的表情瞬間變難看。雖然攻擊年齡很卑鄙，但要以一擋百，必須使出卑鄙的手段。

我被巧妙地忽視了。沒有人將厄莉絲拉進談話中，就算碰巧有機會說點什麼，她們也只會笑著附和，不會延續話題。

我本來就不認識她們，所以不會感到受傷，只是我很好奇，原著中的厄莉絲是否也被這樣對待。不知道厄莉絲是出於自尊而一直隱瞞這種狀況，還是因為皇太子的緣故，這些人才突然開始看不起她……

如果是前者，那厄莉絲真的很可憐；如果是後者，那我對她的無能有點失望。

我猜，厄莉絲對社交圈裡的人也很刻薄，就像對待自己的侍從一樣，忽視她們、背叛她們。或許這是她應得的待遇。

在這個適者生存的世界裡，厄莉絲有兩個武器：一個是皇太子的未婚妻，另一個是米傑利安家族之女。

成年禮之後，我的其中一個武器顯然不再堪用。她們一定是打算抓住機會報仇。要嘛就是現在擊垮我，否則一旦我成為太子妃，她們便會面臨更大的報復。被欺負的明明是我，她們卻顯得更加急迫。

我閉上嘴，打算再觀察一下。我一邊喝茶，一邊聆聽大家的談話，一位與厄莉絲年紀相仿的女性帶著憐憫的表情，主動向我攀談。

「早知道會讓米傑利安小姐如此無趣，卡迦勒小姐就不該發出邀請。唉，第一次在社交界亮相，不得不遵循母輩傳承下來的社交傳統……」

「摩根小姐，雖然米傑利安小姐因為早早喪母而無法熟習傳統，但她還是出色地完成了元媛舞會。那可是非常豪華呢。」

另一位小姐很快地回應她的玩笑。我微微傾斜手上的茶杯，想看看還剩下多少，然後看了女孩一眼，輕笑一聲。

「摩根小姐，我看起來很無聊嗎？只要我一抬手，就能盡情找樂子呢。」

「什麼？」

女孩眨眨眼，然後看著我手上冒著熱氣的茶，臉色瞬間蒼白。

「不、不要開玩笑了。」

「這聽起來像個玩笑嗎？」

所有人嚇得紛紛站起來。那個叫摩根的女人差點暈過去。

「米傑利安小姐！您是在威脅摩根小姐嗎？」

「說什麼威脅……」

好吧，我應該已經把她們嚇夠了。我笑著揮揮手。

「當然是開玩笑啦，妳們怎麼如此膽小。」

摩根小姐氣得臉色通紅。另一位小姐替她出氣：

「就是因為您太狠毒，才會被殿下拋棄！」

語音一落，她似乎對自己說出的話感到震驚，但又沒有收回的意思。

周圍的人紛紛露出嘲諷的表情，我突然陷入孤立的氛圍。

我正想著要不要說是我甩了皇太子，突然有人把手放在我的肩膀上。

「抱歉打擾，妳們介意我借用一下米傑利安小姐嗎？」

「天啊，卡迦勒勛爵！」

我轉過頭，看到伊亞森站在身後。他神情狡黠，用撒嬌的語氣請求眼前的女士們：

「一下子就行，我有急事要說。」

伊亞森一笑，小姐們的心都要融化了。她們面帶微笑地允許他帶我走。

他應該徵求我的許可，而不是這些女人。

伊亞森不發一語地抓著我的手腕離開花園。

「不客氣。」

「……你有什麼好值得我道謝的？」

「我不是將您從困境中解救出來了嗎？」

幻想嚴重到這個程度，可以稱得上有病了。

「老實說，你不是救了我，而是救了那位小姐。我要是再多待一會兒，就會把熱茶潑到她臉上了。」

我糾正事實，他還是一副寬恕我的笑臉，讓我很不爽。那杯熱茶應該潑在他臉上的。

「很累嗎？我可以出借肩膀。」

「不需要。」

我不想理他，轉身就走。這對我來說很難受，因為我不喜歡迴避戰鬥，但也不喜歡挑起爭端。不過，就算死，我也不想依賴伊亞森。我眺望遠方，瞇起眼睛，他再次搭話：

「我們不是還有話要說嗎？我可是抱著被米傑利安小姐訓斥的覺悟而來。」

「如果沒有當場說出來，我就會忘了那件事，所以也請卡迦勒勛爵忘記與我有關的事。」

「很抱歉，我做不到。」

又開始了。我不懂伊亞森為什麼突然這樣，我也不想理解他。我打算忽視他，直接離開，他的話卻讓我停下腳步。

「我該將您的精神疾病告訴皇太子殿下嗎？」

「……你瘋了嗎？」

沒瘋的話，正常人怎麼可能說得出這種話？我氣到無法言語，甚至開始有點頭痛。

「無論米傑利安侯爵有多偉大，皇室都不會容忍。皇室血脈不能混入精神疾病。」

他用可笑的眼神看著我。我想梳理頭髮，讓自己冷靜下來，但今天的髮型紮得很穩固，我只好摸摸額頭。

我咧嘴一笑，瞪著伊亞森。來吧，我絕對不會輸，至少不能輸給他。

「你想說的話，就去說吧。我們來看看誰會被當成瘋子。」

「……」

「而且你似乎誤會了，我對太子妃的位置毫無留戀。」

聽到這句話，伊亞森震驚地睜大雙眼。

這反應真讓我意外。難道他認為厄莉絲受盡屈辱後，還會一心愛著皇太子嗎？

我這麼說，並不是因為我是這副軀殼裡的靈魂。從一開始、厄莉絲許下「希望能從這個世界上消失」的那一刻起，那份愛就已經結束了。

如果厄莉絲還愛阿列克，她就會留在這個世界，無論多痛苦，都會為了見他而堅持下去。

「為什麼會是這個表情呢？」

「因為……太出乎意料了。」

「你以為我會一輩子愛他嗎？」

這豈不是太自私、太貪婪了？明明不會回頭，卻仍然期待有一個女人癡心愛著自己。每個人都夢想有一個盲目愛著自己的人。

但是，單戀和暗戀不同。單戀可以單方面結束，暗戀有時則不能。如果遇人不淑，可能會無止境地遭受希望的折磨。這會讓人發瘋。

人類不一定想去愛，卻都渴望被愛。然而，當他們習慣接受無條件的愛，往往會開始隨意對待對方。

明知對方在利用自己，卻又無法拒絕，這是最糟糕的。對你自己，還有未來將愛上你的那個人都沒有好處。沒人有權力濫用真心。

「米傑利安小姐一直對殿下很溫柔……不是嗎？」

「溫柔喚不起愛情。」

這也是我想對伊亞森說的話。如果你真的愛海倫，並且想贏得她的心，光靠溫柔是不夠的。就算拚了命表達自己的感情，也未必有勝算。

這個時候，海倫還沒有愛上阿列克。

然而，這並不表示伊亞森應該暴露出他內心的陰暗面，只是他應該好好傳達自己的感受。

厄莉絲對任何事都全力以赴，愛人也是。她總是直截了當地表達愛意，從不迂迴。

我沒有被愛過，所以我也說不準……但那看起來不是愛，而是執念。

她相信時間會治癒一切。總有一天，皇太子會放棄海倫。

「我曾經以為，只要繼續愛著殿下，殿下就會回頭看我。為了在殿下回頭的時候，有一個能被看見的位置，我不擇手段，只為成為太子妃。因為那是一個可以安心等待殿下的位置。」

然而，厄莉絲不知道，阿列克和她一樣盲目。

他已經被那個名為海倫的太陽給迷惑，所以就算海倫和別的男人在一起，他也未必會看向厄莉絲。

40

「我長大了。現在我知道殿下不會愛我了，在此止步不好嗎？」

「所以您打算去死嗎？」

「我之前也這麼想過，卡迦勒勛爵實在從吟遊詩人那裡聽過太多故事了。」

厄莉絲深受愛恨交織的情感折磨，最後選擇從這個世界上消失。她這麼做不無道理。

「成為太子妃並受到愛戴是我一生的目標。在別人聽來或許很可笑，但對我來說，這與卡迦勒勛爵的預言一樣重要。放棄了這些，我還有什麼好留戀的？」

「米傑利安小姐……」

話雖如此，搞不好是我誤會了厄莉絲。她也有可能只是被權力和欲望蒙蔽了雙眼。

那樣還比較好。一個不到二十歲的孩子，暗戀一個人長達十年，最後因無法釋懷而死。這個故事也太悲傷了。

伊亞森又莫名擺出認真的表情。我揮揮手，調皮地吐出舌頭。

「開玩笑的。隨便卡迦勒勛爵怎麼想吧，反正你也不會相信我。」

「我相信。我會相信您，所以請告訴我。」

「我不相信你。卡迦勒勛爵一逮到機會就威脅我，我怎能相信你？用淑女的弱點來威脅她……身為騎士，這麼做也太不堪了吧？」

「是嗎？不知道為什麼，在您面前我總會變得不堪……」

他用苦澀的語氣喃喃自語。

「沒關係，你耍帥的樣子更令人厭惡。」

「哈，真是的。我雖然很卑鄙，但是米傑利安小姐對我也太過分了。」

「我平等對待每個人，和其他人不一樣。話說回來，你還有空關心我的事嗎？」

「……？」

「如果我退位，太子妃候選人就會是安特布朗小姐。」

伊亞森聞言，臉色變得古怪。這件事理所當然，不應該由我來提醒他才對，但他看著我，一副從來沒有想過的樣子。

我考慮了很久，到底要在哪裡接受禮儀訓練。頻繁出入辛西婭和安納金住的小屋太顯眼了，找其他地方又擔心會走漏風聲。

沒辦法，只能在侯爵府進行了，而且必須先得到侯爵的許可。

「我請了一位禮儀老師，想在宅邸接受訓練，以免消息傳出去。」

「禮儀老師？如果需要那種東西，妳應該叫我處理。」

「這可不是什麼需要到處宣揚的事。侯爵親自出馬的話，不到半天就會傳遍整個帝國。」

侯爵瞪了我一眼。事實擺在眼前，他也不能拿我怎麼辦。

所以他平時就應該好好管理身邊的人啊。侯爵樹敵無數，就連現在的盟友也是一逮到機會就會反咬他一口。

「我會親自帶她進來，接受指導後再送她出去，你只要管好宅邸的侍從就好。消息一旦傳出去，吃虧的是你。」

「妳竟敢……」

我皺起鼻子，露出討人厭的狡猾笑容。

「成年禮之後，我也算半個皇室成員了，說話這麼隨便不好吧？如果有人聽到怎麼辦？不是就連父女也得遵守『禮法』嗎？看來我還有很多要學啊……」

我一邊說，一邊關上門，門內傳來東西破碎的聲音。呼，真有趣。

如果有人問我為什麼這麼討厭侯爵，嗯，大概是因為同類相斥吧。

可笑的是，我和侯爵有許多相似之處。我們的性情都很惡劣、固執、冷酷又狠毒。

馬車到了。我很期待辛西婭找來什麼樣的人。安納金領著人走進大門，黑色陽傘完全遮蔽來者的臉孔。陽傘收起，一位年邁的老婦人站在我眼前。

「聽說妳在找我。」

「妳明明知道我的身分，說話還這麼不客氣。」

「年紀越大，恐懼的事就越少。我的膝蓋已經開始痛了，如果沒有別的話要說，我就先進去了。唉，連主動請老師坐下都不會，看來要教的事很多啊。」

老婦人哼了一聲，拄著拐杖大步走進去。侍女連忙攙扶，帶她前往我的房間。

誰啊？我瞥了安納金一眼，丟出無聲的問句。安納金微微低下頭，在我耳邊低語。

「已故皇太子的奶媽。」

辛西婭真會選人。

老婦人在我的房間裡輕輕敲打膝蓋。她的臉頰圓潤、身材豐腴，乍看是個不錯的人，但微微彎曲的鷹鉤鼻和始終緊閉的嘴，卻透露出一股莫名的威嚴。

「據我所知，米傑利安小姐早在幼年就完成禮儀教育了。」

「情況不一樣嘛。受教和指導別人是不一樣的。」

侍女把熱茶倒進奶媽和我的茶杯裡。她先是充分品味香氣，才把茶送到嘴邊。聽見我說的話，她的動作停了下來。

「指導？」

「我奉皇后陛下之命，必須教育一個女孩。需要告訴妳那個女孩是誰嗎？」

「這很重要，我需要判斷該從哪裡開始教。」

「安特布朗小姐，阿列克殿下奶媽之女，現在是……一個低階侍女。」

「哼，叛徒的家族裡哪有什麼『小姐』？」

老婦人不屑地哼了一聲，終於喝下第一口茶。放下茶杯後，她繼續用拳頭輕敲膝蓋，語氣十分不耐。

「既然要教一個沒有受過任何禮儀教育的俗人，就必須從基礎學起。如妳所知，我成為萊塔提奧殿下的奶媽之前，是皇太子妃的教育官。因為是皇后陛下的老師，才能夠在殿下離世的『大肅清』中倖存。」

我現在才知道，但我裝出早就知道的樣子。奶媽一說完話，就把溫熱的茶往我臉上潑。侍女見狀衝過來抱住我，對奶媽大喊：

「依靠恩惠才勉強苟活的老人，竟敢對小姐如此無禮！」

「我踏入這令人厭惡的米傑利安宅邸，只有一個原因。我要來看看那個殺了別人的孩子、該遭天打雷劈的男人，是怎麼養大自己的女兒！」

奶媽惡狠狠地說。

厭惡侯爵的人如此之多，我看就連雷都會避開他。

「住口。」

再這樣下去，我怕她會說出一些旁人不該聽到的話。

我急忙抬手制止了正在幫我擦臉的侍女，並請她退下。侍女很擔心我，離開時頻頻回頭。

「為什麼把侍從支開？」

「接下來要說的事，不能讓外人知道。」

我輕輕蹺起腳。

「妳覺得，我為什麼非要找妳到宅邸來呢？」

「妳因為忘了皇室禮儀而感到羞愧吧。肯定不能去問皇宮裡的人。」

「錯了。那就沒必要讓那個貧民窟的孩子去找妳了。我說過我指導的對象是誰吧？她為什麼要學習皇室禮儀呢？」

奶媽的臉色這才嚴肅起來。我輕捻滴著水的頭髮，繼續往下說。

「陛下和侯爵並不知情，這件事只有皇后陛下、妳和我知道。我們三個人的共通點，就是都討厭他們，沒錯吧？」

「我可沒有聽說米傑利安小姐和父親不和的傳言。」

「家醜何必外揚？那不是打自己的臉嗎？」

我泰然地應答，奶媽的心明顯動搖了。再多推進一點，她應該就會乖乖合作。

我努力讓自己看起來充滿自信，就像一個有靠山的人。

「就算妳放棄那個位置，也不會對侯爵造成什麼打擊。」

「放心吧，我會負責搞垮那個人。那麼，妳答應了嗎？」

拜託上鉤吧。我焦急地等待她的答覆。如果由她來教我，那就再好不過了，像她這樣口風緊又不會背叛我的人可不好找。

她若有所思，然後嘆了一大口氣。

「好。就讓我這個老婦來教育米傑利安小姐吧。既然要指導毫無基底的初學者，米傑利安小姐也得重新學習基礎。不要認為已經學過的東西很無聊，學習永無止境。」

她扶正鼻梁上的眼鏡，擺出嚴厲的老師姿態。

「師生必須互相尊重，所以從現在開始，我們必須用恭敬的語氣對話。有異議嗎？」

「沒有。」

「很好。那就直接開始今天的教學吧。我是個很嚴厲的老師，妳最好做好準備。」

41

她說自己嚴厲，完全沒有誇大。為了讓已經習慣上流社交圈的厄莉絲分辨什麼該記、什麼該忘，她每天花六個小時教我。

「社交圈裡存在一些潛規則。在眼角點痣，意味著『我對你感興趣』，上脣的痣則意指『我想吻你』。這些花俏的痣搭配扇子，形成了一種無聲的社交語言。不過……」

她厲聲說話，折起扇子。

「忘掉這種粗俗的語言吧。皇室女性該重視的是威嚴，而非賣弄。」

瑣碎且細微的規則很多。

「與陛下同行時，一定要保持兩步的距離，不能落後，也不能超前。喝茶時也不能漫不經心，要配合上位者的速度。」

最大的問題是舞蹈。為了防止消息走漏，我必須親自擔任海倫的舞蹈老師。仔細想想，我本來應該在成年禮上作為主角跳舞，但海倫事件的影響力太大了，即使我沒有跳舞，也沒人說什麼。皇太子和海倫反倒救了我。

「舞會以波蘭舞曲開場，小步舞曲已經是舊制了。接下來是華爾滋。卡德里爾舞在貴族之間很流行，但在皇宮是不被允許的。」

波蘭舞曲？小步舞曲？卡德里爾舞？未知的名詞四處飛散。至少我勉強聽得懂華爾滋。如果她要我跳舞怎麼辦？恐懼讓我的胃縮成一團。

「當舞會的氣氛熱絡起來，便會開始跳瑪祖卡舞。瑪祖卡舞結束後，會以科季里昂舞作為舞會的最後一支舞。米傑利安小姐要教她的不僅僅是舞步，還包括每支舞蹈的氣氛轉換，以及隨之而來的對話。」

我甚至是舞癡啊……我冒了一身冷汗，但老師似乎一點都不擔心。

厄莉絲是出了名的善於交際，她可能對我很有信心，認為不必多試探什麼。誰能想到米傑利安小姐的身體裡竟然藏著一個舞癡？

「首先，我們先暖暖身，從女性舞蹈開始，再接著學習男性舞蹈。」

「連男舞都要學？」

「當然，這樣才能和安特布朗小姐共舞，不是嗎？那邊的，你過來。」

老師嗤之以鼻，彷彿我問了一個理所當然的問題。她把像裝飾品一般站在房間角落的安納金叫了過來。

「你會跳舞吧？」

「我見過幾次。」

「那就這樣吧。反正米傑利安小姐會帶領你。」

帶領？我嗎？老師期待的目光落在我身上。該死，我連自己的身體都無法控制，怎麼帶領他啊！

我在心裡向神懇求，不，應該向離開這個世界的厄莉絲祈禱。

拜託，音樂響起時，請讓妳的身體自己動起來吧！不是都說跳了幾次舞之後，就會留下身體記憶，沒有意識也能自己動起來嗎？

語言問題我已經自行適應了，希望厄莉絲至少能為我做這件事。

安納金將左手放到背後，右手握住我的左手。留聲機開始流出樂聲，歡樂的三拍音樂響起。我的身體奇蹟般地動了。

我隨著節拍輕輕彎曲、再伸直膝蓋，移動幾步，然後繞著安納金靜止的身體轉了一圈。接著，我按照老師的指示，左右腳交替踢動，圍著房間繞一圈。我向右踏出一步，下意識將左腳收回，雙腿微曲。

古時候的舞蹈講求左右對稱。我很幸運，波蘭舞曲以開場舞來說還算簡單，由一連串的拉扯和旋轉構成。

這本來是一種不斷交換舞伴的舞蹈，但由於沒有舞伴可以換，我只好假裝交換，繼續牽著安納金跳舞。

緊張的神經一放鬆下來，我漸漸開始覺得有趣。音樂持續了四分鐘，結束後，我屈膝坐下，老師大力鼓掌。

「不愧是米傑利安小姐。來，現在交換位置吧。」

安納金震驚地問：「……我要跳女性的舞步嗎？」

「當然是你跳啊！難道你要讓一個膝蓋不靈活的老人來跳嗎？哼，沒用的傢伙。你胯間的那玩意不會因為你跳女舞就掉下來的，所以就跳吧！」

「……是。」

老師對安納金的酸言酸語，讓我差點笑出聲。我咬緊牙關，忍到鼻孔都被撐開了。

最滑稽的是瑪祖卡舞，它與波蘭舞曲有些類似，卻又非常不同。不僅要把手臂向上伸直，腳步發出馬蹄聲，還要一路蹦蹦跳跳、拍拍手。

來自貧民窟的安納金從未跳過瑪祖卡舞，每次笨拙地跳上跳下，總會遭老師斥責。我在一旁看著，屢屢笑出來。安納金太可愛了。

老師離開後，我快速吃完晚餐，雖然很累，卻睡不著。我必須回到書房，抄寫書籍。讀寫了大約二十本書之後，我已經大致掌握帝國的文法系統。我很幸運，這些文字都是字母組成，混和多種歐洲語系，還算好學。如果作者像《魔界》的托爾金那樣創造出一個全新的語言，我連學都不想學。

我用力按壓疲勞的眼周。明天開始，我就得進宮指導海倫了。既然她都答應了，我只希望她能夠認真學，畢竟她看起來實在很笨拙。

不，還是她乾脆傻一點？如果她真的蠢到教不會，我可以氣到直接殺了她。

胸前那把美狄亞給的鈍刀突然變得鋒利。

♛

我忙著學習，已經很久沒有進宮了。雖然禮儀課程還沒完全結束，但我必須盡快讓海倫進入社交界，所以決定先從我能教的基礎開始。

墨綠色的絲綢輕柔地包裹著我的身體，很舒服。今天的我比起貴族小姐，看起來更像是一位家庭教師。

就算穿上漂亮的衣服、頭上戴滿珠寶，我唯一會見到的人也只有海倫。再說了，穿成那樣教學也很麻煩。

我用和洋裝相同布料的絲綢將頭髮高高綁起，穿上天鵝絨做的鞋子，每踩一步就發出咯噔咯噔的聲音。很多人光看打扮沒認出我，發現是我之後便開始竊竊私語。

事已至此，希望輕便的穿著能成為一種趨勢。原本的衣服當然很漂亮，但更接近維多利亞時代的風格，要疊穿很多層次，太麻煩了。

侍女長奉皇后之命，把我帶到了合適的房間。她端上茶和點心，然後說會請海倫過來，要我稍等片刻。

皇宮的茶點太甜了，果然還是甜點店的最棒。一口茶，一口點心，我的心情立刻好起來。

我其實不太喜歡吃甜食，但想到接下來會發生的事，我覺得多攝取一點糖分總不會錯。

這時，有人敲門，門外傳來海倫微弱的聲音。我用茶稍微漱了口，然後回應她。

「您找我嗎？」

「進來吧。」

海倫推門而入，發現找她的人是我，眼睛瞪得像兔子那麼大，身體微微顫抖。

不是吧，被別人看到的話，還以為我要把她煮來吃呢。我什麼事都還沒做，她就已經是這個樣子，這麼膽小的孩子到底是如何度過小說裡的皇宮生活，真令人好奇。

不過，宮裡所有人都喜歡海倫，所以沒什麼好擔心的。如果有人送來毒藥，護衛就會幫忙處理掉；如果有敵人攻擊，皇太子也會替她報仇。

如果有什麼事，她只要哭就行了，根本不必弄髒自己的手，因為其他人都會主動幫她。而我通常是把她弄哭的那個人。

「厄莉……米傑利安小姐，您為什麼……」

「皇后陛下選擇我作為您的教育者。要學的很多，快過來坐下吧。」

「教育？」

海倫還是顯得很尷尬，眼珠無助地到處轉。我偏過頭，無聲地施加壓力，要她坐下。她跌跌撞撞地坐到我對面的沙發上。我刻意避免和她的目光接觸。

「安特布朗小姐，妳的基本底子如何？妳會讀書寫作嗎？會跳舞嗎？」

「那、那個，寫作嗎？我有學過寫字。我讀得出來，但不太懂那是什麼意思……」

「跳舞呢？妳知道怎麼跳波蘭舞曲、華爾滋、瑪祖卡舞或科季里昂舞嗎？」

「我、我不會……」

「什麼？算了，我也沒抱期待，還是先學寫字再來談禮儀吧。」

原著中，海倫是成為皇后之後才開始接受正規教育，現在當然什麼都不會。平民出身的她不可能有機會接受皇族教育。

我請侍女長拿來一疊紙和一支鋼筆，放在海倫面前，並排放置的還有一本文法書和故事書，是世界各地的孩子初學時的讀物。

「開始吧。」

「等等，為什麼……我想知道原因。皇后為什麼要教育我呢？」

「訓練結束後再問吧。安特布朗小姐現在正在占用我的時間。還有其他問題嗎？」

42

我故意抬頭看了一眼時鐘，海倫縮著身體，無法反駁。我看，她需要先解決的是這個問題。雖然她從小被誇漂亮到大，但她的儀態實在太糟糕了。我拍了一下桌子，朝她大喊：

「腰桿挺直！肩膀打開！」

「是、是的！」

「第一印象最重要的就是儀態。挺直的姿勢不僅更美觀，也對健康有益。還有視線！」

我把食指伸到她眼前，海倫的視線反射性地轉到一邊。我彎下腰，與海倫對視。她下意識又想把頭降得更低，我用手擋住她的路徑。

「從現在開始，不要迴避視線。請直視所有人，即便是陛下或殿下。」

「我怎麼敢……」

「皇宮裡的侍從就如同家具，聽見了也要裝作沒聽見，看見了也要裝作沒看見。到目前為止，安特布朗小姐之所以能避開貴族們的視線，是因為妳不需要與他們交談。畢竟，沒有人會特地和家具對話。」

換句話說，如果想在皇室和貴族社會中得到「人」的待遇，就不能畏畏縮縮。因為人類有一個很糟糕的天性，就是欺負弱小。

不管皇太子之後會如何保護她，我都要讓她知道這一點。

「如果妳想被當成一個人來對待，就讓對方知道妳是一個平等的個體。要做到這一點，首先必須修正妳的視線和姿態。如果連眼神接觸都不敢，要如何進行對話或傳達真心呢？」

聽到這句話，海倫眨眨眼睛，慢慢地抬頭和我對視。她挺直了腰、打開肩膀之後，顯得有幾分高貴。她走路的姿勢還不錯，暫時先這樣就好。

「開始上課吧。」

慶幸的是，海倫比我想像的還要聰明。雖然她毫無基礎，一切都從零開始，但說實話，她學得比我快。

看來女主角光環也可以運用在她的頭腦。一開始連童話書都讀不了的人，現在已經可以讀懂高難度的古典詩詞。

禮儀也是。有很多繁瑣的細節要記，什麼食物該用哪種刀叉、客人總是要遲到大約十五分鐘，還有問候的優先順序也要從頭學習。

我來自一個人人平等的世界，對這件事比較沒有排斥感，但海倫是在階級制度明確的社會中成長，從服侍別人的立場，突然變成被服侍的人，幾乎翻轉她對世界的認知。訓練過程中，她最常說的話就是「我怎麼可以」、「我怎麼敢」、「即便如此」。

我還要培養海倫的鑑賞力。她從未接觸過華麗的東西，所以抱持著一種錯誤觀念，認為只要是華麗、發亮並且掛滿裝飾的東西就是好的。

我告訴她哪些珠寶比較昂貴、應該搭配什麼顏色，甚至教她如何根據天氣或場合來選擇服裝。她的衣櫥裡可能連十套衣服都沒有，也難怪不知道這些。

該死，我好像還得教她騎馬，但我也只在濟州島騎過幾次而已。

之後皇太子和伊亞森應該會教她騎馬吧？我決定從交際舞開始。

為此，我脫下笨重的裙子，來到這個世界後第一次穿上褲子。太久沒穿了，我竟然有點不習慣。

我紮起頭髮，用男伴的姿態向她打招呼並伸出手，海倫小心翼翼地把手放到我的手上。

我怎麼學就怎麼教，但順序稍微改了一下。反正每種舞的難度都差不多，如果從最難的開始學，後面就會越來越容易，也越學越快。

我依序教了瑪祖卡舞、科季里昂舞、波蘭舞曲和華爾滋，剛開始她幾乎跟不上，隨著時間過去有了顯著的進步。說實話，像科季里昂舞這種講求隊形的舞蹈，我們兩個練也沒什麼用。

輪到華爾滋時，我和海倫都很緊張。她對於必須靠我這麼近，似乎非常不自在，而我忙著衡量她的體重，以便把她舉起來。

反正如果我舉不起來，假裝一下就好了。真的要跳的時候，舉起海倫的會是皇太子或伊亞森，他們想舉幾次都不成問題。

我把手放在海倫背上，她把手放在我的肩膀。然而，為了減少和我接觸的面積，海倫卻把臀部向外彎曲。

唉，這樣我也很難跳。我收緊手臂，把她拉向我。海倫的屏息聲停留在我耳邊。

「放鬆！妳越僵硬，就越難跟上節奏。」

「太、太近了！」

「華爾滋本來就是這樣的舞蹈。現在，一、二……」

我數到三，海倫下意識地放鬆身體。也許是因為這樣，雖然我的手臂有些發抖，但還是順利把她舉起來了。幸好她跟羽毛一樣輕。

海倫低頭看我，銀髮如瀑布般傾瀉而下。那雙紫羅蘭瞳孔就連驚訝都美得令人驚嘆。

無論何時，這張臉都這麼好看，連魂不守舍的樣子都很美。如果她戀愛了，不知道會變得多漂亮。

早有人說，美人能沉魚落雁、閉月羞花，看著海倫，我似乎能理解這種誇大的說詞。

我再一次轉身，把她的腳帶到地上。海倫把頭靠在我的肩膀上，用微弱的聲音發話。

「……我頭好暈。」

「那我們休息一下吧。」

我的腳因為穿著高跟鞋跳舞而疼痛。我坐在椅子上喝茶，用手帕擦汗，海倫突然走近。

「米傑利安小姐……您打算讓我成為太子妃嗎？」

哎呀，她竟然注意到了，真讓人驚訝。也是，我都說了要她和貴族平起平坐，她就算再遲鈍，稍微動動腦也會察覺的。

確切來說，我驚訝的部分並不是她察覺到這件事，而是她有勇氣在我面前說出來。

「嚴格說起來，這是皇后陛下想要的。我同意了。」

「為什麼？您不是愛著殿下嗎？」

「沒想到妳會這麼問。那妳有沒有想過，陛下是因為愛妳而恨我，所以才花這麼多心思折磨我？」

海倫一副快要哭出來的表情。

「對我來說……」

「……？」

「您不問我嗎？問我愛不愛殿下？」

我忍不住笑了。我無聲地笑了一會兒，抬起頭發現海倫震驚地看著我。她鼓起勇氣說出來的話，卻得到這種反應，她可能覺得自己被輕視了。

她眼眶泛紅，什麼話都說不出來，只是緊緊咬住嘴脣。也許她像往常一樣，正在努力忍住眼淚。我用食指輕撫她的眼角。

「因為我沒必要在乎妳的感受。」

我不想撒謊。我沒有善良到願意為了她說善意的謊言，她也不再年幼到需要接受善意的謊言。海倫是時候擺脫那些令人厭煩的保護，觸及真相了。

「這是我和侯爵、皇后和陛下之間的鬥爭，毫無力量的妳不過是一顆棋子。妳以為我是因為愛上殿下，才成為他的未婚妻嗎？」

「不、不是嗎……？」

「也太天真了吧，人生又不是童話。皇太子殿下是最合適的靠山。即使我愛的不是殿下，而是其他人，我也會與殿下訂婚。」

接著，我把問題丟回去。

「那麼，安特布朗小姐不喜歡殿下嗎？」

「沒有不喜歡，但結婚不一樣啊！結婚……我想和喜歡的人結婚。」

聽到這番天真的發言，我差點忍不住笑出來。如果真的笑了，這次海倫可能真的會生氣。

對了，順便打聽一下，她這麼說是不是表示有心儀的對象。

「妳有喜歡的人嗎？」

「啊，還沒有……」

「那就努力喜歡殿下吧。反正不管妳喜歡誰，只要不是殿下，似乎都很難活下去。」

如果是那位皇太子，一定會在不知不覺中消滅他的情敵。這是很合理的懷疑，但海倫反駁了這一點。

「妳是說阿列克會殺人嗎？他才沒有如此殘忍！」

「好吧，妳要這麼想也可以。」

就算她之後後悔，也與我無關。喜歡海倫的男主角人選為何都如此突出？我認為，因為只有這樣的設定，那些人才能處於不會被皇太子暗殺的位置。

「您為什麼希望我和殿下結婚呢？」

「理由很簡單。我受夠了。」

43

「我膩了，我討厭殿下。」

海倫的臉色變得很難看。她握起小小的拳頭，怒視著我。

是啊，海倫也是人，當然會生氣。厄莉絲·米傑利安一直都在折磨她，生氣很正常。

她看起來似乎有話要說，但緊閉的嘴依然沒有張開，只是漸漸變紅。

「妳覺得委屈嗎？生氣嗎？」

「怎麼會……僅僅是因為那樣……」

「我隨時都可以改變心意，因為我有資格、有權力。」

我用冷掉的茶漱口，臉上掛著嘲諷的笑容。不用照鏡子我也知道，我現在看起來一定超級傲慢。

我是故意的。偶爾扮演一下惡女，這樣才能激起海倫取代我成為太子妃的欲望。

「如果妳覺得委屈，那就好好學習，提升自己的地位，這樣妳也會得到力量。」

我把海倫推回沙發，用指尖將她的頭髮勾到耳後。

對面的鏡子裡映出我們兩個的身影。我把手搭在海倫的肩膀上，靠近她的耳邊低語。

「記住，報復我也好，拒絕不堪的處境也罷，要達成心願，妳必須先擁有權力。」

海倫盯著鏡子看。我拍拍她的肩膀，然後再次回歸指導者的態度。

她再討厭我，我們都還有正事要做。

「明白的話，我們就繼續上課吧。我不想再聽到任何抱怨了。」

教人是一件很累的事，尤其是我自己也不太了解那些內容，所以必須非常小心，不要把臨時抱佛腳的東西教錯。

窗外天色漸暗，今天就到此為止吧。這時，外面正好有人敲門。

「米傑利安小姐，皇后陛下召見您。」

「嗯，我本來就打算教到這裡。安特布朗小姐，課程還沒結束，請多加複習今天學習的內容。」

我留下海倫一個人，跟著侍女長離開。我們走在皇后宮殿裡的寬敞長廊，侍女長在一扇最大、最華麗的門前停下。

「陛下，按照您的吩咐，我把米傑利安小姐帶來了。」

「進來吧。」

皇后高貴的面容，今天依然令人動容。

她把所有困難、麻煩的工作都交給我，當然可以高貴又優雅。

我努力拋開煩躁的情緒，勉強拉起嘴角。就當作伺候上司吧，忍耐、忍耐。

「妳教了什麼？」

「基本問候方式、用餐禮儀、社交舞蹈和相應的談話、選衣服和飾品的眼光等。」

「要成為皇太子妃還差得遠，但看來基本的東西都教得差不多了。」

皇后向旁邊的侍女使了個眼色，示意她倒茶。我在教海倫的時候已經喝了很多茶，不太想再喝。我表示婉拒之後，皇后便把侍女打發出去。

「我打算讓海倫在卡迦勒小姐的舞會上亮相，妳覺得怎麼樣？」

「我認為正是時候。」

為了讓大家留下深刻的印象，必須盡快把她送去最多貴族參加的聚會。

很少有家族能夠舉辦這種規模的聚會，而且我的成年禮已經過了，如果再錯過卡迦勒小姐的元媛舞會，可能要等上一段時間，才會出現合適的時機。

皇后這麼急是有原因的。無論如何，皇后之後很有可能會讓我繼續負責教育海倫，所以就算我每天都和她待在一起，也不急著殺她。

難道原著故事篇幅還剩很多嗎？海倫首次登場、華麗亮相，受到貴族的稱讚——這是她與皇太子戀情的開端，也是成為皇太子妃的序幕。

雖然印象有點模糊，但我終於想起來了。小說裡，厄莉絲最終並沒有解除婚約，只是海倫得到皇帝的認可，成為皇太子妃。厄莉絲只能眼睜睜地看著海倫嫁給皇太子。

這就是為什麼厄莉絲會發瘋，潛入海倫的新房。她安撫海倫，說自己即將遠走他鄉，想在離開前為一直以來的惡行道歉。厄莉絲把塗上毒的茶杯遞給她，兩人一起喝了杯茶。

海倫喝下毒藥，倒在地上。厄莉絲瘋狂大笑，被來到新房的皇太子發現並處決。

距離現在還很遙遠的結局，如果能夠早一點到來就好了。我暗自嘆了一口氣。

「如果沒有其他問題的話，我先告辭了。」

「把裁縫師叫來，妳親自挑選海倫的衣服。」

「知道了。」

雖然厄莉絲已經宣布放棄皇太子，但要她直接幫情敵挑衣服……皇后還真殘忍。不過，如果海倫選了一件不合時宜的禮服，我也會很困擾，所以就照皇后的意思吧。

如果去看今天的星座運勢排名，我大概是最後一名。

回程的路上，我遇到了皇太子。我無力喊叫或爭吵，所以試著無視他，繼續前進。

阿列克硬是抓住我的手腕，把我轉過去。

「現在是決定完全無視人了嗎？」

「我有些疲倦，視野變得狹窄。請原諒我的無禮。」

我乖乖低下頭，皇太子顯得很慌張。他停頓了一下，似乎在想還有什麼把柄好抓出來吵。

我一整天都在教海倫，沒能好好吃東西，現在又餓又累。厄莉絲雖然年輕，卻很容易累，身體不是很好。

一瞬間，我覺得頭暈目眩，腳踉蹌了一下，身體失去平衡。阿列克驚訝地向我伸出手，但後面有人比他更快抓住我。

「您還好嗎？」

啊，又是這個聲音。這傢伙為何老是出現？

我煩躁地把伊亞森搭在我肩膀上的手拍掉。阿列克皺著眉頭看著我們兩個。

「這是怎麼回事？」

「請靠在我身上吧，米傑利安小姐。」

阿列克和伊亞森同時開口。也許是因為他們的立場難得分歧，兩人互相瞪著對方的臉。老實說，看著他們兩個，我只覺得惱火。

就算他們兩個意見衝突，立刻拔刀決鬥，也不關我的事。我只希望他們放過我。

「安納金，過來。」

安納金立刻從角落的陰影中現身。

仔細想想，他們兩個都見過安納金。阿列克是在冊封儀式，伊亞森則是在蘭多爾。儘管如此，他們還是用極度警惕的眼神看著安納金，就像是領地被侵犯的野獸。

不管了，我要回家。

「您叫我嗎？」

「扶我起來，安納金。我知道殿下一定不想見到我，我就先走了。」

皇太子張口想說點什麼，但我不想聽，所以直接丟出這句話。先下手為強是不變的真理。

安納金像往常一樣輕鬆抱起我，對著旁邊兩位看起來不太高興的男人微微點頭，然後就轉身離開。

我靠在安納金的胸口，一路走出皇宮，侍從們的目光紛紛投向我們，變化得非常迅速且自然。一開始，他們看起來有點慌張，但很快便浮現出明顯的敵意。

他們雖然覺得厄莉絲不配當皇太子妃，卻又不喜歡她和皇室以外的男人在一起。我實在不知道該怎麼做，總之，我已經決定要和皇太子解除婚約。

「如果你也開始討厭我，一有這種感覺就告訴我。我會試著理解你。」

被人討厭的感覺並不愉快，儘管如此，我還是想在安納金面前擺出一副自信的樣子。我不想讓他看到我脆弱的一面。

安納金沒有看我，逕直向前走去。等到遠處的馬車出現在視線中，他才低聲回應。

「您忘了嗎？我已經發誓對您忠誠和服從。我說過，任何誘惑和苦難都不會使我屈服。」

他把我放到車內的座椅上，然後單膝跪地，就像他第一次宣誓成為騎士時那樣。他脖子上的紫色原石閃閃發光。

「如果您願意，我現在可以再發一個誓。『假如有天連您都憎恨自己，我也不會放手，願意始終追隨您。』」

目前為止，我從未擁有任何「屬於我的東西」，無論是物品還是人，沒有一樣東西是我能夠隨心所欲對待的。我沒有能真正掌握在手中的東西，所以總是小心翼翼。我現在明白了。

如果別人聽到這個想法，可能會對我指指點點……但我需要一個能夠放下戒備、隨心對待的人。我真實的一面將只在他眼前展現。

這樣我就不必擔心自己扭曲的一面會被看見。

44

人們陷入愛情的原因並沒有那麼特別。我第一次愛上某個人，只因為他從操場向窗邊的我招手。第二次戀愛，始於我和他一起走在櫻花樹下時感受到的悸動。我回過神來，就發現自己已經陷入第三次愛情。我和第四個相愛的人一起度過艱難的時刻。

我始終認為，沒有任何原因就戲劇性地對某個人一見鍾情，只會在電影和戲劇中出現。然而，當我看著安納金淺棕色的眼睛、確認他完全屬於我的那一刻，世界的重力倒轉了。明明不可能是這樣，但我感覺自己頭髮直豎，整個人飄浮起來。

一種微微刺痛的感覺蔓延到全身，使我的耳根發燙。我怕他會聽到我瘋狂的心跳聲，但我又希望他能聽到，因為眼前這個人實在可愛得令人癡狂。

混亂之中，我試著微笑。我看不到自己的樣子，但應該是成功了，因為安納金也對著我笑。好不容易擠出一句話，開口卻是……

「你瘋了嗎？」

他怎麼能這麼做？為什麼這麼盲目？

「您對我失望了嗎？」

我曾經以為愛情沒有那麼重要。我一直都是這樣活過來的。

「不。我……我很喜歡。」

他擊中了我。就像很久以前，造就地球的那顆流星。

他讓我覺得自己很特別

♛

海倫整堂課都坐立難安。現在已經入秋了，而她剛剛才得知自己要在感恩節前夕的舞會中亮相，會焦躁也情有可原。

算一算，期限已經剩不到兩週。她本來就不是大膽的人，這件事帶給她很大的心理負擔。

「今天就到這裡吧。」

「什、什麼？」

她無法集中注意力，我只好提早結束課程。她看起來快哭了。我看了看時鐘，裁縫夫人也差不多快到了。海倫向我道別，正要匆匆離開，我一手抓住她，重新讓她坐下。

「……為什麼？」

「因為還有事要做。」

「除了上課，還有別的事要做嗎？」

海倫的問題剛丟出來，夫人便走了進來，徑直來到我面前，沒有理會海倫。

「願您有個美好的午後，米傑利安小姐。看到小姐美麗的容顏，我的靈感源源不絕。我碰巧做了一些適合您的休閒服裝……」

「送去宅邸吧。今天不只我的衣服，這位的服裝也要請妳幫忙。」

夫人聞言，轉頭看向海倫。她的笑容溫柔不減，聲音卻變得冷酷。

「很抱歉，小姐，我的衣服是給貴族穿的。再漂亮的女孩都匹配不上。」

「成年禮的時候，她不就穿了我的衣服嗎？」

「當時情況特殊。我只是區區一個販售衣服的人，怎麼可能拒絕皇命呢？」

「那就更要幫她做衣服了。她很快就會加入貴族社交圈。」

裁縫夫人瞇起眼睛，判斷我說的是否為真。海倫在旁邊聽著，默默舉起手。

「不、不用特地訂製我的衣服也沒關係！而且……我也負擔不起。」

「放心吧，皇室不會讓安特布朗小姐付錢的。」

「或者我去城裡買回來……」

「安特布朗小姐。」

我抓住海倫的下巴，把她轉向我。我從小就不是在富裕的環境中成長，所以比任何人都清楚，突然收到昂貴禮物所帶來的不解和壓力。

但是，認為受之有愧而禮貌地拒絕和顯得寒酸，兩者完全不同。

「當天站在妳身旁的舞伴會是阿列克皇太子殿下，未來將領導這個國家的高貴人士。你居然打算穿著從市場買回來的衣服，站在那樣的人身邊？妳以為穿便宜的衣服，那些貴族就會稱讚妳節儉嗎？」

從不認識的父母朋友那裡收到過多零用錢時，應該要謙虛地拒絕。但這又不是過年。有人要幫忙準備合適的衣服，卻因為自尊心或負擔感而拒絕，這不是節儉，是窮酸。

「絕對不會。那些貴族會議論皇室，收了多少稅，卻不願意幫皇太子的平民舞伴做一件衣服，讓她穿成那樣。這會變成皇室之恥。」

海倫低下頭，雙手緊握，就像一個被責罵的孩子。人們都說，住在皇宮裡，因為隨時必須小心喪命，原本不會看臉色的人也會培養出讀空氣的能力。我的說法有點負面，但這方法最有效，沒辦法。

樸素的衣服就等以後當上皇太子妃、巡視街道時再穿吧。

「替她測量尺寸，我不需要，我的身型沒有太大的變化。」

「是。那麼顏色呢？」

「用紫色。」

「您是說……紫色？」

裁縫夫人停下手邊的動作。她複述一遍，想確認自己是否聽錯了。

「沒錯，紫色。很適合那孩子眼睛的顏色，不是嗎？」

紫色是皇室的顏色。除了皇室成員，任何人穿紫色衣服都會被視為叛國。她做了這麼多年衣服，一定知道這件事。

夫人眨了幾次眼睛，然後笑了。她用柔和的聲音說話，彷彿在配合我的節奏。

「米傑利安小姐的眼光果然極佳。那麼，安特布朗小姐，請您站過來這裡。」

果然懂得處世之道。她拋開之前對海倫的輕視態度，對她畢恭畢敬。

海倫被裁縫夫人拖走，用可憐巴巴的眼神看著我，我隨便揮了幾下手向她道別。

我命令夫人，我的衣服可以慢慢做，但海倫的必須盡快做出來。為了避免失誤，我們必須穿上正式禮服練習跳舞。裁縫夫人笑著說她會盡力，而她也確實做到了。

幾天後，裁縫夫人用化妝掩飾憔悴的臉色，恭敬地向我行禮。接著，她的貼身侍從抬著一個精心打扮的人體模型走了進來。

海倫正在進行「去汗拋光」流程；我知道那個過程有多痛苦，但我們別無選擇。今天必須把所有東西都確認好，從化妝品到配件。

「還要調整一些細節，但這套禮服不會有太大的改變。」

鎖骨和胸部上方呈方形露膚，肩膀末端若隱若現地覆蓋住。雖然袖子是七分長，但反正要戴手套，所以無所謂。纖細的腰線連接優雅的豐盈裙擺。

最重要的是顏色。它與海倫瞳孔的顏色完美匹配，染色方式呈現出太陽升起前的黎明。初淺漸深的神祕色彩之上，用銀線繡上華麗的刺繡，並鑲上宛如星辰的珠寶。這是考量她的銀髮所做出的設計。

海倫已經精疲力盡，在侍女們的攙扶下勉強走過來。

「試穿一下。」

本來想休息一下的海倫，又被無情地拖走。我坐在寬敞的沙發上，自在地蹺起一隻腳。要不要換一下風格呢？

《麻雀變鳳凰》的情景正在我眼前展開。不，這應該更接近《麻雀變公主》吧。

「換個髮型吧。現在這樣太俗氣了。」

「是。」

「妳現在去皇后陛下那裡，請她幫忙挑選一些可以搭配禮服的首飾。一定要告訴她，盡量選白色的飾品。」

「我馬上去。」

「不行，把那些頭飾全部脫掉，戴上皇冠試試。」

「是。」

侍女們在我的指揮下紛紛行動，海倫也跟著受難。一群侍女拎著箱子衝了進來，裡面裝著手套、鞋子和首飾。

海倫看著她們，臉色慘白，但侍女們根本不理會她，不斷向我提問。

「該穿什麼樣的鞋子呢？」

「左邊數來第二雙。他們有身高差，最好穿跟鞋。」

「手套要放哪裡呢？」

「我看看。沒有這種顏色的絲綢嗎？」

「我去找找。」

皇后送來很多珠寶，主要是鑽石和紫水晶。我幫她挑了項鍊、耳環、頭飾、戒指、手鐲，甚至還有一把扇子，一應俱全。這些東西不能太醒目，但也不能小到完全看不見。舞會可是人比珠寶更受關注的場合。

「米傑利安小姐！她的耳垂上沒有洞，該怎麼辦？」

正在替海倫戴上珠寶的侍女苦惱地走向我。

在皇族身上留下傷痕可是重罪。不過，海倫「還不是」皇室成員。

雖然她們大致都知道情況了，卻還是猶豫不決，不敢下手。

「這不是很簡單嗎？動手吧。」

「啊——」

海倫慘叫一聲，耳垂的皮肉被刺穿。侍女一臉歉意地安撫海倫，但她的眼裡已經湧出淚水。不過眼淚怎麼也流不下來，一脫離眼眶就立刻就被擦掉。化好妝的人可不能哭啊。

「我等一下拿冰塊過來。」

海倫的皮膚很好，不需要化濃妝。我把眉毛稍微整理一下，再重新填色，只化了眼睛、臉頰和嘴唇。

天啊，看到海倫的臉，我才發現，又濃又長的白色睫毛也太好看了。

終於裝扮完成，海倫看起來非常令人驚艷。連侍女們都忘了自己的職責，呆愣在原地看著她。我稍微再加強部分妝容，原本溫柔的臉，現在顯得有幾分威嚴。

45

我支開所有侍女，仔細打量海倫。

「走過來。」

海倫慢慢地向我走來，姿態挺直，就像我教她的那樣。長長的禮服有些累贅，但她還是走得很穩，不慌不亂。

她來到我面前，我向她伸出手。她微微彎曲膝蓋行禮，然後把手輕輕放到我身上。

「這是最後一次舞蹈練習了。」

不知不覺間，她已經熟練地按照節拍踩著舞步。

「我以前很羨慕那些穿著華麗衣裳的小姐們。不只我，和我一起的侍從孩子們都是這樣。

至少一次，人生中能夠像那樣打扮得漂漂亮亮，然後跳舞，是我們的夢想。」

她隨著我的帶領轉圈，不知為何露出苦澀的表情。

「但真正經歷之後，才發現美麗的東西需要付出更多努力，過程更難受……這聽起來太不知足了，對吧？」

我再次把她拉向我。

「那與美麗無關。」

「什麼？」

「打扮才是費力又不便的事。但人不一定要打扮才稱得上美麗。」

海倫聽完這句話，看了我一眼，隨即陷入沉思。我們腦中想著不一樣的事情，卻跳著相同的舞步。

不知道是誰創造出「美麗」這個詞。那個人是看到了什麼才說出美麗呢？是人，還是風景？或者……是某個物品？

時代變遷影響著美的標準。我們還要被這股潮流影響多久？

舞會即將來臨，我沒有再教她新的東西，而是不斷複習迄今為止所學的內容，以免出錯。太多臨時抱佛腳的學習內容，很容易忘記或混淆。

隨著舞會臨近，我和海倫的神經越來越緊繃。這天，門外一如往常傳來侍女的聲音。

「我準備了茶點，可以進去一下嗎？」

「進來。」

我們之所以還能保持冷靜，沒有爆發，是因為每到固定的時間都有零食可以吃。休息的時候，把甜甜的食物塞進嘴裡，即使累到想罵人，也會再想一想。

所以我才不顧自己的口味，把甜得要命的宮廷點心拚命往嘴裡塞。

侍女們端來許多茶點，放在桌上。平時為了維護形象，我都會等她們離開之後才伸手拿零食，但或許今天特別累吧，我不自覺地伸手去拿。我拿起千層酥咬了一口，卻吃進一口沙。

一開始，我以為那只是餅乾的質地，但捲動舌頭之後，就發現那是無法溶解的沙。

我抬起頭。海倫正吃得津津有味，表情沒有任何變化。是誰做的？

我若無其事地又咬了一口。侍女們退下時，其中一個侍女偷偷看了我一眼。她是把餅乾放到我面前的人。我緩緩舉起手指。

「妳，過來一下。」

「什麼？我、我嗎？」

「對，妳。」

我等到她走近才慢慢站起來。啊，我想起她是誰了，是向皇太子告狀的傢伙。

她故作鎮定，眼角餘光卻瞄著海倫。原來如此，覺得有人撐腰是吧？

我高舉手臂，狠狠打向她的臉頰，那個骨瘦如柴的侍女應聲倒到地上，連叫都來不及。其他侍女紛紛轉過頭，不敢出聲。

「起來。」

「米傑利安小姐！」

我一聲令下，侍女們抓住她的手臂，把她扶起來。海倫嚇壞了，立刻朝我走來。她抓住我的手腕，但被我甩開。

「仔細看。等妳當上皇太子妃，我會教妳如何對付那些無視妳、擾亂紀律的人。」

「海倫小姐！」

從頭到尾，那個孩子都看著海倫。我伸手又打了她另一邊臉頰，力道大得我手都麻了。她摔倒又重新站起，一手扶著紅腫的臉頰。

「我不怪小孩子。小孩子懂什麼？他們應該在錯誤中學習和成長。孩子如果犯錯，需要負責的是沒有好好教育他的在上位者。」

我俯下身子，直視那個侍女。她全身顫抖，但並沒有迴避目光，惡狠狠地瞪著我。我一邊說，一邊輕撫她的臉頰。

「妳看不起我，卻追著安特布朗小姐跑的原因是什麼？因為她對你好？還是因為她比我更可怕？不，不對。妳是看著她的背後，仗著她後面的靠山，所以才敢對我如此放肆。」

學生時期，我最討厭那種「依附在受歡迎的人旁邊大聲」的傢伙，狐假虎威，一點義氣和道義都沒有。他們依附比自己優秀的人，裝作很親密的樣子。一旦形勢逆轉，就會立刻改變態度，背叛原本的夥伴。

這個侍女就是這樣。如果海倫沒有受到阿列克的喜愛，她敢做出這種事嗎？不可能。她並不是發自內心地跟隨海倫。

就像那天，皇太子聽信了她的話，打了我一巴掌。她只是在享受某個人愛恨交織的產物所帶來的「瞬間權力」而已。

多有趣啊？小人的一句話，就能毀掉好人的一生。

「我說過吧？我不會怪小孩子。但是如果知道權力的優劣，甚至還衡量算計的話，這就不是小孩子會有的行為了。」

我再次抬手，海倫抓住我的手腕。她在發抖，話卻說得很清楚。

「不、不要這樣，米傑利安小姐。」

「區區一個侍女敢如此放肆，妳也有責任。」

「沒錯，這是我的責任，所以請別再打她了。」

唉，善良到這種程度，算是一種病了。她是有天使情結還怎樣？當個好人，又不一定要好欺負……遇到這種人，周圍的人反而比當事人更心急。我又不能幫她培養看人的眼光。

「安特布朗小姐。好好辨別身邊的人，分辨他們是真的喜歡妳才站在妳這邊，還是想從妳身上撈到好處。」

「就算他們利用我，那也沒關係，所以……」

她停止顫抖，臉上的恐懼也消失了，就像下定決心一樣，整個人散發出堅定的氣場。

「請不要對任何人使用暴力。如果您還是無法消氣，可以盡情打我的臉。不過，請答應我，從今以後再也不要出手打人了。」

「妳是在教我怎麼做嗎？」

「那天……我看著米傑利安小姐被殿下打的時候，我在心裡發誓，再也不會讓這樣的事情重演。沒有任何理由，可以允許一個人使用暴力。」

海倫壓低聲音。

「這是米傑利安小姐告訴我的。」

我瞇起眼睛。海倫此刻敢與我對峙，不知道是因為她也有了「權力」，還是因為我的權力不及皇太子。

我笑了。突然覺得自己好可悲。

這該死的自卑感時不時就發作。沒有人比我更清楚，海倫明明不是那種人。這個世界上，唯一能看透她內心的人就是我。

海倫咬著嘴唇，低頭看著那個孩子。

「您可以懲罰她，但請別使用暴力。」

「例如？」

「我會請侍女長把這孩子趕走。」

「海倫！不！我錯了……如果一定要接受懲罰，我寧願挨打！請不要把我趕出去！」

她爬到海倫的腳邊，但海倫沒有看她，等待著我的許可。她是我知道的那個海倫嗎？我有些驚訝。

我脾氣不好，幾乎從來沒有忍耐過。頂嘴是基本的，如果被誰打了，我一定加倍還手，這樣才能消氣。

即使會被批評，我也無所謂。根據我的經驗，人永遠無法以德解怨。

皇太子打我的時候，我也是這麼想的。他以為三言兩語就能擺平問題，想都別想。

「隨便妳。」

如果她更害怕被踢走，那就這樣吧。

侍女嘶聲慘叫，被侍從一把抓住，拖了出去。

我想回去了。心情變得很糟，我不想再待在這裡了。

「被利用也沒關係？」

妳最善良、妳最高尚，妳的心靈最純淨。

我教妳的？笑話。那根本是妳的天性。

妳天生就又傻又善良，而我生性刻薄，所以我們才會得出不同的答案。

「愛妳的人聽到會很難過的，安特布朗小姐。」

我懂妳的真誠，所以更厭惡妳的自我犧牲。

46

「幫我打包一些上等食材。」
「什麼?食材嗎?」
一回到宅邸，我便吩咐前來迎接的侍從。他顯然對我突如其來的要求感到很疑惑。
「對，什麼都好，有什麼就帶什麼。」
「需要多少分量呢?」
「嗯……大約四人份。」
「是。我會把它們放在盒子裡，以便您攜帶。」
侍從說完就消失了。我按壓隱隱作痛的太陽穴，然後告訴安納金，盒子一準備好，我們就出發。

即便馬車駛入熟悉的小巷，安納金也沒有過問我為什麼突然要找辛西婭。對此，我很感謝他。我默默敲門，辛西婭一邊走出來，一邊不耐煩地問「又怎麼了」，然後跟上次一樣，見到我就開始驚呼。這場景還真熟悉。我不管她這次有沒有打掃房子，直接走進屋裡，放下盒子。

「這、這個時間，怎麼回事……您有什麼緊急的事情嗎？」

「鏡子在哪裡？」

「鏡子的話……廁所裡面有。不過，這些東西是什麼啊？」

「這是食材。」

「我知道。我看起像沒長眼睛嗎？」

廁所外傳來辛西婭和安納金鬥嘴的聲音。這也會傳到魔女那裡嗎？

我看著鏡子，呼喚她的名字。我現在已經很習慣這個流程了。

「美狄亞。」

不知道過了多久，她的身影清晰地映在鏡中，鮮紅色的頭髮像瀑布般垂下。她手裡拿著菸斗，對著我笑。

「發生什麼有趣的事了嗎？」

「妳知道我在哪裡，對吧？過來吧，我會招待妳的。」

「哎呀，妳還真有自信。如果我不去，妳打算怎麼辦？」

「妳會來的。我想介紹一個孩子給妳認識。」

談話結束。我離開廁所，走進廚房。我要他們點燃爐火，然後一一拿出食材。看來，需要的材料大致都到齊了。

幸好這些都是非常新鮮且高級的食材，只要簡單烹煮或烤一下就會很好吃。

「您要親自下廚嗎？這麼卑微的事情……」

「下廚才不是什麼卑微的工作，也不是只有卑微之人才能進出廚房。人類如果不吃東西就會餓死，為了餵養他人所做的勞動，怎麼會是低賤的工作呢？無論你走到哪，會做飯就不至於挨餓。」

「說得很好，異鄉人。」

「異鄉人？」

魔女自己打開上鎖的門，走了進來。她看看我，再看看張大嘴巴的辛西婭，然後驚訝地捂住嘴巴。

「天哪，這還是祕密嗎？」

「沒關係，我只是還沒告訴她。辛西婭，這位是幫助我的魔女。美狄亞，這是安納金的妹妹辛西婭。」

「魔女?!」

「總之,雖然她個性不是很好,但我還挺喜歡她的。」

「魔、魔女……」

「妳是想讓我見這個孩子嗎?」

「沒錯,她很有趣吧?我怕我回去之後,妳會很無聊。」

「妳人真好。」

辛西婭不知不覺躲到安納金身後,就像一隻戒心很重的貓,一步步退開,瞪著我們兩個,一語不發。

安納金看了我一眼。魔女歪著頭,笑看眼前的景象,或者說是看著辛西婭。

「哈哈,我又不會吃妳!」

「書上說……魔女會吃人。」

「我吃一個沒有肉的孩子幹嘛?」

「……因為我的肉很嫩?」

美狄亞仰頭大笑,應該是覺得她可愛,但辛西婭卻被魔女的笑聲嚇到了,再次躲回安納金的背後。

「妳吃小雞是因為肉很嫩嗎?還不如把牠養肥了再吃。」

我阻止美狄亞再說下去，否則這孩子可能會哭出來。

「別說謊了。妳明明不吃人。」

「哎呀，被發現了。」

「……我才不信。」

「看來妳很害怕啊。」

「我、我當然害怕。就算妳不吃人，也可能會殺人。」

辛西婭低聲咕噥。美狄亞用手指纏繞頭髮。

「我不會再殺人了。我已經殺很多人了，膩了。」

「美狄亞！」

「好啦、好啦，這就是妳喜歡的孩子吧？那麼，孩子，妳信什麼？神嗎？」

辛西婭從安納金的身後偷偷溜出來。

「不，我相信自己。」

「很好。這傢伙真是聰明又有趣。」

「好好照顧他們。」

我微微揚起眉毛，魔女笑而不答，眼神飄到我正在準備的食物上。

「進入這個身體之後，我幾乎不需要吃東西，所以不太記得飯是什麼味道。不過還是替妳嚐嚐吧。」

真的是，張口就惹人生氣。我想把手指伸進她張開的嘴裡捉弄她，勉強忍住了。

我想煮點家常菜，但食材有限。想做泡菜或大醬燉菜，既沒有白菜，也沒有大醬。想做辣炒豬肉，又缺了辣醬。

辛西婭和安納金悄悄走近，似乎想幫忙做點什麼。我叫他們去削馬鈴薯。

簡單看了一下食材，我覺得可以做馬鈴薯麵疙瘩，於是我加了水，還有一些看起來像鯷魚的東西，然後把湯煮開。

馬鈴薯去皮後放入湯中，再將胡蘿蔔、櫛瓜、蔥、洋蔥洗淨切碎。

我把目測做出來的麵團遞給安納金，他一邊思索，一邊按指令捏起一球球麵團放進去。這邊沒有醬油，用蒜末應該也行，但不知道和鹽的味道搭不搭。

哇，在自己家做韓國料理都不簡單了，來到一個完全不同的世界，還想吃到本國家鄉味，簡直是作夢。如果想做一道不需要太多調味的料理，一鍋牛骨湯就可以很多變，但真要熬湯的話，今天晚餐就不用吃了。

不好吃怎麼辦？我一邊煮麵疙瘩，同時要安納金烤肉作為備案。如果麵疙瘩失敗了，他們還有肉可以填飽肚子。

我加入鹽調味，又煮了一下。嗯，聞起來很香。起鍋！

我把鍋子放到桌上，每個人都看著鍋裡的陌生料理。不得不承認，成品的視覺效果有點令人失望。我幫每個人盛了一碗。

「這是來自另一個世界的食物，所以……反正就當作一次奇妙的體驗，大家品嚐看看吧。」

我快速試了第一口。首先，喝起來是麵疙瘩湯的味道沒錯，跟我在家裡做的差不多。因為沒有醬油，湯的顏色有點淡，但看來影響不大。

其他人的反應都不錯，不過我不太想吃麵疙瘩，它的口感太奇怪了。喝了幾口湯，身體就暖了起來。

雖然沒有交談，但是每個人看起來都很愉快。我很喜歡這樣。在這個人人都討厭我的世界裡，至少身邊還有真正喜歡我的人。不用擔心他們在想什麼，是否對我懷有敵意。

其實，我想向他們道謝。我想說：很高興認識你們，謝謝你們站在我這邊。

但真的要說，我又尷尬得說不出來，只好替他們做一頓飯。和某個人一起吃飯，可以傳達非常純粹的善意。

我把想說的話放到一邊，嘴裡嚼著多汁的肉，搭配熱湯一起吞下去。

每個人都把碗吃得乾乾淨淨。希望他們能感受到我的心意。

來到這個世界之後，我第一次好好吃完一頓飯。

47

卡迦勒小姐的社交舞會指日可待。目前皇宮那邊還沒有進一步的消息。

我是不是應該直接寫信給皇太子，請他選海倫作為舞伴呢？我只能相信皇后會好好處理這件事。

為了避免和海倫接觸，這幾天我都沒有幫她上課。我也該準備參加舞會時要穿的服裝了。每天都這麼緊繃，搞得我心力交瘁。

「小姐，裁縫師送來了一些衣服。」

「進來吧。」

侍女拎著一個大箱子走進來。裁縫夫人通常都會來看看尺寸是否合適，但今天來的只有侍從，她一定忙著幫海倫改衣服吧。

換作是厄莉絲，一定會因為被忽視而發飆，但從一個現代社畜的角度來看，我只替這位熬夜趕製衣服的女士感到難過。

「夫人寫了一封信，希望您諒解她無法親自前來。」

信？我打開信封，裡面的字跡非常娟秀。

致米傑利安小姐

天氣漸涼，您是否已經穿上我上次送您的大衣呢？我正忙於舞會，很遺憾無法親自拜訪，請平息您的怒火。我承諾會親手製作小姐的每一件禮服，從始至終，米傑利安小姐是我最忠實的顧客、永恆的繆斯。請穿著這套禮服，一如往常地在舞會上大放異彩。

圖瓦露絲

我解開絲帶，打開盒子，裡面是一件堪稱夢幻的裙子。

那是一件露肩洋裝，由無數層淡粉色的薄紗製成，褶皺自然，下擺垂掛著上百朵絲花。精緻的蕾絲層層堆疊，花朵之間穿插銀線和寶石繡成的圖案。

用「美麗」來形容遠遠不夠。人們親眼看到一件藝術品時，心中會油然升起一股敬畏，這件禮服正是如此。侍女們全都屏息凝視，然後嘰嘰喳喳地低聲讚嘆裁縫師。

一看就知道，她在這件衣服上下的功夫，比海倫的衣服還要多。不過，的確很漂亮，我很喜歡。不趁現在的話，什麼時候還能穿上一件只會在巴黎時裝秀出現的洋裝？

在裁縫夫人眼裡，厄莉絲應該就和斷了線的風箏沒兩樣，她竟然還願意付出這麼多心力。我努力回想，她們兩個之間是否存在某個背景故事，但我想不起來。原著中，厄莉絲只把裁縫師當成展現社會影響力的工具。後來，就連她也跳去海倫陣營。

啊，現在想想，我應該訂製一套男裝的。我的搭檔已經不是皇太子，而是安納金。不過夫人好像專做女裝……帶他去男裝店吧。

「我要進去了。」

「不用進來，我要出門了。」

說曹操，曹操到。我吩咐侍女收好衣服，然後一邊說，一邊開門走出去。

我上下打量安納金，粗略地目測他的尺寸。

「如果你要和我一起參加舞會，應該需要一套體面的禮服吧？」

「您不用買我的衣服，我有制服。」

「制服……？」

有這種東西？面對我震驚的反應，安納金平靜地說明。

「就是我在冊封儀式上穿的衣服。」

「那是……？」

我完全不記得，大概是因為當時我對他沒什麼興趣。

咳，突然有點尷尬。我清一清嗓子，故作嚴厲。

「我要送你一套禮服。無須多言，收下就對了。」

「制服就夠了。再昂貴的衣服，都不如制服能夠象徵我是您的騎士。」

他怎麼有辦法把話說得這麼讓人心動？我滿意地輕拍安納金的臉頰。

從遠處跑來的侍從見狀，猶豫地走走停停。

「那、那邊……」

「怎麼回事？」

「卡迦勒勛爵想見您。」

我不自覺露出厭惡的表情。侍從顯得不知所措，結結巴巴地問：

「您、您不方便的話……要、要、要拒絕嗎？」

「不用了，我自己去。」

就算侍從請他離開，伊亞森也不會乖乖走掉，一定會繼續守在宅邸。

我沒有給他任何誤會的空間，真不知道他為什麼一直這樣，搞得像黏在鞋底的口香糖。我下定決心，走向大廳找他。

伊亞森坐在沙發上，笑著對我揮手。

「米傑利安小姐。」

「沒什麼要緊的事，卻老是這樣找上門，真令人不快啊。卡迦勒勛爵，請你離開。」

「我聽說皇太子殿下要帶海倫去參加舞會。我在想，我們這兩個失去舞伴的可憐人，不如一起出席吧。」

「很抱歉，卡迦勒勛爵，我打算帶我的騎士出席。」

伊亞森驚訝地揚起眉毛，然後看了旁邊的安納金一眼。

「我和您的地位相近，這不也是您在成年禮上選擇我的原因嗎？」

這是事實。當時我不想被人看輕，所以試圖下最好的棋。看來他知道我做了什麼打算。

「如果您和那位一起出席，所有人都會嘲笑您被拋棄了。您能承受那些目光嗎？米傑利安小姐……我是來幫助您的。」

這也是事實。無論我打扮得多高貴，社交舞會上的人都更關注我身旁的男人是誰，然後根據他的「階級」來評判我。

我對精心算計一切之後、得意洋洋地來找我的伊亞森真心感到厭煩。

「總之，我不會和你一起去。」

我怕他沒聽懂，所以又說了一次。

「我不會跟你去。」

♛

簡的生活與其他女人沒什麼不同。她出生於貧窮的貴族家庭，後來嫁給同樣貧窮的貴族，過著樸素但體面的生活。

在皇宮裡工作的丈夫雖然收入不多，但每次回家都會帶一朵花給她。她會把花插進花瓶，枯萎後就拿來做果醬。

突如其來的經濟危機，迫使幸福的生活開始搖搖欲墜。丈夫因病不得不停止工作，沒了收入，就連家中唯一的侍女也不得不遣散。

她試圖聯繫父母和公婆，但也無濟於事，因為兩個家庭都不富裕。

現在，做家事和照顧丈夫都是她的責任。以前和侍女一起做的裁縫工作成了她的謀生手段，她必須整天工作，才能賺足丈夫養病的錢。

如果說她絲毫不曾埋怨丈夫，那肯定是在撒謊。鄰居看著她受苦，問她是否仍然愛著丈夫，她甚至無法回答這個問題。因為打從一開始，她就不曾愛過他。

然而，她不希望丈夫死去。就像那些長期使用而留下痕跡的物品，即使壞了也難以輕易丟棄，她對丈夫也有了感情，無法狠心逃離。

「對不起。」

比起示愛，丈夫向她道歉的次數更多。無法回報對方的愛、應該感到抱歉的人，明明是她才對。

她的願望沒有實現。丈夫早逝，直到最後一刻都在向她道歉。都到最後了，說點別的什麼都好……簡一邊這樣想，一邊成了寡婦。

手上的老繭逐漸增多，她的縫紉技術隨之增長，找她做衣服的人也越來越多。她已經能勉強填飽自己的肚子。

一次偶然的機會，她接到侯爵家的工作。工作結束後，她拿到工資正準備離開，卻被一個侍從攔住。

是不是出了什麼事？但無論她怎麼想，都想不起來，只好跟著走進房間。她非常害怕。

房間裡坐著侯爵的獨生女——厄莉絲．米傑利安，她正優雅地喝著茶。簡一進門，厄莉絲就把一套衣服丟到她的腳邊。

「這件衣服是妳做的嗎？」

「是的，小姐。」

聽說她向侍女抱怨沒有適合外出的衣服，所以簡就用自己的一些舊衣服改了幾件出來。米傑利安小姐看了她一會兒，然後又丟給她另一件衣服。那是一件漂亮的青色連身裙。

「做得跟這件洋裝差不多，但要更漂亮。妳做得到嗎？」

「我試試。」

「聽說妳是寡婦？衣服完成之前，妳就住在這裡吧。絕對不能讓別人知道。明白嗎？」

「我會記住的。」

「好，出去吧。需要什麼的話，請找我的侍女。別讓我失望。」

簡拾起裙子，跟隨侍女走進一個小房間。她本來就曾聽聞米傑利安侯爵是首都最富有的人，但令人驚訝的是，就連非主宅的一間小小客房，都和她所住的房子差不多大。

簡獨自坐在床上，整理思緒。這種程度的權勢家族在隱瞞的事情……殺兩三個人都不算什麼，如果運氣不好，她可能無法活著離開。她必須盡全力。

48

簡已經將近三天三夜沒睡了。製作時間比她預期的要長。她依照身形修改衣服，並縫製了額外的蕾絲和裝飾。

雖然是半強迫之下開始做這件事，但隨著時間推移，疲勞消失了，滿足感卻越來越多。做衣服原來是這麼快樂的事嗎？不，比起這個，工作也可以這麼快樂嗎？當她終於讓衣服的主人穿上成品，那時所感受到的喜悅，任何事物都無法比擬。

米傑利安小姐化著與裙子十分相配的妝容，配件也很用心。簡看著自己完成的「工作」，輕聲提問：

「為什麼要我做這件衣服呢？」

「有一個跟我還不錯的女孩竟然沒邀請我去參加派對。她想成為最突出的人，那種心情我理解，但這種事情只能想想，不能真的去做啊！」

打扮完畢後，米傑利安小姐回頭看著她，臉上露出天真的笑容。

「所以我偷走她要穿去元媛舞會的裙子，讓妳改成適合我的樣式。除此之外，她的舞伴很快就會來接我。如果她在生命中最重要的一天，失去了所有想得到的關注，她會有什麼反應呢？妳不好奇嗎？」

只因為這樣？元媛舞會是一個人一生中最重要的日子，這是少女們的夢想。那裡不只是一個交朋友的場合，還有機會遇見未來的結婚對象。

厄莉絲．米傑利安果然如傳言般惡毒——她的腦海中突然浮現一個人。

「但是，米傑利安小姐不是已經和皇太子殿下訂婚了嗎？如果選擇另一個男人作為舞伴……這樣好嗎？」

完了，簡一把話說完，就知道自己踩了地雷。米傑利安小姐收起笑容，惡狠狠地瞪著她，然後又把視線轉回鏡子。

「反正那位不會參加這種聚會。即使參加了，也不會對我有興趣。」

鏡中映出美麗的身影，但她的細語中卻透露出一絲寂寞。簡正要回話，米傑利安小姐又轉過頭笑了一下。

「所以，如果聽說我和別的男人在一起，能讓殿下嫉妒的話，那不也很好嗎？」

沒有人可以無視我。米傑利安小姐用近乎喃喃自語的聲音這麼說。

那天，簡陪著米傑利安小姐參加了摩根小姐的元媛舞會，並在遠處觀察。

由於犯了沒有邀請米傑利安小姐的錯，摩根小姐不得不在沒有舞伴的情況下獨自進入大廳。舞會上的每個人都開始竊竊私語，來回比較摩根小姐和米傑利安小姐。

摩根小姐終於放聲大哭。在場的人因為敬畏米傑利安小姐的權勢，沒有人前去安慰她。

弱肉強食，這是大自然的殘酷法則。

「我喜歡妳的手藝。以後也能像這樣繼續為我做衣服嗎？」

舞會結束後，米傑利安小姐在回程的馬車上這麼說。簡正因突如其來的邀約而猶豫不決，她又補充了一句：

「但是，妳必須捨棄至今為止的人生，完全以另一個人的身分生活。」

「什麼？那是什麼……」

「驚訝嗎？妳以為厄莉絲・米傑利安能穿一個窮人做的衣服嗎？」

「您覺得丟臉嗎？」

聽見簡的回應，米傑利安小姐湊近她。

「無論妳做的衣服有多漂亮，如果製作它的人身分卑微，那麼衣服也會跟著變成下等貨。妳覺得委屈也沒辦法，這個社會的階級就是如此。」

自古以來，貴族與平民之間就存在一道高牆。隨著時代進步，現在又出現了另一面名為「財富」的高牆。

貧窮的貴族有時甚至不如平民。他們必須保持體面，卻沒有足夠的錢。為了賺錢，就必須放棄體面。因此，像簡這樣、即使貧窮也要「像貴族一樣」的人出現了。

「我會成為妳的贊助者，給妳新的身分，並且不惜一切支持妳。因為我今天心情很好。」

米傑利安小姐一副施恩的樣子，好像是在幫她一個大忙。一股怨氣升上簡的心頭。如果她也出生在好人家，就不用這麼辛苦。運氣好、生在有權有勢的家族，就可以這樣看不起人嗎？簡非常不甘心。但是……

「好，我接受。」

簡已經厭倦貧窮了。她想結束靠馬鈴薯粥勉強充飢的日子。天天賣命工作，但一不小心感冒，好不容易存下的錢就會瞬間花光。

她沒有什麼可失去的。若因為那一點自尊心而錯過這個機會，她可能每天都會因飢餓而失眠。看到簡的眼神改變，米傑利安小姐滿意地笑了。

「很好。從現在開始，妳就是我的遠房親戚了。妳原本住在肯達爾區，不久前才搬到這裡。名字要叫什麼好呢……」

米傑利安小姐撫摸簡的棕色頭髮，然後甩了甩手，像是要甩掉泥土一樣。

「圖瓦露絲。就叫圖瓦露絲吧。圖瓦露絲夫人！去把頭髮染成粉紅色，這樣才配得上這個名字。第一印象越震撼越好。」

那天起，她抹去和「簡」有關的一切，以圖瓦露絲的身分生活。名字、相貌、行為、措辭、氣味、過去……她改變了所有可以改變的東西。

一切都準備就緒。她在丈夫的墓碑旁刻下「簡」。

日後聽到這個字的時候，她將不再回頭。

♛

圖瓦露絲的沙龍瞬間席捲社交界。她親手為貴族小姐縫製適合她們的華麗禮服。由於數量有限，如果不搶先其他人，可能沒有機會穿上她製作的華服。

再加上，據說那位極其挑剔的米傑利安小姐喜愛並贊助這個品牌，其他小姐為了討好米傑利安小姐，更費盡心思地想要獲得圖瓦露絲的衣服。

貴族的侍從們頻繁進出圖瓦露絲的沙龍，遞送邀請函。只要她出現，所有人都會上前討好她，炫耀交情、急切地想得到她的禮服。其中有些家庭甚至曾經請她幫忙縫補衣物。

真有趣。她把外貌、習慣、說話的語氣等等一切都改變了，但她的縫紉技巧從來沒變過。

然而，沒有人認出簡的痕跡。雖然擁有了財富和名譽，圖瓦露絲偶爾還是會感到空虛。

照鏡子的時候，裡面站著一個陌生的女子。已經沒有任何東西可以證明過去的她曾經存在，也就是她真實的自我

現在的一切都屬於圖瓦露絲，不是簡。充滿謊言的人生，始終勒緊她的脖子。

雖然不可能被發現，但她有時會夢見謊言被拆穿，她的人生因此墜落。

有時，她也會夢見逝去的丈夫。每當丈夫的臉孔褪去，她會感到悲傷，卻始終無法記住他。就算現在挖開他的墳墓，等待她的也只有白骨。

空虛感侵蝕著她的內心，但她沒有任何人可以傾訴。這個世界上只有一個人知道她是「簡」。

米傑利安小姐一聽到她的煩惱，馬上給出嘲諷的回應。

「妳想太多了。妳覺得這個世界上，每個人都只說真話嗎？你真的相信會有從未說謊的人存在嗎？無論善意或惡意，每個人都會說謊！他們只想展示自己想展示的樣子。況且，人們不都稱之為『禮儀』嗎？」

「但是，米傑利安小姐……」

「夠了。」

米傑利安小姐起身，冷冷地俯視她。那充滿威脅的目光，讓圖瓦露絲的身體縮了一下。剎那間，她又變回簡。

米傑利安小姐瞪著她的眼睛閃閃發亮。

「妳覺得妳認識的我，有多少是真正的我？妳覺得自己有多了解我？妳這一輩子有可能認識真正的我嗎？」

圖瓦露絲的心一沉。她原以為自己已經完全了解米傑利安小姐。她先入為主地認為，米傑利安小姐和其他貴族小姐沒什麼區別。她這才意識到，那是誤判。

米傑利安小姐立刻轉變臉色，大笑起來。那個樣子令人毛骨悚然。

「我在開玩笑！為什麼覺得裝出來的樣子，就不是妳真正的樣子？是誰決定的？如果你真心認為那個樣子是妳，那就是妳。」

她背對圖瓦露絲，看向窗外。暴風雨即將來臨，但她毫不在意。她打開窗戶，讓頭髮隨風飄揚。這個女子確實很美。

「不要讓別人評斷妳。只有妳能評斷自己。」

看著宛如黑色風暴般的長髮在風中飛舞，圖瓦露絲覺得自己的煩惱似乎變得微不足道。

美麗的事物有時能讓人忘卻一切，所以人類才會在那麼長的時間裡不斷追求美。

米傑利安小姐突然看向圖瓦露絲。

「妳是誰？」

「圖瓦露絲夫人。」

我是……您的圖瓦露絲。

49

伊亞森似乎沒想到我會拒絕。他張大嘴，訝異地看著我，斟酌了很久才終於開口。

「現在不是顧及自尊心的時候，小姐。」

「如果我是想維護自尊，早就接受你的提議了。」

「那為什麼……！」

「我討厭你。」

伊亞森提高音量，卻被我打斷。

「不管別人在背後說我什麼，和你成為舞伴這件事情更令我厭惡。」

「您為什麼這麼恨我？我已經……道歉過了。」

「我有接受那個道歉嗎？我記得沒有。」

道歉並不表示我必須原諒。道歉終究只是道歉而已。即使我原諒他，那又有什麼意義呢？他會不斷傷害我，不斷重複口頭上的道歉。

他究竟過著多麼安逸的生活，導致他如此自信、固執，完全不考慮別人的感受？我甚至開始有點羨慕他。

真好。他是那種無論做錯多少次都能被原諒的人。他至今都是和那些能包容他的人一起生活，但我不是。

「您這輩子都不想再見到我了嗎？就因為我之前對您表現出敵意？僅僅這麼一個理由？」

「怎麼會是『僅僅』呢？我對你的信任已經完全崩塌了。曾經厭惡我的人，我要怎麼相信他不會背叛我？」

「我如果能夠證明，您就會相信我嗎？」

看來伊亞森是那種對方越不喜歡、就越固執的人。就像難纏的奧客一樣，敷衍應和幾句，用好話安撫，事情才會早點結束。可惜，我做不到。

我如果不喜歡，就會表現出來。如果不是，即使刀架在脖子上也會說不是。早知道當時就遷就他，事情或許會比較容易解決，他可能也不會一直來煩我。

「你要如何證明？」

「您想要我怎麼做，我就去做。」

但我想要你什麼都不做！最近我連自己的心情都照顧不來，誰管他要做什麼。

我把手壓在額頭上。頭又開始痛了。

「我不知道卡迦勒勛爵為何對我如此執著。」

「我也很困惑，米傑利安小姐……我想知道您為什麼總是拒絕別人的好意。在困難的時候求救，真的有這麼難嗎？」

如果他喜歡我，我至少還可以理解，但伊亞森明明不喜歡我。如果他對我有好感，之前就不會說出精神疾病那種話。光是看他對待海倫和我的態度差異，就知道他不愛我。

不是愛、也不是同情，也不可能是韓劇男主角所說的「妳是第一個把我推開的女人」這種陳腔濫調……那到底是為什麼？

「說起來……米傑利安小姐只有在殿下面前才會變得柔弱。一直都是這樣。其他人對您來說似乎不重要。您總是擺出強硬的姿態，像刺蝟一樣。」

他雙眼充血地朝我走來，一把抓住我的手腕。我扭動身體想逃開，但他的力氣太大，我根本動不了。

明明是他抓著我，伊亞森的眼神卻很悲傷，彷彿自己才是被束縛的人。

「您一定要這樣不停增加敵人嗎？您不是說自己已經成長了嗎？不是說已經意識到殿下這

輩子都不會愛您了嗎！您明明說過現在可以止步了……為什麼還要這樣虐待自己呢？」

他的眼中清楚映出厄莉絲的身影，但不知為何，他感覺在看著另外一個人。

啊，我懂了。

為了總有一天要殺死龍，我經歷了極為刻苦的訓練，從會走路開始就拿起了劍，沒有一天休息。

我想活下去，我想逃跑，我覺得一切都很不合理。

他眼中看見的，是那個被逼著做一些不合理的事情、無法拯救自己的少年伊亞森，還有為了滿足他人的期望而努力訓練的伊亞森·卡迦勒！

他想藉由拯救我，來拯救過去的自己。

我氣得缺氧、耳朵發燙，感覺整個世界在旋轉。

為什麼要用別人來療癒自己的創傷？到底要多看不起人！

我用憤怒爆發出的力量甩開伊亞森的手，用力拍拍他的臉頰。

「你懂什麼！不要把我當成需要你保護的弱女子！你真的不明白嗎？我一點也不覺得悲慘，是你希望我過得悲慘，這樣你才有機會趁虛而入！」

忍耐已久的話語，和從丹田湧上的怒氣一起爆發出來。我急促的呼吸聲變得粗重。

他露出受傷的表情，但我已經停不下來了。

「我討厭你嗎？我討厭你又怎樣？不討厭又怎樣？你這麼害怕被討厭嗎？你以為全世界的人都愛你嗎？」

說到底，把自己寄託給完全陌生的人，那是小孩子才會有的想法。我冷笑一聲。

「我對你的想法……你真的想聽嗎？」

伊亞森愣住，本來想點頭，又像是怕了，急忙左右搖頭。不過不管他的反應是什麼，我都打算告訴他。那絕對不會是他想聽的話。

「我對卡迦勒勛爵沒興趣。我也不討厭你。如果對一個人毫無感情，是不會討厭他的。」

我向伊亞森靠近了一步。他彷彿看見可怕的東西，跟著我退了一步。一步、一步、又一步……

伊亞森的眼眶濕潤。當他終於撞到牆上，一臉驚恐地低頭看我，我輕柔地繼續說：

「我一點都不好奇你是怎麼活過來的，還有你在想什麼。」

伊亞森終於流下眼淚。反正與我無關，我沒有任何感覺。

他不知道該怎麼辦，最後試圖向我伸手。我冷漠地拍開他的手。

「什麼讓你快樂、什麼讓你悲傷，我不想知道，知道了也想忘掉。就算明天你必須去某個地方赴死，我也不會哭。因為你對我來只是『另一個人』罷了。」

「您……不需要我嗎？」

「你如果聽懂了，以後就不要再來找我了。我累了。」

我轉身就走，在心裡估算著需要走多久才能回到我的房間。

「等一下，拜託，米傑利安小姐！」

後面傳來追趕我的腳步聲，我無視他，堅定地往前走，但他的腳步聲越來越近，感覺就快觸及我的手。

我聽見啪的一聲，但不是我的手。

「你……」

安納金握住伊亞森的手腕。伊亞森用力的時候，安納金就微微鬆手，反作用力震得伊亞森全身晃動。他惡狠狠地瞪著安納金。

「竟敢隨便碰貴族的身體……你想死嗎？」

「如果主人不願意，我有責任阻止任何人觸碰她。」

伊亞森的威脅不起作用。安納金冷淡地回應後，單膝跪地，抬頭看我。

「該怎麼做？」

他那個樣子，就像是在等待命令的忠狗，讓我不禁笑了出來。

哎呀，明明說了不能再把人當小狗看的。

我伸出手，想撫摸安納金的頭，伸到一半停了下來。我意識到伊亞森就在旁邊看著。

算了，安納金讓我的氣都消了。

「伊亞森．卡迦勒，別再打擾我了，離開吧。」

「……」

「如果你想把你的情感或記憶像垃圾一樣丟掉，我可以借你一面鏡子，請你自己解決，不要再麻煩別人了。」

我說的是海倫。我用嘴形給了他無聲的提示。

海倫那個傻瓜，如果伊亞森去找她，她肯定會見他。我可不想再看到什麼奇怪的場景。

伊亞森呆愣在原地。

侍女整理完我的房間，正好看到我們站在大廳，嚇得捂住嘴巴。

我對她說：「艾瑪，客人好像迷路了，請送他到門口。」

艾瑪看見我的表情，沒有多問，直接走到伊亞森面前。

「是，小姐。卡迦勒勛爵，請往這邊。」

終於把伊亞森送走，我已經身心俱疲，幾乎是拖著身體回到房間。

我把想跟著進來的安納金擋下。

「我頭痛，你去廚房拿藥過來。」

「知道了。」

安納金離開後，我把門鎖上，然後把頭埋進枕頭裡。

我真善變，明明叫他去拿藥，卻又不打算讓他進來。

我只是想確認，即使我脾氣暴躁、反覆無常，安納金也不會輕易放棄我。我希望他會為了我而努力。

枕頭濕了。我並不難過，眼淚卻自己流了出來。一切都好令人厭煩。我好痛苦，可能是壓力引起的胃痙攣。我甚至無法呻吟，只能咬緊牙關，祈禱痛苦快點過去。

我的臉布滿冷汗與淚水。咔嚓咔嚓。我聽到門把轉動的聲音。

太痛了，乾脆痛死算了……幾乎要昏過去的時候，突然傳來門打開的聲音。

我從模糊的視線中，看到安納金推門進來。他安靜地把藥放在床邊的桌子上，然後在我眼前揮了揮手。

「主人，您醒著嗎？我把藥帶來了。」

「……你是怎麼開門的？」

「我很擔心……所以向侍女長拿了鑰匙。您起得來嗎？」

我其實以為他會用更激烈的方式，例如破門而入，或者從窗戶爬進來。就像小說會寫的那樣。真是的，看來小說世界也會漸漸改變人的思考方式。

安納金緊貼著我，慢慢扶我起身。一陣暈眩襲來。

我靠在安納金的胸口喘氣，他把一瓶藥放到我嘴邊。

「請喝下去。」

我把他遞過來的藥一口喝掉，然後用他拿來的水漱口。也許是起到安慰的作用，藥效還沒發揮，痛苦就已經減輕不少。

吃完藥之後，安納金仍然沒有離開，不斷用冷毛巾擦拭我的臉。我很喜歡他溫柔的手法。

大概是痛苦導致我神智不清吧，我忍不住——

「安納金，你……喜歡我嗎？」

50

說你喜歡我。

我甚至不要求你愛我。

安納金的嘴緩緩張開，正要回答。我猛地回過神來。

我剛剛說了什麼？如果他說喜歡我怎麼辦？

我一定會離開這裡。就算他喜歡我，我也無法回報。

「別說。」

「可是……」

「不要說！」

我用手掌摀住安納金的嘴。

我剛剛才兇了伊亞森一頓，叫他不要把別人當成情緒垃圾桶，結果我自己差點就對安納金做了一樣的事情。

我是他的主人，他無論如何都不會拒絕我，所以我更不應該這麼做。

真可笑。人類就是這麼狡猾。我們放大別人的缺點，拚命要對方改正，但當自己也有同樣的缺點時，我們卻開始找藉口。我對自己很失望。

安納金沒有反抗，只是安靜地看著我，然後伸出一隻手，將我的手掌拖到他的臉頰。

我喜歡他的眼神。

我喜歡他總是願意等我。在向我湧來的喧囂之中，唯獨他始終安靜，所以我很喜歡。在心儀的對象面前，我只想展現冷靜而堅強的一面。我知道他會毫無保留地幫助我，但我不想成為他的負擔。我寧願死，也不願在他面前顯得軟弱。

我觸摸他的臉頰，內心想著：如果安納金喜歡我……他喜歡的是真的「我」嗎？還是這本小說的因果讓他愛上了「厄莉絲」？疑慮和恐懼同時在我心中滋長。

要是我不想回去了怎麼辦？我很害怕，怕我會為了他留在這裡。如果他讓我成為厄莉絲．米傑利安……如果我只為了他一個人而留下，最後卻又失去他，那我的餘生會比死還痛苦。

即使我因為愛他而留在這裡，我也永遠不會幸福。

到最後，我會充滿悔恨，責怪自己、埋怨他讓我留下來。我擔心自己會變成我最討厭的那種人。

「你可以出去了。謝謝你的藥。」

我掙脫他的手，慢慢躺回床上。我把棉被拉到脖子，然後把頭轉向一邊。

安納金盯著我看了一會兒，最後，我聽到他朝門邊走去的聲音。

別走。

他把門拉開的時候，這個念頭突然變得很強烈。我連忙轉過頭。

我們的視線交會。他的目光始終沒有離開過我。

我的臉頰燙得像快燒起來。如果他看出我的心急怎麼辦？我的腦中閃過幾個藉口，還來不及辯解，安納金就沉穩地開口：

「您痛到無法入睡嗎？」

「……沒錯。」

「您願意讓我留在您身邊嗎？」

「好……」

安納金跪在床邊。我看著他，然後閉上眼睛。

他小心翼翼地握住我露在被子外的指尖。就算閉著眼睛，我也能感受到他的存在。

最後一次了，今天就再幫自己找一個藉口吧。此刻的我生病了。誰都有生病的時候，這並不表示我特別脆弱。

♛

明天就是卡迦勒小姐的元媛舞會了。我進宮做最後的準備。

海倫非常勤奮，我不在的時候，她已經從頭到尾複習了幾遍。這樣看來，舞會之後她只要再多學習一點，當上太子妃就不是什麼難事了。

除了宮廷禮儀之外，太子妃本來沒什麼好教的。政治和國務之類的事情需要一定的敏銳度，那不是可以教出來的東西。

畢竟是最後一堂課，結束時我簡單稱讚了海倫幾句。

我正要離開，外面突然傳來一陣騷動。侍從還來不及上報來訪的人是誰，皇太子就開門走了進來。

他一看到我們兩個，臉色一沉，一把抓住海倫的手腕，把她藏到身後。

「好久不見了，殿下。願您有個美好的午後。發生了什麼緊急的事，讓您不顧禮法地衝進來呢？」

「妳為什麼會跟海倫在一起？」

海倫的訓練已經完全結束了，所以說實話也無所謂，但我心裡總覺得不太舒服。大概是厭惡吧。

仔細想想，解除和我的婚約、海倫成為太子妃，兩者對皇太子來說都是好事，所以我更不想告訴他。

海倫來回看著我們兩個，悄悄走到中間。

「我、我來找米傑利安小姐喝茶。對吧，米傑利安小姐？」

「妳……膽子也太大了！萬一那個東西傷害妳怎麼辦？」

他現在甚至不把我當人了。皇太子著急地上下檢查，以確保海倫毫髮無傷。

我看著那副景象，無奈地問：「我是什麼怪物嗎？」

「妳比怪物還冷血。如果海倫是留在怪物身邊，我還不至於這麼擔心。」

「殿下……」

海倫出聲制止，他這才把怒視我的目光轉開，低頭看向海倫。他就像是看著世界上最可愛的事物，眼神裡都是蜜。

皇太子輕柔地將海倫的頭髮別到耳後，低聲說話，彷彿怕吵醒她。

「我有話要對妳說。」

「什麼？什麼事……」

「妳願意當我的舞伴，和我一起去參加卡迦勒小姐的元媛舞會嗎？妳也認識卡迦勒小姐，對吧？」

海倫看了我一眼。我微微點頭，示意允許。

我本來就打算今天找個時間跟皇太子談談。比起由我這個一直纏著他的未婚妻開口讓海倫成為他的舞伴，皇太子自己邀請她出席舞會，這樣的戲碼合理多了。

「難道妳也會去？」

「當然囉，殿下。那可是勛爵家的元媛舞會，我怎麼能缺席呢？」

「妳沒有舞伴，是打算自己去嗎？」

這個男人本該是我的舞伴，卻當著我的面邀請其他女人，現在還對我冷嘲熱諷……不過，皇太子無恥也不是第一天了。我笑著接受他的嘲諷。這種情況下，表現得若無其事，反而更令人惱火。

「我怎麼會沒有舞伴？不是有安納金嗎？」

「安納金？」

「您上次應該見過他了。他是我的護衛騎士。」

皇太子的臉色瞬間變得凝重。

「那個人……他不是平民嗎？」

「恕我直言，殿下……安特布朗小姐也是個平民。」

你可以邀請平民當舞伴，憑什麼我不行？如果我們都帶著平民出席，大家的臉色一定很有趣吧？

「妳父親知道這件事嗎？」

「不知道的話，難道您會讓我成為您的舞伴嗎？我想，應該不會吧。」

「妳想跟皇室作對嗎？」

我擺明在挖苦他，但皇太子一臉嚴肅。我收起笑容，認真回答。

「是的，殿下。這一次，我要和皇室斷絕關係。」

「侯爵也是這麼想的？」

「父親也許有辦法再和皇室重建關係，但絕對不會是透過我。」

你為什麼一臉震驚？你以為「你的厄莉絲」這輩子都不會說出這種話嗎？你以為我無論如何都不會放手嗎？

沒錯，厄莉絲．米傑利安會這麼做。哪怕她的感情比起愛，更接近執念和迷戀，她也絕對不會放開皇太子的手。

但此刻站在這裡的，是披著厄莉絲外殼的我。我們是截然不同的兩個人。我打算說出那些她必須說、卻從未說出口的話。

「雖然還需要經過很多正式流程，但我可以先告訴您。我們很快就會解除婚約了，殿下。婚約解除之後，我們就成為陌生人，再也不用見面了。」

「皇室的事情，不是妳一個人說的算。妳不是口口聲聲說，這是皇室與侯爵訂下的婚約嗎？」

看來皇太子真的什麼都不知道。他只會嚷嚷要退婚，實際上卻沒有付諸任何行動。

「皇后陛下已經批准了。這個回答，您滿意嗎？」

「母后？」

皇太子睜大眼睛看著我。我微微躬身行禮，走出房間之前，又回頭補充。

「這不正是殿下一直期望的結果嗎？」

51

決戰的日子終於到了。說是決戰，似乎過於悲壯，其實只是別人的成年禮罷了。不過，我今天要做的事，等同於當眾宣布退婚，所以必須精心打扮。

裁縫夫人送來的禮服實在太美了，稍有不慎，就會搶盡臉蛋的風頭。

既然收到這麼漂亮的裙子，不如就讓它當主角，用全身上下的裝扮來配合它。我化了平常不化的柔和珊瑚色妝容，一向整齊紮起的頭髮，放下一半紮成公主頭。黑色絲帶取代舞會專用的寶石項鍊，鑲有大顆祖母綠寶石的耳環掛在耳垂。

裙襬蓬鬆柔軟，就像棉花糖一樣。我戴上與禮服同色系的蕾絲手套，頭髮別上粉鑽製成的飾品。嗯，今天看起來沒那麼像惡女。

就算我打扮成無害的樣子，實際去到舞會現場，說不定又會和誰吵起來。沒辦法，我忍不住要教教那些人：不要以貌取人。

侯爵和皇帝不會出席這場舞會。帝國有一個不成文的習俗：除非是舞會主人的父親或未婚夫，否則年長的男性通常不會參加元媛舞會。

他們會比其他人更晚發現，我的舞伴不是皇太子，而是安納金。當然，我是故意的。

我打開門，安納金一如往常地等著我。不同的是，這一次，他不是站在我身後，而是握住我的手，站在我身邊。

他穿著深藍色制服，金線交織其上。我突然懂了那些制服控的心情。

他把整頭淺棕色的頭髮向後梳，我隨意地撥弄一側，把髮型弄亂。嗯，好多了。全部梳上去看起來好老。

安納金不解地眨眨眼睛。我笑著解釋：「現在流行這樣。」

希望另一個世界的流行，在這裡也適用。

卡迦勒公爵的聯排別墅是首都最古老的貴族宅邸，但由於頻繁整修，看起來並不老舊，反而像一座古堡。最重要的是，花園比宅邸本身還要大。

卡迦勒家族代代盛產騎士，需要可以修練的空間。畢竟實際用途不是美觀，那塊地與其說是花園，其實更像一片空地。這麼做還有另一個好處：萬一發生什麼緊急情況，刺客沒有可以藏身的地方。

綜觀所有貴族宅邸，卡迦勒公爵府特別小，要是舉辦宴會，室內根本容不下所有賓客。因此，小說中對卡迦勒家族宴會的描述，場景總是在花園。

上次茶會的人數不多，勉強還能擠進其中一座宅邸的小露台，規模小到我都不好意思稱之為茶會，很難想像這次要在這個像運動場的草坪舉辦宴會。

然而，一到那裡，我馬上就體會到，卡迦勒家族確實是這個國家屈指可數的大貴族。花園裡千盞燈火通明，萬花齊放，不僅擺滿古董桌椅，還有一個不知道從哪裡來的噴泉，周圍鋪著藍色地毯。人們衣著華麗，整個場境有如名畫般夢幻。

一般來說，越重要的人物，在宴會上就越晚登場。我一下馬車，卡迦勒家族的侍從正準備大聲宣布我們的到來，卻不知道突然發現了什麼，一臉尷尬地看著安納金。

「米傑利安小姐的舞伴不在名單上……請問該如何介紹他呢？」

「他是我的騎士。」

「啊，那麼，就像卡迦勒勛爵……」

「你沒聽懂嗎？他不是帝國的騎士，而是『我的騎士』。」

侍從接著詢問他是否有稱號，我搖搖頭，露出不耐煩的表情。安納金見狀，低聲對侍從說：「只要說是米傑利安小姐和她的騎士就行了。」

「是、是的！非常抱歉！米傑利安小姐和小姐的騎士進場！」

侍從大聲喊叫，交談中的人們瞬間都轉到這個方向。他們露出驚訝的表情，然後又趕緊把表情隱藏起來。如我所料，所以人都忙著竊竊私語，談論安納金和我一起出席的事。

無論如何，我緩步走到會場的中央。每踏出一步，華麗的裙擺便隨之飄動。在無數的注目之下，我終於找到今天的主角——卡迦勒小姐。

卡迦勒小姐和她哥哥一樣，有一頭紅色的捲髮。淺藍色的禮服搭配白色蕾絲，脖子上掛著一串珍珠，打扮得非常漂亮。她也看到我，恭敬地向我問好。

「謝謝您的光臨，米傑利安小姐。」

「感謝卡迦勒小姐的邀約，今後還請多多指教。」

我們寒暄之際，侍從的聲音再次響起。

「皇太子殿下阿列克與安特布朗小姐一同入場！」

嗯？皇太子的介紹詞變短了。是因為這裡不是皇宮嗎？兩人的名字一被喊出來，周圍頓時一陣輕微的騷動。

人們毫不掩飾地直盯我的表情。儘管看吧，反正我只是在放空，他們只會看見我一副無所謂的樣子。

我面無表情地盯著門口。世界上最好看的兩個人登場了。

海倫按照我事先準備的裝扮：象徵皇室的紫色晚禮服，銀河般閃亮的長髮整齊地編在一側。最後在猶豫是否要戴上皇冠時，我決定在髮辮之間插上紫水晶製成的飾品，果然是明智的選擇。

皇太子看起來有點像太陽神阿波羅。在我的精心打扮之下，海倫的美貌已經堪稱超越人類標準，但皇太子的光彩絲毫沒有被掩蓋，想必也下了不少功夫。

皇太子和海倫一看見我們，馬上朝我們的方向走來。

「殿下願意親臨此處，真是無比的榮幸。」

「妳是伊亞森的妹妹，我當然要來。既然舉辦了元媛舞會，不久之後就要成年了吧？」

「女孩子總是長得很快嘛。那麼，這位小姐是……？」

「很高興見到您，卡迦勒小姐。我從卡迦勒勛爵那裡聽過很多您的事。這是我們第一次見面吧？」

這麼說來，海倫一直都待在皇宮裡，而伊亞森則是進宮和海倫與皇太子見面。所以就算他們是青梅竹馬，也不一定和彼此的家族成員熟識。難怪卡迦勒小姐的表情如此微妙。

「我也從哥哥那裡聽說了很多您的事情，沒想到會見到您……」

「以後我們會經常見面的。對吧，安特布朗小姐？」

我默默看著海倫。現在她必須做厄莉絲一直在做的事情：參加不熟的人舉辦的派對，笑著回應自己不喜歡的人，並且記住所有必要的資訊，以備日後派上用場。

海倫看了我一眼，然後點點頭。卡迦勒小姐顯然對我說的話感到困惑，在我們兩人之間來回打量。

疑惑是當然的，她絕對想像不到米傑利安小姐會和皇室解除婚約。

這時，人們竊竊私語的聲音，傳到了我的耳裡。

「什麼……妳說米傑利安小姐帶了自己的騎士來？」

「沒錯。我聽說他甚至沒有任何爵位，只是個私人騎士。真是不知天高地厚，竟敢……」

「別這麼說啊，各位小姐。說不定那卑微的傢伙用身體誘惑了被殿下拋棄的米傑利安小姐。」

「唉呀，伯爵您也真是的……話說回來，米傑利安小姐剛成年，不了解世事也是情有可原。」

唉，果然用什麼眼光看世界，就會看到什麼樣的風景。那些人看起來一副不忠的嘴臉。我回頭一看，男男女女迅速避開我的目光，紛紛乾咳。

我可以理解。這場宴會聚集了世界上數一數二的俊男美女，安納金這個配角的存在感自然不高。

外表光鮮亮麗，內在卻空無一物，這樣有什麼意義呢？我在心裡暗自冷笑。即使用一卡車的皇太子來換，我也不會交出安納金。

我看向安納金，他也隨即看向我。他微微側頭，似乎在問我是否有什麼吩咐。

有人說覺得一個人帥，可能是暫時被沖昏頭，但如果覺得一個人可愛，那就真的無可救藥了。我笑著想幫安納金整理頭髮，後面突然出現一張討人厭的臉。也是，畢竟是他妹妹的生日，他不出現才奇怪。

伊亞森盛裝打扮，微長的馬尾用緞帶綁著。他一手捧著花，正向我們走來。

伊亞森的體型相當壯碩，我瞬間產生一種錯覺，花園看起來就像一條跑道。他閩了一下花，然後把花束遞給卡迦勒小姐。

「恭喜展開妳的社交生活，帕恩娜。好久不見了，殿下，還有海倫。」

「平時叫你別來，你偏要三天兩頭往皇宮跑，最近倒是沒怎麼看到你。」

「回來之後要見的人實在太多了，所以我有點忙。對吧，帕恩娜？」

「哥哥為了躲避那些人，確實有點忙。」

談話和樂融融地進行到一半，伊亞森突然盯著我看。我故意不看向他，但依然感覺得到他的目光。

皇太子不經意地問：「你怎麼沒有帶舞伴？這可不像你啊。」

「我邀請過，但被拒絕了。」

他一邊說，一邊刻意地看著我。他到底想要怎樣？乾脆到處宣揚他被我拒絕算了？

皇太子似乎察覺到什麼，眼神在我和伊亞森之間來回。我正想說點什麼來回應伊亞森，海倫卻笑著開口：

「那個女人真是大膽，竟然拒絕伊亞森。」

這種時候，傻呼呼的海倫顯得特別可愛。伊亞森正想繼續說，樂團正好開始演奏，大概是因為主角都已經登場了吧。

雖然在草地上跳舞，多少有些不便，但每個人的臉上都帶著一種浪漫的神情。

我向安納金伸出手。

「想跳支舞嗎？」

安納金把手放在胸口，輕輕點頭。

「我的榮幸。」

52

安納金舞跳得不錯，至少比老師教他那時好多了。之前幾乎都是我在帶領他，現在已經能夠互相配合。

不知道是劍氣對跳舞也有幫助，或者他就是擅長任何要用到身體的事。

開場的波蘭舞曲結束，華爾滋登場，我們沒有停下來，繼續跳著舞。每一次旋轉，我的裙子都像花朵一樣綻放。

跳完華爾滋，我有點累了，想休息一下。我順手拿了一杯酒，遠遠地看著海倫按照我指導的禮儀與其他人交談。

海倫成了今天這場舞會的另一個主角，與卡迦勒小姐一樣備受矚目。

事實上，她早在厄莉絲的成年禮，就應該受到這麼多關注。按照原著，海倫的首次社交亮相，就是在那場成年禮。

不過，當時並沒有人指導海倫。雖然她美麗又善良，舉止卻不符禮儀，經常被人在背後嘲笑。不僅如此，她還被厄莉絲抓到把柄，狠狠欺負了一頓。

現在我當然沒有理由那樣做。她只要好好接受皇太子的愛，再承受我給她的最後考驗……該用考驗來形容嗎？

一想到家裡的匕首，我的喉嚨就乾得發燙。如果許布理斯救不了海倫，她最後會怎麼樣？我越想頭越暈。安納金把一條不知道從哪裡弄來的披肩蓋在我身上。我看著那張無心卻溫柔的臉，問出我從剛剛就很好奇的問題。

「你有練習過嗎？」

「是的。」

安納金猶豫了一下，接著補充：

「我不想讓您難堪。」

他的目光微微低垂，一副害羞的樣子。我努力忍住，嘴角卻不斷上揚。

幸好他們都不認識你，安納金。我是世界上唯一知道你可愛之處的人，這讓我感到幸福。

我以為我一輩子都不會跟占有慾扯上關係，但多虧安納金，我發現了連自己都不知道的全新面貌。

這是一場很棒的舞會。無數燈光宛如星塵。雖然秋天將盡，天氣卻沒有那麼寒冷。柔和的旋律縈繞耳邊，人們的笑聲不斷。

所有人的目光都集中在我們身上。這個衝動的選擇可能會成為我的弱點，也許我將來會後悔。但我的心情實在太好了，好到我想做一些冒險的事。

最重要的是，此刻的安納金特別好看。我微微抬起頭，對他低聲耳語。

「請允許我吻你。」

安納金露出震驚的表情。

「吻我。」

「什麼？」

啊，現在想想，之前在魔道列車上好像也發生過類似的事情。當時，我拉住他的脖子，他猶豫不決，我只好用嘴巴笨拙地發出聲音。即使安納金在我開口之前，就把我拉進車廂並親吻我，我也不會怪他。

這是漫畫和電視劇中常見的場景：用接吻來閃避麻煩。

況且，厄莉絲是如此美麗，沒有人會拒絕親吻她。然而，安納金只是扶住我的背，直到最後都沒有越線。很好，他很尊重我。

有了前一次的經驗，我猜想，他這次應該也會拒絕。雖然場面可能有點尷尬，但沒關係。從那之後，很多事情都變了。如果我現在命令安納金吻我，他不會拒絕我。但我不想那樣做。我喜歡他，我想得到他的許可。不是為了閃避麻煩而親吻，是因為他想要，所以吻我。

我們的目光碰撞在一起，就像當時在列車上那樣。不同的是，安納金淺棕色的眼眸緩緩閉上。他沒有拒絕，而是閉上眼睛，向我低下頭。

我用雙手捧住他的臉頰，然後吻了他。我內心流過一股暖流，沖刷尖叫的衝動。生疏的觸碰，旁人的竊竊私語，湧現的愉悅感……這一刻，我覺得自己才是這部小說的主角。

親吻結束時，四周一片寂靜。貴族們似乎被「米傑利安小姐」的魯莽行為嚇得不知所措，還有人偷偷觀察皇太子的表情。

當然，我沒有回頭。這種情況下，如果還要看皇太子的臉色，不就像個留戀不捨的人嗎？我吻安納金，可不是為了讓皇太子嫉妒。

卡迦勒小姐和她的未婚夫站在一起。我向她微微躬身，然後拉起安納金的手，踩著藍地毯離開。

盡了該盡的社交義務，海倫看起來也表現得不錯，我沒必要再待下去。我只想回家睡覺。一大早就開始準備，我都快累死了。

我坐在馬車裡，緊緊閉上眼睛，然後緩緩睜開。我的情緒起伏不定。我喜歡他，這件事讓我感到害怕，同時也因已註定的未來而感到悲傷。但安納金的一個小動作，又可以讓我心情舒暢。

也許是因為心情每天都像雲霄飛車一樣快速起落，搞得我經常頭痛。

安納金坐在我對面，一副有話想問的樣子，卻又忍著不說。明明可以問我為什麼要吻他，他卻選擇無條件理解我。

我很想問他：「你現在在想什麼？對我有什麼想法？我對你很好奇……你對我不好奇嗎？我是因為喜歡你才吻你，那你呢？你為什麼不生氣？因為你也喜歡我？還是……只是因為你不想惹麻煩？」

我吞下那些在嘴裡打轉的疑問，沒有說出口。他總是願意等我，我也想等他一次。我們還有時間。希望他會在我這根蠟燭燒完之前，告訴我他在想什麼。

厄莉絲離開後，眾人才終於鬆了一口氣，彷彿之前被施了某種沉默魔咒。所有人看起來都很混亂。

帕恩娜看向自己的哥哥，咬牙問道：「傳聞說那個騎士是米傑利安小姐的情夫，該不會是真的吧？」

「不要亂說話。」

「哥哥之前不也說過嗎？你說米傑利安小姐的騎士，表現得像是她的情人一樣！」

帕恩娜不是唯一一個開口的人。

「殿下的未婚妻怎麼能在殿下面前做這種事？」

「大概是想讓殿下嫉妒吧。果真和她父親一樣生性狡猾。」

「明明不是殿下的舞伴，卻如此精心裝扮，不知道的人還以為是厄莉絲·米傑利安的元媛舞會呢。」

一有人開口，議論聲便源源不絕。貴族們聊得很起勁，似乎認為當事人不在場，就不需要壓低聲音。在這種情況下，他們的語氣和表情依然保持體面，讓畫面顯得更加滑稽。

喧鬧聲中，海倫眨著銀色睫毛，一副什麼都不知道的樣子。

「但我聽說米傑利安小姐已經解除婚約了。對吧，阿列克？」

貴族們再次愣住。海倫大概是天底下唯一敢直呼皇太子姓名的人。

阿列克看著她天真的眼神，錯過了回應的時機。如果他說沒有退婚，那麼海倫就當場成了他的情婦。

沉默等同於無聲的肯定。人們開始注意到海倫身上穿的紫色禮服。除了皇室成員，任何人都不得隨意使用紫色。

她和皇太子的關係再好，以一個「奶媽的女兒」來說，她的打扮也未免過於昂貴華麗，更不用說她的舉手投足完全符合皇室禮儀。

如果有人教她，那原因就很明顯了——為了讓她成為未來皇室的一員。而皇室中唯一未婚的人，就是皇太子。

「這麼說，太子妃就是安特布朗小姐囉？」

雖然厄莉絲和皇太子訂有婚約，但訂婚終究只是訂婚。嚴格說起來，厄莉絲並沒有和皇太子結婚。

皇太子是下一任皇帝，婚姻自然被視為國家大事，必須擇吉日，並配合國內外情勢進行。皇太子未婚妻被發現有重大缺陷，因而解除婚約，這種情況不是沒有過。但縱觀帝國歷史，皇太子未婚妻通常都會成為太子妃。解除婚約的情況少之又少。

「這麼說來，米傑利安小姐如此惡毒的人，實在不配當太子妃。她經常恐嚇別人，一副居高臨下的姿態，仗著她父親和皇室的權威為所欲為。」

「她的嗜好，就是欺負那些不討她歡心的人。帝國之母，還得是安特布朗小姐這樣端莊溫柔的人啊。」

「殿下也更喜愛安特布朗小姐，這不是好事嗎？」

人們興奮不已，議論紛紛。伊亞森的臉色越來越複雜。

海倫不停眨著眼睛，似乎對意料之外的反應感到困惑，但很快就放棄反駁的念頭。

她已經習慣了。無論海倫怎麼講述事實，那些人已經有了成見，根本聽不進她說的話，反而再度加深人們對她的刻板印象——「那是因為妳太善良了」。

53

「陛下召見。」

海倫和阿列克一抵達皇宮，侍從馬上傳來消息。

不用想也知道為什麼。阿列克嘖了一聲，一言不發地跟著侍從走。海倫擔心地看著他，他還不忘揮揮手，要她放心。

侍從打開門，要阿列克上前。頭髮花白的奎托斯站在窗邊。他背對阿列克，用毫無起伏的語調質問：

「聽說你帶奶媽的女兒去參加舞會。你瘋了嗎？」

這根本不是詢問，而是訓斥。奎托斯扶著頭。

「哀求也好，下跪也罷，不管你用什麼方法，去把厄莉絲．米傑利安綁回你的身邊！」

面對奎托斯的震怒，阿列克陰沉地回應：

「我聽說，母后已經允許我和米傑利安小姐解除婚約。」

「……梅爾波涅？」

「是的。要求解除婚約的人是米傑利安小姐。這段時間以來，她的所作所為已經帶來許多麻煩。然而，侯爵和陛下卻包庇她，導致她日漸傲慢……」

阿列克重重嘆了一口氣。原本平靜的聲音逐漸高亢，最後變得憤怒。

「陛下曾說米傑利安侯爵極其狡猾，我們必須保持警惕。那麼您為何還要把他留在身邊呢？侯爵如今就已這麼放肆，萬一我們真的結婚，讓他成了外戚，情況又會如何？」

奎托斯終於轉向阿列克。他的面容比同齡人年輕，但眼角的疲倦和白髮，讓人難以猜測他的年齡。他突然變換語調，輕聲安撫阿列克。

「我理解你的心情。我並不是因為信任侯爵，才把他留在身邊。那個孩子也一樣。」

奎托斯的聲音很友善，眼神卻很冷漠。他看著阿列克的眼神，不像是在看自己的兒子，反倒像是看著手下的大臣。

這就是為什麼阿列克從不直視奎托斯，甚至連看往他所在的方向都很難。他很害怕父親。

「厄莉絲．米傑利安是人質、也是盾牌，更是一顆忠實的旗子。」

奎托斯比任何人都善於掌握人心。他憑藉這項天賦，讓心愛的女人留在身邊，制伏了政敵，將廣闊的帝國握入掌心。

「你母親是以皇后的身分出生和成長，所以才能撐到現在，但海倫・安特布朗不一樣。就連堅強的皇后也無法忍受可怕的皇室，一個柔弱善良的孩子該如何在這裡生存下去？」

讓兒子按照他的意願行事，對奎托斯來說不是什麼難事。阿列克在他面前總是顯得很懦弱。他拍拍兒子的肩膀。

「把海倫納為後宮，好好疼愛她就行了。沒必要讓她成為太子妃，身陷險境。」

「但是——」

「萬一侯爵懷恨在心，想要暗殺她怎麼辦？如你所說，侯爵很狡猾，你有信心能獨自擋下所有陰謀嗎？」

聽到這句話，阿列克雙脣緊抿。他無法接受，但只能妥協。最重要的是，他對自己沒有信心。他有能力反抗父親和侯爵，保護心愛的女人嗎？

「我該怎麼做？現在所有人都認為我和厄莉絲已經解除婚約。她也對我視而不見。」

也許厄莉絲就是為了這樣，才刻意和其他男人一起出席舞會。皇帝想了片刻，平靜地說：

「我會召厄莉絲・米傑利安進宮，到時候你……一定要得到她。」

阿列克震驚地瞪大眼睛，雙手緊握，臉色蒼白，奎托斯若無其事地說下去。

「如果懷上皇室的孩子，就絕對不可能解除婚約了。」

「但是！」

「別說了。我不是以父親的身分說出這番話。這是我身為皇帝所下的命令。」

他要違抗皇命嗎？阿列克閉上嘴，無聲地抗議。

然而，沉默的抵抗總有上限。在皇帝冰冷的注目下，他無奈地點了點頭。離開房間的時候，阿列克看到自己手掌留下的指甲痕。

他第一次覺得自己需要更多力量，也明白父親為什麼如此沉迷於權力。

他必須有能力保護別人，無論是他愛的人，還是不愛的人。

有時，人們之所以需要力量，不是為了行惡，而是避免行惡。

阿列克離開後，奎托斯思索著稍早的談話。阿列克說，他的妻子梅爾波涅已經允許厄莉絲．米傑利安解除婚約。

厄莉絲．米傑利安是虛張聲勢嗎？用皇室的名義撒謊可是重罪，會以皇室侮辱罪施予嚴懲，她不可能冒這種風險。

那麼，梅爾波涅為何什麼都沒說？

卡迦勒小姐的元媛舞會終於結束了。我打算休息一段時間，試著弄清楚魔女提到的最後一條線索──「眼淚」的真相。

一開始，我以為那只是個比喻。但我手上的玻璃瓶，確實是盛裝液體的瓶子，容量和美妝樣品差不多，正好適合用來裝淚水。

畢竟要逃離這個世界的人是我，應該是我的眼淚吧？我刻意逼出眼淚，小心翼翼地將流下的淚滴裝進瓶子，但什麼事也沒發生。

我猜想可能是量不夠，於是試著用打哈欠之類的方法，再逼點眼淚出來，但還是沒有反應。難道不是我的眼淚？

既然這是一本浪漫奇幻小說，那肯定是愛人的眼淚了。雖然對安納金很不好意思，但我只能拿他做實驗。在這裡和我最親密的人，就是安納金。

然而，儘管安納金已經淚流滿面，還是沒有發生任何事。會不會因為是逼出來的眼淚？但我又不是演員，沒辦法光憑一些悲傷的記憶，說哭就哭。

首先，我需要先累積一些知識，翻翻書或許會有幫助。我從宅邸裡的書開始看起，然後又去了街上的書店。最常被提及的果然是「人魚的眼淚」。現在想來，蘭多爾區的原石好像也叫精靈和眼淚之類的名字。

但這兩者都是固體，應該不是我在找的眼淚。魔女總不會要我把固體磨成粉末，再裝進瓶子吧？

關於眼淚的傳說和故事很多，但我沒時間一一追溯。我問過侍女，她說月之淚、神之淚和龍之淚是其中最著名的傳說。

我在書中讀到的月之淚大致是這樣。很久很久以前，有一個少年，他為了治癒患有不治之症的父親，嘗試了所有名藥，但父親還是沒有好起來。少年抓著最後一絲希望，前往神殿。

由於少年每天都虔誠地祈禱，神官深感欣慰，便告訴他，如果讓父親服用月之淚，病情就有可能好轉。

少年用盡辦法，試圖得到月之淚，但他根本搆不到天上的月亮，而且月亮也不會流淚。最後少年絕望地癱倒在地，累得睡著了。醒來時，他發現四周濕漉漉的。他收集葉子上的露珠，然後立刻跑回家，用露水潤濕父親的嘴脣。不久之後，少年的父親緩緩睜開眼睛，兩人欣喜地抱在一起。

月之淚其實就是露水。我不認為魔女會要我收集到處都有的東西。

接下來是神之淚。月之淚是露水，所以我猜想神之淚一定是雨水，但並非如此。

不，我其實有點困惑，因為我知道這個世界的神是作者。難道是作者的眼淚？或者，這裡存在另一個神？

無論如何，關於神之淚的傳說是這樣。有一個少女，她沒有家人，總是隨心所欲地生活。她不傲慢，卻無所畏懼。既然一無所有，那就沒有什麼好失去的。世界讓少女成為了神。

成神的少女並沒有什麼特別之處，她依然隨心所欲地生活。但不同以往的是，她的一舉一動都對世界產生了巨大影響。

她的一句話就讓人們為之顫抖；她的一個念頭就使天地震動。少女覺得沒什麼，人類卻不這麼想。

他們向少女供奉了各式各樣的東西，除了昂貴的珍寶、香水、絲綢、新鮮的蜂蜜和水果之外，還挑選了世界上最俊美的男女來服侍她。人類的目的是讓少女沉浸於幸福之中，不去想任何事。

少女瞬間擁有這麼多事物，每天都感到很幸福，世界也隨之太平。國家的當權者不斷進貢，讓少女維持這個狀態。

直到有一天，少女發現了愛情，悲劇就此開始。

54

初次陷入愛情，讓少女變得盲目。她盡全力給予愛人想要的一切，實現他所有的願望。掌權者得知這件事，紛紛拜訪少女的愛人，並提供各種高貴的物品，想要收買他。但他拒絕了那些人。無論他們呈上多麼珍貴的東西，少女都給得了他。

兩人過著幸福的生活，但人類的壽命有限。少女拚命想延長愛人的壽命，卻被他拒絕了。他說，愛過就已經足夠幸福。他向少女道謝，還說即使再次重生，也會愛上她。就這樣，愛人靜靜地闔上雙眼。

少女拒絕承認愛人已死，也不願接受失去愛情的殘酷現實。少女開始哭泣。沒有人能夠安慰她。

少女哭了一千年又一千個月，最後自己停下眼淚。她種下一棵樹，把曾經流下的所有眼淚都灌溉在那棵樹上。

那棵樹長得很快，少女看著樹上結出果實，最終融化消失。果實的形狀酷似淚珠，因此，人們開始稱之為神之淚。

我必須找到那種果實，但它只存在於傳說中，沒有人知道它在哪裡。

況且，人們對神之淚的認知並不是果實，而是類似慣用語。戀人在對彼此發誓時，會說：「我以神之淚起誓」。

最後是龍之淚。龍之淚就真的是龍流下的眼淚。根據傳說，喝下龍之淚的人可以實現願望。不論真假，光是要找到龍這個事實，就已經令人茫然。

伊亞森應該也是受到龍的引導，才得以見到活生生的龍。

魔女是想要龍之淚嗎？美狄亞的話，確實有可能。她總是待在地下室煮東西，可能需要一些魔法食材吧。

龍之淚既然可以實現願望，一定蘊藏著超越因果的力量。

無論如何，為了找到龍，我必須先去找魔女。只有像魔女這樣的人，才會知道龍的位置。她要嘛帶我去龍所在之地，要嘛至少告訴我祂在哪裡。

好久沒出門了，我今天花了一點時間準備。宅邸裡一直開著暖氣，所以我沒感覺到冷，但其實已經入冬了，外面吹著冰冷的風。

安納金難得獨自外出，他要去幫忙辛西婭堆柴火。不知道他衣服穿得夠不夠。

我把厚圍巾圍上脖子，走下馬車。我走在熟悉的小巷，許布理斯突然迎面而來。這是自邦尼托之後，我們第一次見面。

我的確有刻意避開他，但按照厄莉絲和許布理斯的身分——一個是有婚約的貴婦，一個是大神官——在小說裡本來就很少碰面。

他的面容消瘦，但並沒有讓他顯得憔悴，反而加深了他獨有的性感。我連寒暄都覺得尷尬，所以打算就這樣擦肩而過，但許布理斯突然抓住我的手腕。

「你在做什麼？」

「一下就好……請給我一點時間。」

「我不要。放開我。」

這些男性角色為什麼一個比一個煩人？我懶得理他，想甩掉他的手，卻被那看似瘦弱的身體緊緊抓住。

早知道會這樣，我就應該和安納金一起去辛西婭那裡再過來。真倒楣，久違出門竟然碰上這種事。

許布理斯歪著頭，像毒蛇一樣怒目而視，隨即又露出不安的表情，最後終於吐出一句話：

「米傑利安小姐……我很想念您。」

「所以呢？」

「我……可以繼續想您嗎？」

「我不允許。聽見的話，請讓開。」

我甩開他的手，正要往前走，卻被他一把抱住。這傢伙真的太累人了。幸好這條小巷沒什麼人，不然被人看見不知道會出現什麼傳聞。

我抬起腳，打算用膝蓋攻擊他，突然發現我的肩膀濕了。不會吧？他在哭嗎？

「請您……別對我如此無情。」

他沒有伊亞森那麼討人厭。這兩個人比起來，我應該對許布理斯仁慈一點。但我們本來就不是什麼需要互相包容的關係，附近也沒有觀眾，我不懂為什麼他要演這齣狗血劇。再說了，大神官應該保持純潔，這樣不行吧？

「大神官。」

「請叫我許布理斯。」

「我不喜歡這樣。大神官，你是侍奉神的人，怎麼能涉入俗世？今天的事就當沒發生過，請你回去吧。」

我抬頭看著許布理斯，淚水從他眼中滑落，滴到我的臉頰上。我的態度已經夠冷淡了，但他似乎還沒有清醒過來，一臉哀傷地看著我。他用幾乎沙啞的聲音哀求我：

「只是看著也不行嗎？」

雖然這麼說有點自戀，但我還是問清楚比較好。

「大神官，你喜歡我嗎？」

他睜大眼睛，臉上的血色瞬間褪去。

「是……我竟敢對您……」

我沒等他說完，就把言語化為利刃，然後刺向他。

「即便厄莉絲・米傑利安是你同父異母的妹妹？」

許布理斯嚇壞了。他猛烈搖頭，雙手抓著頭髮。

「那、那不可能！」

「我沒騙你。還是你要去找侯爵確認？不如現在就去吧？」

許布理斯臉色蒼白，嘴裡不斷重複「妹妹」這個詞，最後失魂落魄地說：「但……妳不是厄莉絲・米傑利安。」

哈，我不禁冷笑。他的想法實在太讓人傻眼了，我決定狠狠回擊。

「所以呢？因為我的靈魂不是厄莉絲・米傑利安，你就可以犯下亂倫之罪嗎？」

「即便如此，你也不應該這麼做。你是大神官，對神發過誓，必須永保貞潔。」

許布理斯看起來很受傷。他的腳步踉蹌，就像被刺了一刀，隨時都會倒地。我沒有扶他。如果他要死，就讓他死吧。

他的想法太噁心了。因為身體裡裝的是另一個人的靈魂，所以沒關係？明明知道那是他妹妹的身體，這樣也沒關係？有夠自私，從頭到尾只想到自己。

我從茫然的許布理斯身邊走過，趕往魔女的店。我敲響那扇熟悉的木門，但沒有人回應。我輕輕推了一下，門開了，不過屋內還是毫無動靜。美狄亞也不在她平常待的地下室。

我回到樓上，慢慢地環顧店內。我本來就喜歡像這樣的小店，但直到現在，我都沒有機會好好參觀這裡，不是被魔女帶著走，就是趕著離開。

我看到一個巨大的音樂盒，裡面有幾十個娃娃一起跳舞。還有一個像是古董的黃銅天球儀，轉動時會投射出星星。另一邊放著一個雪花球，搖晃時會像鞭炮一樣射出金色粉末。

我在角落發現一個青銅製的鈴鐺。奇怪的是，裡面明明沒有鐘槌，我卻覺得它會發出清脆的聲音。我正要把它拿到耳邊搖晃的時候，一隻白皙的手伸了出來，中斷我的動作。

「如果我是妳，就不會這麼做。」

「啊，美狄亞。」

「膽子真大啊。妳有沒有想過，萬一碰了不該碰的東西，妳可能會被詛咒？」

「我不太迷信。」

「算了。這次是什麼風把妳吹來？」

美狄亞接過鈴鐺，放回原位。我忍不住又盯著鈴鐺看了一會兒，然後從口袋裡拿出玻璃瓶，對著美狄亞晃了晃。

「妳說的眼淚，該不會是龍之淚吧？」

美狄亞露出意味深長的笑容。

「為什麼這麼想？」

「我讀了一些和眼淚有關的故事。人魚的眼淚和精靈之淚都是固體，無法裝進瓶子，而月之淚是露水，我認為妳不會想要那種東西。」

她似乎覺得有趣，點頭表示同意。我稍微獲得了一點自信，繼續完成我的推理。

「神之淚是傳說中的果實，看樣子是無法取得，所以只剩下唯一實體的眼淚，也就是龍之淚。我說的對嗎？」

「所以妳來找我，是想問我如何獲得龍之淚嗎？」

「嗯……沒錯。」

「很可惜，雖然妳已經很努力了，但答案不是龍之淚。」

「什麼？」

我愣住不動。美狄亞哈哈大笑，甚至笑出眼淚。這是什麼意思？不是龍之淚嗎？美狄亞笑了很久，甚至打了一個嗝之後，才終於冷靜下來。

「跟妳說龍在哪，然後讓妳白費力氣，這樣也挺有趣的……不過還是放過妳吧。」

「哇，小的真是感激涕零。」

如果她一開始就告訴我眼淚是什麼，我就不會這麼辛苦了。我被捉弄到有點生氣，忍不住回嘴。然後，我突然想到一件事。

「那些傳說有多少是真的？」

55

「妳是指關於眼淚的傳說？」

仔細想想，魔女也是一個虛假難辨的傳說。大部分的人都相信魔女不存在，實際上，她們卻真實存在。我讀到的故事到底有多少是真、多少是假？

美狄亞想了一下，然後說：「嚴格來說，都是真的。」

「什麼？」

「月之淚的故事有點誇張，準確來說，是因為沾有藥草花粉的露水，少年的父親才得以活下去。而龍之淚確實有實現願望的效果。如果你的願望符合大自然法則，嗯……像是祈雨？至少這樣的願望可以實現。」

「那神之淚呢？」

美狄亞停頓了一下。

「那棵樹在魔女的領地。」

「什麼？真的嗎？這個世界曾經有神？」

「啊，那不是神，而是魔女。當時世界上沒幾個魔女，所以她進化的時候，沒有人可以向她解釋。」

魔女？也是，魔女似乎沒有做不到的事，被誤認為神也很合理。

「她的名字叫莉莉絲。後來發現她的魔女們尊重她想要重生的意志，於是殺了她，讓她重生。但重生並非魔女做得到的事，所以她們不得不借助龍的力量。」

「我記得妳說，妳們和龍族的關係不太好？」

「莉莉絲答應將她種植的果實一半交給龍。據說吃了那些果實，繁殖能力會變得非常強……總之，這棵樹在龍和魔女的保護下非常安全。完全沒有人類發現。」

總感覺事有蹊蹺。

「所以說，眼淚到底是什麼？」

「有隱喻的意義，也有實質存在的東西。萬物都是如此。」

「妳是神話故事裡的猜謎怪獸斯芬克斯嗎？動不動就要人解謎。」

「呵呵，時候到了妳自然會知道，所以不要著急。」

我怎麼能不急！這樣下去，萬一到死都找不到怎麼辦？我被美狄亞那副事不關己的模樣惹怒，正打算回嘴，她似乎想要安撫我，突然從掌心攤出一張卡片。我是在看什麼魔術表演嗎？那張卡片是從哪裡冒出來的？

「對了，要不要幫妳占卜？」

「我不信這個。」

「哎喲，別這樣嘛。占卜這種事，本來就是圖個好玩而已，不是嗎？」

「魔女可以說這種話嗎？」

我嘴上抱怨，但還是在她對面坐下。美狄亞讓卡牌漂浮在空中，並隨意混合。那些卡牌看起來就像在跳舞。

「妳想算什麼呢？」

「隨便妳。嗯……不然看看未來好了。」

「好。選一張。」

我抓住其中一張漂浮的卡牌，翻過來一看，上面的圖像很嚇人，有一個像羊角的東西。

「死亡……」

魔女看著我選的卡牌，臉色瞬間變得嚴肅。她也抓住其中一張卡牌，翻過來看，上面畫著一顆大月亮。

她撥了幾下頭髮，一臉認真地說：「絕對不要單獨行動，知道了嗎？」

「什麼意思？為什麼不直接告訴我？」

「任何事情都存在變數。就算妳聽了、做出相應的調整，也改變不了註定發生的事。可以肯定的是，妳絕對不能落單。妳的騎士……無論如何都要待在妳身邊。」

老實說，美狄亞的反應讓我有點害怕，但我選擇一笑置之。說不定她只是想耍我，而且安納金總是在我身邊，所以我也不可能落單。我聳聳肩，說知道了。

我突然想到，不如算一下感情吧。嗯，我通常不相信這種事，不過當成娛樂試一次也未嘗不可。我扭扭捏捏，不好意思開口。

「感情……幫我算算感情吧。」

「和妳的騎士嗎？」

「誰說是安納金了？！」

「反應別那麼大嘛。」

完蛋，我太激動了。

魔女露出燦爛的笑容，一邊擺弄卡牌，一邊把手放到我的手上。

「我知道一個比戀愛占卜更棒的東西。」

「什麼？咒語嗎？」

「嗯……稱之為咒語也不是不行。」

我豎起耳朵，準備仔細聆聽。魔女笑著揮揮手，旁邊突然綻出火花。我聽到煙火炸開的砰砰聲。

「今晚帝國學院會施放畢業煙火。比起老套的算命，去看煙火不是更好嗎？」

「煙火……」

我有點心動。在原來的世界，生活總是很忙，所以我幾乎沒看過煙火。煙火每年都會放，但我每次都撥不出時間去看。

我也怕人多。不管煙火多好看，我就是討厭在人群中擠來擠去。

美狄亞看出我的顧慮，提供第二個方案。

「如果妳不喜歡人多，可以直接進學院看。」

「外人應該沒辦法進入學院吧？」

「米傑利安小姐可不是外人啊。」

我一臉困惑。美狄亞皺起鼻子，揭開謎底：

「米傑利安侯爵是學院最大的贊助人之一，他的女兒怎麼可能進不去？」

原先對厄莉絲一點幫助都沒有的名字，沒想到在奇怪的地方派上用場。

我披上暗金色外衣，扶著安納金的手走下馬車。學院的人已經在等候了。

他們不發一語地為我們引路，一路上經過的學生都偷偷盯著我們兩個看。我不在意，畢竟國高中的時候，我對進入校園的訪客也是一樣的反應。

他們把我們帶到露天陽台，從那裡可以看到學校的全景。不知道學院是用了保溫魔法，還是某種魔道工程，雖然在戶外，但我並不覺得冷。我們並肩坐下，享用學院準備的茶點。

沒多久，一群穿著厚斗篷的人走了出來，各自舉起鑲有寶石的權杖。寶石末端開始射出火花。砰、砰。我的目光被耀眼的煙火吸住。

從照片或影片看到煙火的時候，我並沒有覺得漂亮，反而感覺很老土。但親眼看到煙火，感覺完全不一樣。五顏六色的光芒和掉落的火花，美麗而耀眼。

安納金也是第一次看煙火，看得目不轉睛。

我下意識握住安納金放在膝蓋上的手。他看向我，握緊拳頭又鬆開，手心全是汗。我欲言又止，但安納金沒有催促我，只是安靜等待。我喜歡這樣的他。

「你知道嗎？安納金。」

我知道我不應該說出來，但如果現在不說，似乎就沒有機會了。

「我對你……」

哐！

突然一聲巨響，地面隨之震動。安納金迅速將我抱進懷裡，以免受爆炸波及。尖叫聲在四周迴盪。我因為震驚而一時無法反應過來，安納金抱著我站起來。

「魔物！魔物出現了！」

天空裂開一個洞，某種有翅膀的生物傾瀉而出，看起來有幾百隻。其中一隻向我們撲來，安納金單手拔劍，轉眼就將魔物消滅。黏稠的綠色血液噴濺出來。

「把大門關上！」魔道工程師姍姍來遲。他們好不容易堵住魔物湧出的洞口，但跑出來的魔物已經多到難以應付。這就是魔女占卜的結果嗎？

我搖搖晃晃地從安納金身邊退開一步。

「我可以自己走。馬車……不，馬車現在能走嗎？總之，我們先離開這裡。」

「是。」

學生們井然有序地走出大樓。他們平時肯定受過訓練，才能這麼快就疏散出口附近的人，然後鎖上大門。

「魔道場還要多久才會啟動？」

「充電完成了！倒數五秒、四秒、三秒、兩秒、一秒！」

沉重的鎖鏈被鬆開，發出嘎吱的聲響。中央尖塔的頂端爆出一道光，如噴泉般不斷湧出，很快就形成一個巨大的光幕，將整個學院包覆起來。

我看著眼前的景象，不禁停下腳步。安納金砍倒撲過來的魔物，然後握住我的手，帶著我前進。

出口都被封住了，我們要怎麼離開？安納金回頭看我，彷彿看出我的不安。

「我們會安全脫身的，請不要擔心。」

沒錯。雖然尚不純熟，但安納金的劍術堪比劍術大師，我們一定有辦法離開這裡。

此時，那些被學生一一消滅的魔物開始發出低吟，然後融合為一。它們凝聚成一個巨大的形體，溶解周圍的一切。

「快逃啊！」

「啊啊啊——」

「救我！」

「讓開！」

尖叫聲從各處迸發，場面越來越混亂。

56

我不由得注意到那些逃竄的恐懼臉孔。我們應該幫助他們嗎？我在本能和憐憫之間猶豫，這時，安納金輕聲說：「主人下令的話，我就去幫他們。打倒那些魔物應該不成問題。但是對我來說，主人的安全才是最重要的。」

「學院那些人打得贏嗎？」

「魔道工程師並非只做學術研究，他們也接受過戰鬥訓練，以應對緊急情況。現在他們只是因突發狀況而感到驚慌，很快就會找到解決方法。」

沒錯，重要的是我們兩個。他們自己會解決那些怪物。我和安納金都沒有必要出面。

「好吧。那……我們回去吧。」

「是。」

我發現地上有一把像手槍的東西，應該是有人在混亂中搞丟了。我沒多想就把它撿起來，藏進懷裡。畢竟，有備無患。

我們快步走下樓梯，往學院後門前進。門開著，問題是魔法屏障。

四周環繞著圓形的「魔道場」。安納金稍微觸摸了一下，隨即重新握緊劍，並調整呼吸。微弱的劍氣在安納金的劍上搖曳。

他集中注意力，僅僅一斬就輕易劃破屏障。安納金開了一個洞，先讓我出去，然後再跟著出來。安納金後腳剛收，屏障的破洞馬上就恢復原狀。

我看著被填補的洞，突然與魔道場內的某個人目光交會。我來不及叫住他，那個人就躲進了學院裡。

是誰？我的心一涼。我努力說服自己，那只是學院的學生，心裡卻總有一絲不安。

「您遺漏了什麼東西嗎？要不要我去拿回來？」

「不……沒事。我們走吧，安納金。快點。」

都說不好的預感總不會錯，希望這次不是這樣。我抓住安納金的手，沿著小路跑去。

魔道場施展前，就已經有幾隻魔物跑出來，所以學院外面也是一片混亂。每個人都倉皇逃離，別說馬車，連讓一匹馬跑的空間都沒有。安納金沉思了一會兒，然後背對我跪下。

「請上來。」

「什麼？我也可以跑！」

「我知道。但是我們必須馬不停蹄地跑回宅邸，還是讓我揹您比較好。」

偏偏我今天穿的不是平底鞋，而是低跟鞋，要一路跑回去確實太勉強了。

我以為回程會乘坐馬車，所以才選了低跟鞋……算了，向過去的自己究責也於事無補。

魔物隨時都可能出現，不能再繼續浪費時間。我跳上安納金的背，安納金把雙手支撐在我的腿上，然後站了起來。

「跑的時候會晃動，可能不太舒服，請稍微忍耐一下。」

他開始用非常快的速度奔跑，跑了一段時間之後，也不像一般人氣喘吁吁、減慢速度。

侯爵宅邸的外門剛映入眼簾，後方突然傳來奇怪的叫聲。我抓住安納金的肩膀，然後回過頭。一隻魔物正高速朝我們撲來。

安納金因為揹著我，無法拔劍。我下意識掏出懷裡的槍，然後大喊：「安納金！轉身！」

安納金聽到我的命令，立刻轉身。我用雙腿緊緊夾住他的腰，雙手拿槍指著怪物，然後按下突出的擊錘，扣動扳機。

砰！槍射出的不是子彈，而是魔球，但我射偏了，沒打中。

沒時間感到可惜，我再次扣下板機。砰！又偏了。我這輩子沒開過槍，打不中也很正常。

面對眼前的怪物，我只能咬牙忍住懊惱。

拜託，拜託，拜託！這次再沒打中就完蛋了。魔物幾乎來到我們面前，我瞄準牠扣下板機——砰！

魔物的頭在我眼前爆開。謝天謝地，太好了。我的手在顫抖，握不住槍，只好就這樣讓它掉到地上。沒時間撿槍了，我們轉身繼續跑。

♛

終於抵達宅邸。安納金雙腿一軟，跪倒在地。我在侍女的攙扶下，邁著顫抖的雙腿走向浴室。快速洗好澡出來，發現樓下突然一陣騷動。我一邊擦乾濕髮，一邊往下探頭。原來是帝國騎士團。

「米傑利安侯爵涉嫌在學院典禮擅自釋放魔物，在此遭緊急逮捕。這是皇命，請侯爵盡快更衣從命！」

「看來是有什麼誤會。我要見陛下。我會親自向陛下解釋。」

「住嘴！開啟學院大門的犯人已經被逮捕了，你給他的金幣也被作為物證查獲。這種情況下，你竟敢要求見陛下！」

侯爵聽到這番話，氣得咬牙切齒。不過，他似乎知道再吵下去也沒有用，換掉便衣之後，就跟著騎士們離開。侍從們紛紛交頭接耳，急得跺腳。

事情有點可疑。侯爵是學院的主要贊助者之一。他贊助學院，顯然不是出於公益目的，因為那不僅能讓他與國家的人才、潛在的未來權勢人物建立聯繫，還可以暗中對他們施加壓力。一不小心，他可能就會失去學院贊助者的位置。他怎麼可能自打嘴巴？

侯爵不是那麼魯莽的人。這麼做對他來說沒有任何好處。真正的罪犯另有其人，而他們想要嫁禍給侯爵。魔物的攻擊除了製造混亂，沒有起到別的作用，所以他們的唯一目標可能是除掉侯爵。

侯爵的政敵太多了。我試著推論犯人是誰，但嫌疑人不只一兩個。

在學院的時候，有人盯著我和安納金，我一直很在意這件事。直覺告訴我，那傢伙才是罪魁禍首。

我思考到頭髮都乾了，卻想不出答案。

侯爵足智多謀，一定會想辦法脫身。我正打算放鬆心情，讓疲憊的身體休息一下，突然聽到敲門聲。侍女長打開門，後面跟著來自皇宮的侍從。

「米傑利安小姐，有證人指出，今天的事件發生時，您人在學院，這是事實嗎？」

「我帶了騎士去看煙火。」

「對於米傑利安侯爵的嫌疑，我們有幾個問題要問您。陛下令您即刻進宮，請盡快更衣。」

說實話，我很害怕，但這種時候更不該表現出來。我冷靜地點點頭，起身吩咐侍女。

「叫安納金做好準備，我們要進宮。」

「您是想帶私人護衛進宮嗎？皇宮騎士團會護送您。」

「他們不是『皇宮騎士團』嗎？我對自己的騎士比較放心。」

侍從看起來有點困擾。我笑著追問。

「我不能帶自己的騎士嗎？我又不是嫌疑犯。」

「不……小姐，您想怎麼做都行。」

安納金接到侍女的通知，很快就做好準備，走了出來。我坐上馬車，一路上都在觀察外頭，但道路似乎已經被整裡過了，就像他們早就知道會發生這件事一樣。

連我都能輕易推理出來的事情，宮裡那些人難道察覺不到嗎？我突然冒出這個想法。想除掉侯爵的人、打開傳送門召喚怪物也不會有太大損失的人、能知曉一切並迅速處理的人……

真兇是皇室成員之一。皇帝、皇后、皇太子，是這三人之中的誰呢？皇后和皇太子與侯爵積怨已深，但是，皇帝也無法排除嫌疑，雖然他與侯爵暫時處於和平狀態，但侯爵仍然是他最大的政敵。

既然已經認定侯爵就是犯人，為什麼還要調查呢？為什麼要召我進宮？疑點太多了。

但我已經來不及回頭了。我下不了馬車，就算下了車，我也跑不了。我握緊拳頭，掩飾自己顫抖的雙手。

「請下車，米傑利安小姐。」

我下了車，走進侍從引導我去的房間。安納金正要跟著進來，卻被侍從攔住。

「陛下馬上就要到了。這裡不是護衛可以待的地方。」

「但——」

「米傑利安小姐，陛下也不會有騎士隨行。請您理解。」

他都這麼說了，我也不好再堅持下去。侯爵現在已經被當成犯人抓走，我身為侯爵之女，違抗皇命一點好處都沒有。

反正不管發生什麼事情，只要我悄悄喊一聲，安納金就會過來，所以沒關係。

我獨自待在房間裡，坐在沙發上，喝著茶。我環顧四周，發現這裡似乎不是政務廳，反倒像臥室，因為後面有床。不久之後，門打開了。

「參見陛下。」

話說完，我抬頭一看。來的人不是皇帝，而是阿列克。

國家圖書館出版品預行編目資料

殺死惡女 1 ／ Your April（사월생）著；七七譯
-- 臺北市：三采文化股份有限公司，2025.08-
14.8X21 公分．--（LiGHT 新世界；31）
譯自：악녀를 죽여 줘
ISBN 978-626-358-666-6（第 1 冊；平裝）

862.57　　　　　　114004136

suncolor 三采文化

LiGHT 新世界 **31**

殺死惡女 1

作者｜Your April（사월생）　書封繪製｜Talgyo（탈교）　翻譯｜七七
編輯二部 總編輯｜鄭微宣　責任編輯｜吳佳錡
美術主編｜藍秀婷　書封設計｜莊馥如　內頁編排｜魏子琪
版權經理｜孔奕涵

發行人｜張輝明　總編輯長｜曾雅青　發行所｜三采文化股份有限公司
地址｜台北市內湖區瑞光路 513 巷 33 號 8 樓
傳訊｜TEL: (02) 8797-1234　FAX: (02) 8797-1688　網址｜www.suncolor.com.tw
郵政劃撥｜帳號：14319060　戶名：三采文化股份有限公司
本版發行｜2025 年 8 月 1 日　定價｜NT$400

suncolor